Knaur

Von Annemarie Schoenle sind außerdem erschienen:

Und abends nur noch Mondschein
Lieben Sie Langusten?
Nur eine kleine Affaire
Rache und was sonst noch zählt
Verdammt, er liebt mich
Eine ungehorsame Frau
Alte Freunde küßt man nicht
Frauen lügen besser

Über die Autorin:

Die Romane Annemarie Schoenles werden millionenfach gelesen, zudem ist sie eine der begehrtesten Buchautorinnen Deutschlands (u. a. Grimme-Preis). Ihre größten Buch- und TV-Erfolge: *Eine ungehorsame Frau* und *Frauen lügen besser.* Sie ist Mutter einer erwachsenen Tochter und lebt mit ihrem Mann in der Nähe von München. Ihr neuester Erfolgsroman: *Ich habe Nein gesagt.*

Annemarie Schoenle

Frühstück zu viert

Roman

Knaur

Vollständige Taschenbuchausgabe 2001
Dieser Titel ist auch unter der Bandnummer 01632 erschienen.

Umschlaggestaltung: ZERO Werbeagentur, München
Umschlagabbildung: Getty Images Germany
Druck und Bindung: Elsnerdruck, Berlin
Printed in Germany
ISBN 3-426-71119-2

4 5 3

1. KAPITEL

Bevor Judith Uhland den Brief des Jugendamtes Ulm öffnete, schob sie Huberts Bild, das in einem kleinen Silberrahmen auf ihrem Schreibtisch stand, zwischen ihre Unterwäsche. Natürlich war dies eine kindische Reaktion, aber jedem Menschen standen schließlich Reaktionen, welcher Art auch immer, zu, befand Judith. Und da sie genau zu wissen glaubte, was Hubert über sie und ihr neuestes Vorhaben dachte, und da sie, albern wie sie nun mal war, fast befürchten mußte, sein strenger Gesichtsausdruck könne noch um eine Spur strenger und die hellen blauen Augen noch ein wenig heller werden, legte sie ihren silbergerahmten Freund und Verlobten in spe liebevoll auf ihren neuesten Spitzenunterrock und hoffte sehr, ihre etwas dezente Rücksichtnahme möge ihn milder stimmen.

Dann riß sie den Brief auf. Ihr Herz klopfte bis zum Hals, während sie das Formular entfaltete und es eilig überflog. Mein Gott, ja. Ja, sie hatte es geschafft: Ihr, Judith Uhland, Schwester und Schwägerin der verstorbenen Eheleute Margareth und Philip Berger, wurde die Pflegschaft für die Kinder Claudia, Stephanie und Oliver Berger zuerkannt, und Lilli, die Großmutter der drei, sollte Vormund werden. Judith starrte aus dem Fenster, ohne etwas zu sehen, und bekam einen trockenen Mund. Die Flasche Sekt im Kühlschrank, von Hubert bereits seit einem halben Jahr für eine geheimnisvoll angekündigte Gelegenheit aufbewahrt, fiel ihr ein.

Ich werde Mutter, dachte sie ergriffen. Dreifache herrliche wunderbare vierzigjährige Mutter. Sie würde einen Mittagstisch decken und einen Abendbrottisch, würde Schokoladenpudding kochen und Strümpfe stopfen, mit dem kleinen Oliver in den Zoo gehen, Claudias junge Verehrer bewirten, Steffi bei den Schulaufgaben helfen und nie mehr alleine frühstücken. Ihr Mund war nun so trocken, daß er dringend des prickelnden Sektes bedurfte, so viel war klar, und während sie hastig die Flasche entkorkte und ein hohes Sektglas aus dem Schrank holte, sah sie ihre sonnige kleine Küche vor sich, mit dem runden Eichentisch und dem bunten Tischtuch, mit drei Kindern, die leuchtenden Blicks vor bauchigen Kakaotassen saßen, während sie einen Kuchen rührte, sich eine Locke aus der Stirn strich und dazwischen ermahnte, ordentlich zu essen.

»Lilli«, jubelte sie. »Stell dir vor... oh, stell dir doch bloß vor...« Sie riß sämtliche Türen auf, stürmte ins Freie und die Außentreppe empor.

Aber Lilli war nicht da. Judith spähte ungeduldig durch einen Vorhang und bemerkte lediglich Papagei Cäsar, der sie böse aus halbgeöffneten Augen musterte und zu kreischen begann.

»Mutter?« Judith beugte sich über das hohe Holzgeländer. Aber nein, Lilli war auch nicht im Garten.

Ich muß einen größeren Terrassentisch kaufen, dachte sie plötzlich. Und dort, neben den Erdbeerstauden, wollte sie eine Schaukel für Oliver aufstellen. Sie lächelte. Immer, wenn sie das kleine Stückchen Land betrachtete, das sie zwar laienhaft, aber dafür mit sehr viel Liebe und Hingabe pflegte, wurde sie so froh und glücklich, als sei sie eine texanische Großgrundbesitzerin, deren stolzer Blick von Scholle zu Scholle des riesigen Besitztumes wanderte. Sie würde Vater ewig dankbar sein, daß er, in kluger Voraussicht, sie zur Erbin des alten efeubewachsenen Hexenhauses bestimmt hatte und seiner Frau Lilli lediglich das Wohnrecht in der separaten Wohnung zugesprochen wurde, dafür aber mit kräftigem Kapitalausgleich. Denn Lilli hielt nicht viel von dem Haus, das zwar Charakter und Charme besaß, aber keinerlei Komfort bot.

»Charakter und Charme... Ich kann es nicht sonderlich charmant finden, mir im Badezimmer an allen Ecken und Enden den Kopf anzustoßen. Und die knarrenden Holztreppen finde ich ausgesprochen charakterlos.«
»Aber Mutter. Dafür haben wir den schönen Garten.«
Doch zu Gartenarbeit ließ Lilli sich nur herab, wenn Nachbar Petersen, ein rüstiger Witwer Ende Fünfzig, sich auf seiner Sonnenliege räkelte und ihr begehrliche Blicke zuwarf. Dann allerdings zog sie das Großgeblümte an, setzte einen Strohhut mit breiter Krempe auf, kramte alte Ballhandschuhe hervor und beschnitt die Rosenhecken so kokettierend und anmutig, als sei sie die bezaubernde Joséphine Bonaparte auf Malmaison und Nachbar Petersen ein beträchtlich aufgeschossener Napoleon.
Judith setzte sich unschlüssig auf den Treppenabsatz. Es war ein heißer Augusttag. Margeriten und Phlox leuchteten in sommerlicher Pracht, eine blaue Clematis rankte sich um das Blumengitter, Astern und Dahlien nickten mit den Köpfen, und die Sonnenblumen standen schwer und träge da. Ein Erntetag, dachte Judith. Ein Tag, an dem man bereits den Herbst erahnte.
Sie sprang auf. Nun gut. Wenn Mutter nicht da war, so würde eben Hubert der erste sein, dem sie die frohe Botschaft brachte. Sie lief, zwei, drei Stufen auf einmal nehmend, zurück in ihre Wohnung, schenkte sich abermals Sekt nach und leerte das Glas in einem Zug. »Prost, Mutter Judith«, sagte sie feierlich. Dann lachte sie übermütig. War wirklich gut, dieser Sekt. Für welche Gelegenheit er wohl gedacht war? Für Huberts Heiratsantrag, den die ganze Familie bereits seit fünf Jahren, mit angehaltenem Atem, sozusagen, erwartete und mit dem er sich zierte wie ein reicher Erbonkel mit seinem Hinscheiden? Tja. Sie war eben lange Zeit geprüft und immer noch nicht für gut befunden worden. Die Frage war nur: Wollte sie Hubert überhaupt heiraten? Eigentlich bezeichnend, daß dies nie zur Debatte gestanden hatte. Man war der Ansicht,

es sei für sie, Judith Uhland, eine außerordentliche Ehre, Herrn Regierungsrat Ellert zu ehelichen, obwohl sie doch eine so mittelmäßige Person war. Eine mittelmäßige Person... War sie das wirklich?
Sie seufzte und griff zum Telefon.
»Hallo, Hubert. Die liebe Judith ist am Apparat. Wie geht's?«
Während sie sprach, betrachtete sie sich im Garderobenspiegel. Ihr schmales Gesicht war freudig gerötet, und ihre Augen, die wie graues Rauchglas wirkten und von einem Kranz dichter schwarzer Wimpern umgeben waren, strahlten.
»Judith? Was ist los? Du klingst so aufgeregt.«
»Bin ich auch. Ich bin so kribbelig wie ein Haufen Ameisen. Ich habe nämlich Nachricht bekommen.«
»Nachricht von wem und Nachricht worüber?«
Judith blickte abermals in den Spiegel und schnitt eine Grimasse. Typisch, dachte sie. Typisch Hubert. Sprach immer, als diktiere er einen langweiligen Schriftsatz: »... und bitten wir Sie umgehend um Nachricht, von wem diesbezügliche Nachricht nachrichtlich zu benachrichtigen sei ...«
»Hubert! Was interessiert mich zur Zeit wohl am meisten? Und wofür habe ich am meisten gekämpft? Mit all meinen Anträgen und Briefen und den Besprechungen im Jugendamt Ulm und den Telefonaten? Na?«
»Du meinst deinen Antrag auf Pflegschaft?« Huberts Stimme rastete ein wie das kleine quietschende Gartentor vor Judiths Häuschen.
»Ja, meinen Antrag auf Pflegschaft. Er ist angenommen. Hubert, stell' dir vor, er ist angenommen, angenommen, angenommen. Und ich sitze hier, habe deinen besonderen Gelegenheitssekt geköpft und kriege schon ganz glasige Augen. Du mußt unbedingt im Amt Schluß machen und zu mir kommen. Wir wollen feiern. Bitte, Hubert!«
»Ob es für mich ein Grund zu feiern ist, wenn du plötzlich drei Kinder am Hals...«
»Hubert!«

»... wenn du plötzlich die Sorge für drei Kinder zu tragen hast, bleibt dahingestellt. Du weißt ja. Unsere Ansichten liegen in diesem Falle weit auseinander. Doch auf mich hast du leider, leider keine Rücksicht genommen bei deinem einsamen Entschluß.«

Die Gartentorstimme schnappte noch ein wenig fester ein.

»Mein lieber Hubert. Wenn deine Schwester und ihr Mann bei einem Badeunfall ums Leben gekommen wären, und drei Kinder gehabt hätten, dann hättest du das gleiche getan, da bin ich ganz sicher. Ich weiß, es wäre Margareths Wunsch gewesen, daß die Kinder zu mir und Lilli kommen. Schließlich sind wir die nächsten Verwandten. Und wir haben Platz. Ich wohne hier mietfrei, arbeite nur halbtags, wir haben einen Garten, ein Gymnasium ist in der Nähe ... was will man mehr?«

»Ja, was will man mehr?« wiederholte Hubert spöttisch.

»Außerdem war es von vornherein klar, daß die drei nicht bei Onkel Konrad und Tante Anna in Ulm bleiben können. Die beiden haben bis zum Ende des Schuljahres ihre Gastfreundschaft angeboten, mehr nicht. Und sie sind zu alt. Ich bitte dich. Konrad ist sechzig und Anna fünfundfünfzig.«

»Und ich werde im Herbst achtundvierzig«, antwortete Hubert pikiert. »Ich hoffe, ich bin dir nicht auch zu alt.«

»Aber Hubert... du weißt doch, wie ich's meine. Und... na ja. Anna und Konrad waren bestimmt schon als Säuglinge betagt, mußt du doch zugeben. Die sind einfach kein Umgang für quicklebendige Kinder wie Steffi und Oliver. Von Claudia ganz zu schweigen. Eine Siebzehnjährige! Da werde ich sogar Schwierigkeiten haben, zurechtzukommen.«

»Du wirst in der Tat eine Menge Schwierigkeiten haben. Du vergißt, daß du genausowenig Erfahrung hast wie Anna und Konrad. Ich weiß überhaupt nicht, woher du deine Selbstsicherheit nimmst.«

Judith schwieg verärgert. Es war immer das gleiche! Nichts als grauer Pessimismus. Wieder starrte sie in den Spiegel. Ihr

Haar sah verheerend aus, mittelbraun, langweilig, ohne jeden Schnitt. Schon möglich, daß ihr nie mehr ein anderer Mann Avancen machen würde. Aber egal. Sie war jetzt dreifache Mutter, und wenn diese Tatsache auch ihren Heiratschancen gewiß mehr als abträglich war – wer sagte eigentlich, daß sie unbedingt heiraten mußte? Und daß es unbedingt ein absolut berauschendes Ereignis war, Hubert zu heiraten? Einen Mann, der in sakraler Feierlichkeit eine Flasche Sekt in ihrem Kühlschrank deponierte und sich dann beharrlich ausschwieg. Und dessen Antrag bestimmt schriftlich kam, mit fünffachem Durchschlag und der dringenden Bitte, ein Exemplar umgehend und gegengezeichnet an den Antragsteller zurückzusenden.

»Judith? Was ist los? Bist du noch dran oder schwebst du schon im siebten Mutterhimmel?«

»Kommst du jetzt feiern oder nicht?«

»Nein, ich komme nicht feiern. Aber ich lade dich zum Abendessen ein. Um sieben Uhr beim ›Alten Wirt‹.«

»Na gut«, meinte sie seufzend. »Um sieben Uhr beim ›Alten Wirt‹. Obwohl ... ich meine, angesichts der Besonderheit des Tages, lieber Hubert, wäre es vielleicht ausnahmsweise angebracht, den Tagungsort in ein schickes italienisches Restaurant... nein? Okay. Nein.« Sie schnitt abermals eine Grimasse und legte auf.

Als Konrad und Anna Dehler die Kopie des Bescheides vom Jugendamt Ulm erhielten, atmeten sie erleichtert auf. Sie hatten damals, vor einem halben Jahr, getragen von dem edlen Gefühl, drei über Nacht zu Waisen gewordenen Kindern vorübergehend Heim und Schutz zu gewähren, geradezu kategorisch darauf bestanden, ihre Gastfreundschaft anzubieten, bis eine geeignete Lösung gefunden sei.

Doch bald schon und ohne es sich jemals einzugestehen, hatten sie es bitter bereut. Anna, die Schwester Lilli Uhlands, ein mütterlicher, molliger Typ mit roten Backen und flinken Au-

gen, merkte sehr schnell, daß sie, die bis dahin kinderlos war, überhaupt nicht wußte, wie sie mit Claudia, Steffi und Oliver umgehen sollte.
Und auch Konrad benahm sich so hilflos wie ein Fisch auf dem Trockenen. Obwohl es ihn natürlich weniger betraf. Er stand den ganzen Tag im Laden, bediente die Kunden und sah diese Rasselbande nur abends. Und selbst da hatte er schon nach kürzester Zeit die Nase voll. Aber sie?
Sie hatte sich weder an den schnoddrigen Ton noch an die unmögliche Kleidung und die schlechten Manieren der drei gewöhnen können. Margareth hatte die Kinder einfach zu sehr verwöhnt ... Immer öfter schüttelte Anna den Kopf, räumte Claudias nachlässig über einen Stuhl geworfene Kleider in den Schrank, ertrug Steffis freche Antworten und sah nach Oliver, der vorwiegend in düsteren Ecken hockte, in seinen Büchern schmökerte und so zugänglich war wie die Festung von Alcázar.

Doch nun war es vorbei. Es war August, und Ende des Monats würden Claudia, Steffi und Oliver nach München reisen. Koffer und Kisten standen zum Teil bereits gepackt, eingelagerte Möbelstücke würden noch diese Woche auf den Weg gebracht werden, und sie und Konrad konnten schon sehr bald wieder zu ihrem ruhigen, beschaulichen Leben früherer Tage zurückkehren. Obwohl ... um den kleinen Oliver tat es Anna ein wenig leid. Denn abgesehen von seiner beständigen, traumverlorenen Schmökerei in Büchern war er ein lieber Junge, ernst, ordentlich, nie laut und wenn auch schwer zugänglich, so doch der höflichste. Er hatte bei Anna großmütterliche Gefühle geweckt, ihr kleine Botengänge abgenommen, den Abfall zur Tonne getragen und sogar die Nachbarn gegrüßt. Wenn er bei ihr bliebe... Doch auch darüber sprach sie nicht mit Konrad. Ein Esser mehr... Konrad war geizig, so geizig, daß er Anna sogar nötigte, mit bröseligen Fertigsuppen, Konserven und allerlei unverkäuflichen ver-

staubten Ladenhütern den Küchenzettel höchst fragwürdig zu bereichern.
»Drei Wochen Buchstabensuppe«, hatte Steffi erst gestern bemerkt. »Das macht aus jedem Analphabeten ein Genie.«
»Woanders hungern die Menschen.«
»Dann schick denen eine Ladung deiner Nudeln. Und wir machen uns an den frischen Schinken.«
Anna nahm den Brief des Jugendamtes, ging ins Wohnzimmer und sah, wie Claudia und Steffi am Boden vor dem Fernsehapparat saßen und kichernd einen Liebesfilm anschauten. Auf dem Bildschirm näherte sich der Held gerade männlich-charmant auf der Couch der Heldin und beabsichtigte ganz offensichtlich, weitere Maßnahmen zu ergreifen.
»Kinder. Das ist doch kein Film für euch.«
Claudia lachte. »Aber Tantchen. Ist doch nichts passiert. Wird auch nichts passieren. Sieh mal. Zuerst wird er sie küssen...«
»Macht er schon«, feixte Steffi.
»Und dann wird er, wenn überhaupt, mit leicht feuchten Augen seine Krawatte ablegen und die Kamera wird, schwenkschwenk, den Rosenstrauß ins Visier nehmen und langsam ausblenden.«
»Der Film ist nämlich von neunzehnhundertsechzig«, bemerkte Steffi.
»Na und?«
»Neunzehnhundertsechzig blendete man nach der Küsserei und dem Rosenstrauß aus.«
»Aha. Und heute?«
»Auch nach der Küsserei und beim Rosenstrauß.«
»Was ist dann der Unterschied?«
»Damals war's der Rosenstrauß mit furchtbar viel Gefiedel und Klavier im Hintergrund. Heute steht der Rosenstrauß vor einem Spiegel, und im Spiegel sieht man...«
»Ich habe Nachricht vom Jugendamt«, sagte Anna hastig. Sie wußte schließlich, was man alles in einem Spiegel sah. »Eine

gute Nachricht. Tante Judiths Antrag wurde genehmigt. Ihr könnt Ende des Monats abreisen.«
Claudia und Steffi schwiegen.
»Ihr werdet euch mit Judith gut verstehen. Und München ist wirklich eine schöne Stadt. Judiths Häuschen ist zwar etwas beengt, dafür sehr gemütlich. Na ja, ihr kennt es ja. Und einen Garten habt ihr auch.«
»Ich mache mir nichts aus Garten. Terrassenwohnungen sind nobler«, sagte Claudia und blickte aus dem Fenster.
Anna lächelte nachsichtig. Sie wußte, wie sehr Claudia ihr sorgloses Leben vermißte, die Reitstunden, die Tennisturniere, die herrlichen Urlaube, zusammen mit den Eltern. Philip und Margareth hatten die Kinder vergöttert, hatten das Geld mit vollen Händen ausgegeben und sich über die Zukunft keinerlei Gedanken gemacht.
Und dann diese Katastrophe! Dieses Unglück. Philip befand sich auf einer Geschäftsreise in Neuseeland. Und Margareth begleitete ihn. »Unsere zweiten Flitterwochen«, hatte sie lachend am Telefon berichtet. Karten trafen ein. Kleine Päckchen für die Kinder. Fotos. Und dann das Telegramm der Botschaft: »Mit großem Bedauern ... ein Unfall.«
Was weiter kam, war wie ein Alptraum. Die Beerdigung. Die vielen Menschen auf dem Friedhof. Die Behördengänge. Das Jugendamt. Die Kinder, wie erstarrt die erste Zeit. Oliver schreckte nachts weinend auf, erzählte, er träume von seinem Vater; wie er versucht habe, Mutter zu retten und wie beide ertranken.
Doch die Träume wurden seltener. Steffi, für ihre dreizehn Jahre noch ziemlich klein, ging wieder auf Sport- und Kinderfeste, Claudia besuchte einen Malkurs, und Oliver, gerade acht geworden, züchtete Goldhamster und las in seinen Abenteuerbüchern. Er erzählte nichts mehr von seinen Träumen, und er weinte auch nicht mehr.
»In einer halben Stunde gibt es Abendbrot«, sagte Anna.
»Buchstaben?«

»Nein. Sauerbraten.«
»Hoffentlich nicht so verstaubt wie die Buchstaben«, antwortete Steffi und biß in einen Apfel.

In München stand Judith unterdessen vor dem Kleiderschrank und musterte ihre Garderobe. Was trug eine fortschrittliche Mutter eigentlich? Ihr fiel auf, daß sie nur Faltenröcke besaß. Bürokleidung, wie Lilli des öfteren ironisch bemerkte. »Blaues Röckchen, weißes Blüschen, flache Absätze«, pflegte sie zu spotten. »Man würde dich erst gar nicht grüßen, hättest du mal was anderes an.«
Judith duschte, zog sich an, bürstete ihr Haar und betrachtete sich. Sehr, sehr brav stand sie vor dem großen Flurspiegel, mit biederem Haarschnitt, feinem, etwas fadem Gesicht, in dem nur ihre Augen auffielen und in dem die dunklen Augenbrauen viel zu breit und unregelmäßig gewachsen waren. Ihre Figur war nicht schlecht, gut proportioniert, wenn auch zäh erkämpft, und ihre Beine waren lang, mit schmalen Fesseln und kräftigen Waden. Eigentlich wirkte sie genau so, wie Hubert sich eine nette Ehefrau vorstellte, etwas Wetterfestes, Dauerhaftes, ein praktischer Trenchcoat sozusagen. Ein pfiffiger Verkäufer würde glatt vierzig Jahre Garantie auf sie geben und dabei gar nicht falsch liegen. Sie begann sich zu ärgern. Wer wollte schon gerne ein Trenchcoat sein... Kurz entschlossen kramte sie Lippenstift und Schminke aus den tiefsten Tiefen ihres Badezimmerschränkchens und malte sich einen großen roten Mund und herrlich sündige Augen. Dann zog sie ihr Haar tiefer in die Stirn, bestäubte sich mit Parfum und verwischte etwas Rouge auf den Wangen. Der Trenchcoat soll wenigstens ein farbiges Revers erhalten, dachte sie aufsässig und puderte sich noch die Nase.

Lilli hatte noch keine Ahnung, wie sehr sich durch jenen verhängnisvollen Brief auch ihr Leben verändern würde. Sie spazierte mit Freundin Beatrice durch den Hofgarten, verfüt-

terte ein paar Kekse an die Tauben vor der Feldherrnhalle und errötete sanft, als ein gut aussehender, älterer Herr ihr einen aufmerksamen Blick schenkte und sanft lächelte. Lilli war klein, schmal; ihre rotblonden Locken, die sie, wie in jungen Jahren, schulterlang trug, verliehen ihr etwas Mädchenhaftes. Ihr Gesicht war zart gezeichnet und immer noch schön, trotz der kleinen Fältchen, die die Haut durchzogen und den eisblauen Augen, die nicht mehr so leuchteten wie früher.
»Wie geht es Judith?« fragte Beatrice, mäßig interessiert.
Lilli lachte. »Wie soll es ihr schon gehen? Sie wandelt Tag für Tag in ihr verstaubtes Amt, kommt am frühen Nachmittag nach Hause, arbeitet im Garten, bereitet ein kleines Abendbrot für sich und Hubert, sieht fern und ist so langweilig wie eh und je.«
»Glaubst du, sie heiratet Hubert?«
Lilli hob die Augenbrauen. »Du stellst die Frage verkehrt herum. Doch egal. Ich würde ihn jedenfalls nicht heiraten, er ist eine alte Jungfer in Hosen. Doch was bleibt ihr übrig?«
»Du meinst, sie hat nicht allzu viele Chancen?«
»Allzu viele? Ich kenne keine außer Hubert. Sie hatte mal eine große Liebe, doch die ging nach Australien. Das war vor fünfzehn Jahren. Und dann gab es noch ein paar Interessenten aus der Nachbarschaft. Aber das waren Witwer oder Geschiedene, die wohl eher eine gute Haushälterin suchten. Und einmal hätte sie sich beinahe verlobt. Mit einem österreichischen Skilehrer. Torschlußpanik! Zugegeben, ein bildschönes Mannsbild und wohl gut geeignet für ein bißchen erotischen Nachholbedarf. Wir haben ihr diesen Mann ausgeredet, und sie brach ihren Urlaub ab und kam nach Hause.«
»Erotische Anwandlungen hätte ich ihr gar nicht zugetraut.«
»Na ja. Diese Geschichte scheint wohl auch ihr gesamtes Temperament erschöpft zu haben. Von da an lebte sie wie eine Nonne. Als sie Hubert kennenlernte, war sie bereits Mitte dreißig und ganz schrecklich anständig und brav.«

»Sonderbar, wie unterschiedlich Schwestern doch sein können. Wenn ich da an Margareth denke...«
Lilli schwieg. Sie dachte oft an Margareth, die ihre zierliche Figur, ihr rotes Haar und ihre charmante Fröhlichkeit besessen hatte und die, bevor sie Philip heiratete, umschwärmt worden war wie ein Starlet.
»Judith gleicht da mehr meinem verstorbenen Mann«, sagte sie nachdenklich. »Treu wie Gold und störrisch wie ein Maulesel. Denn sonderbarerweise – so unsicher und schüchtern sie im Alltag auch scheint – so eigensinnig und zielbewußt kann sie sein, wenn sie sich etwas in den Kopf gesetzt hat.«
»Du denkst wohl an den Antrag auf Pflegschaft für Margareths Kinder?«
»Ja, genau. Sicher, ich liebe meine Enkel«, sagte Lilli hastig. »Aber weder Judith noch ich sind drei Kindern gewachsen. Ich eigne mich nun mal nicht zur Großmutter. Und Judith als Mutter...« Sie schüttelte den Kopf.
»Aber die Kinder in ein Heim zu stecken, wäre auch grausam.«
»Kein Mensch hätte sie in ein Heim gesteckt. Verschiedene Verwandte hätten geholfen. Nur alle drei Racker auf einmal, das wollte sich natürlich keiner antun. Ich kann nur hoffen, daß Judiths Antrag abgelehnt wird.« Lilli blickte sich um. Der nette Graumelierte stand vor einem Schaufenster mit Miederwaren und sah nicht so aus, als wüßte er genau, was er sich da so aufmerksam beguckte.
»Gehen wir ins ›Glockenspiel‹, einen Kaffee trinken?« fragte sie so laut, daß Beatrice zusammenzuckte. Und als sie bemerkte, daß die grauen Schläfen sich wieder an ihre Fersen hefteten, hängte sie sich bei Beatrice ein und warf fröhlich ihren Kopf zurück.

»Du bist ja geschminkt«, stellte Hubert mißbilligend fest, als Judith und er sich beim Essen gegenübersaßen.
»Na und?«
»Ich wußte gar nicht, daß dreifache Mutterfreuden zu einer Farborgie anregen.«

»Und ich wußte nicht, daß so ein bißchen Lippenstift und Rouge gleich eine Orgie sein sollen.«
»Ohne Farbe gefällst du mir jedenfalls besser«, meinte Hubert und griff nach der Speisekarte.
Judith ärgerte sich. Gott, ist der langweilig, dachte sie. Wie streng sein Gesicht aussah, wie aufrecht er dasaß; er hatte etwas Englisches an sich, etwas Distinguiertes; er sprach, als sei ihm manchmal die Zunge im Weg. Wie viele Männer kleiner Statur hielt er sich gerade und trug den Kopf leicht erhoben. Die Kellner flitzten, wenn er einen Wunsch äußerte, und in der Straßenbahn wagte keiner, ihn anzurempeln. Bei Judith flitzten die Kellner nicht, und angerempelt wurde sie oft.
»Prost«, sagte sie und lächelte mühsam. »Freu dich doch mit mir. Schließlich sind wir nicht auf einer Beerdigung.«
»Wann kommen die Kinder?«
»In zwei Wochen. Mein Gott, was ich noch alles erledigen muß... Glaubst du, es wird möglich sein, eine Woche vorher Urlaub zu bekommen?«
»Jetzt? Zur Hauptreisezeit?«
»Wenn du dich dafür verwenden würdest? Schließlich bist du mein Vorgesetzter?«
»Und wenn ich mich nicht verwende?«
»Dann werde ich krank«, antwortete Judith eisig. »Ich bekomme Bauchschmerzen, Wehen und eine dreifache Sturzgeburt. Wer kann schon arbeiten als Wöchnerin.«
»Judith. Sei doch nicht kindisch. Natürlich kannst du Urlaub bekommen. Aber sonst... Ich glaube, du bist dir immer noch nicht bewußt, was du dir alles aufhalst. Es hätte auch elegantere Lösungen gegeben. Ein Internat für Stephanie, eine Sprachenschule mit Wohnmöglichkeit für Claudia und später dann vielleicht ein Studium mit Unterbringung in einem Studentenheim. Und Oliver... nun ja. Auch hier wäre uns etwas eingefallen.«
»Die Geschwister auseinanderreißen? Nachdem sie vorher schon beide Eltern verloren haben? Wie grausam du bist.«

Hubert spielte mit seiner Serviette. »Ich bin nicht grausam«, sagte er nach einer Weile. »Nur enttäuscht. Ich liebe dein kleines Häuschen, und dann meine Pläne. Wie angenehm hätten wir beide zusammenleben können. Im Erdgeschoß das Wohnzimmer, das ich ein wenig umgebaut hätte, im ersten Stock die beiden kleinen Zimmer als Gästeraum und Bibliothek...«
»Vergiß das Schlafzimmer nicht.«
»Das Schlafzimmer kann bleiben, wie es ist.« Er räusperte sich.
»Ja. Wie gesagt. Schön hätten wir uns das Leben machen können. Ein nettes Heim, unsere Reisen nach Madeira und in die Toskana...«
»Ein bißchen arg ruhig, nicht? Das klingt so nach Rente und Parkbank in der Sonne und Sahnetorte am Sonntag, Punkt fünfzehn Uhr. Und daß du zuerst meine niedlichen Zimmerchen, dann die Reisen und mich schließlich nur am Rande erwähnst, stimmt mich recht nachdenklich. Ich weiß zwar, daß ich die Männer nicht gerade zu Leidenschaftsstürmen hinreiße. Auch bin ich kein Typ, dem sie, mit Schaum vor dem Mund, nachjagen und rote Rosen ins Haus schicken. Deshalb pflanze ich sie mir ja auch selber – die roten Rosen meine ich.« Sie lachte schroff. »Aber ein bißchen mehr Romantik wäre schon angebracht. Und eine Brise frischer Wind täte vielleicht auch dir ganz gut. Und die Kinder bringen frischen Wind, du wirst schon sehen.«
»Ich? Ich werde kaum etwas sehen. Ich wurde schließlich nicht Vater. Deine leichtfertige Entscheidung hast du schon selbst zu tragen.« Er trank einen Schluck Bier und starrte sie bitter an. Nun waren seine Augen tatsächlich so hell, wie sie schon nachmittags befürchtet hatte.
»Oh... also auch heute kein Heiratsantrag, mein lieber Hubert«, sagte sie in einem plötzlichen Anflug von Mut. »Trotz meines reizenden Häuschens mit den praktischen Umbaumöglichkeiten. Nun gut. Dann ist die nette Judith also ledige

Mutter. Macht auch nichts. Ich wollte schon immer ein wenig anrüchig sein. Schießlich war ich noch nie in meinem Leben so richtig anrüchig, von meinem österreichischen Skilehrer mal abgesehen. Immer nur dusslig, brav und bieder. Und heiraten wollte ich sowieso nie. Schon gar nicht einen Mann, der mich vorzeitig zur alten Frau macht und obendrein kinderfeindlich ist.« Sie stand auf.
»Herzlichen Dank für das köstliche Abendessen. Und achte darauf, daß du nicht wieder alle Leute anpöbelst und unflätige Lieder singst nach diesem rauschenden Fest. Ein kleines Bier in nur eineinhalb Stunden... Ts, ts. Wirklich, Hubert, sehr exzessiv und höchst verwerflich. Du wirst doch nicht als Penner im Englischen Garten enden? Bei deinem Lebenswandel!«
Sie blickte ihn zornig an und verspürte einen kleinen, scharfen Stich in der Magengrube. Im Grunde hatte sie ja doch gehofft... Ach, was. Sollte Hubert doch zum Teufel gehen! Sollten alle Männer zum Teufel gehen! Sahen in ihr nur den praktischen Trenchcoat! Und bemerkten nicht das Sonntagsausgehkleid darunter. Typisch!

Als sie kurze Zeit später ihr kleines Auto parkte, sah sie, daß bei Lilli Licht brannte.
»Lilli?« Judith klopfte gegen eine Scheibe.
»Kannst du dir nicht angewöhnen zu klingeln?« fragte Lilli mißbilligend.
»Aber Lilli. Wenn du eh' hinter der Gardine stehst und neugierig bist.«
»Ich stehe nicht und bin neugierig. Ich habe den Mond bewundert. Heute nacht ist Vollmond.«
»Du hast plötzlich romantische Anwandlungen? Das glaubst du doch selbst nicht. Ich sah Nachbar Petersen gerade aus seiner Stammkneipe wanken. Könnte das vielleicht der Grund sein für deine Mondsüchtigkeit?«
»Ich mache mir gar nichts aus Herrn Petersen«, antwortete

Lilli eisig. »Und wieso sollte ich nicht das Recht haben, romantisch zu sein.«
»Das Recht hast du ja.« Judith lachte. »Aber nicht die Gabe dazu. Du bist die realistischste Person, die ich kenne, und ich kenne eine Menge Leute. Der Mond ist dir ziemlich schnuppe. Es sei denn, du könntest damit irgendwelche Herzensbekenntnisse aus armen Junggesellen herauslocken. Dann muß er natürlich schnell mal herhalten, der gute Mond. Stimmt's?«
»Komm endlich rein.«
Judith folgte ihrer Mutter, die genauso aufrecht ging wie Hubert.
»Lilli? Hast du auch Nachricht erhalten?«
»Als ich heute abend nach Hause kam, fand ich den Brief.«
»Wir haben's geschafft! Ist das nicht herrlich?«
»Du hast es geschafft«, meinte Lilli unbehaglich. »Du weißt, ich bin nicht oft mit Hubert einer Meinung. Aber dieses Mal, glaube ich, hat er recht.«
»Lilli! Du bist die Großmutter! Wie redest du denn?«
»Ich habe getan, was du wolltest. Ich habe die Vormundschaft beantragt, ich habe versucht, den Behörden zu beweisen, daß ich weder senil noch hinfällig und daher durchaus in der Lage bin, vernünftige Entscheidungen zu treffen, und betont, daß wir zusammen in einem Haus leben und es den Kindern an nichts fehlen wird, obwohl du unverheiratet bist. Und ich habe verschwiegen, daß ich eigentlich keinerlei großmütterliche Gefühle verspüre. Aber nun ist Schluß. Ich will mein Leben noch ein bißchen genießen. Und nicht drei Kinder erziehen.«
»Du erziehst sie nicht, sondern ich. Du wirst nur gefragt bei wichtigen Entscheidungen.«
»Aber ich lebe im Haus. Es wird jede Menge Unruhe geben. Und glaube ja nicht, ich spiele Babysitter, wenn du mal mit Hubert verreisen willst. Ich bin dem nicht gewachsen, ich habe eine zarte Gesundheit.«

»Du hast doch eine Gesundheit wie ein Pferd und wirst uns noch alle überleben. Und wegen der Reisen mit Hubert brauchst du dir keine Sorgen machen. Hubert hat zum Rückzug geblasen, so elegant und verlegen wie ein Tanzstundenjüngling, der bemerkt, daß seine Angebetete Schuhgröße 48 hat.«
»Du meinst, aus eurer Hochzeit wird nichts?«
»Von Heirat war sowieso nie die Rede. Aber jetzt, mit den Kindern... Nein, Hubert sucht eher etwas für Madeira und die Salzburger Festspiele. Keine Popmusik, Jeans und zerschundene Knie.« Judith lachte. »Egal, Mutter. Stell' dir vor: Eine Menge junger Leute wird ins Haus kommen, Oliver wird im Kirschbaum sitzen, Stefanie mit ihren Freundinnen im Garten toben... Ach, ich freue mich schrecklich. Gleich morgen werde ich mit den Kindern telefonieren.«
»Ich nicht. Ich freue mich nicht, damit du es nur weißt.« Lilli zog eine Grimasse.
»Weil du eben keine Phantasie hast. Das ist es.« Judith küßte ihre Mutter auf die Stirn und klopfte beim Hinausgehen nochmals vergnügt gegen die Scheibe. »Keine Phantasie und null Bock auf Arbeit, du störrisches Großmütterlein, stimmt's?« rief sie übermütig.

Auch in Ulm hing der Mond prall und gelb am Himmel und wetteiferte mit den Straßenlaternen, die die dunklen Zimmer erleuchteten, in denen bereits alle schliefen. Fast alle.
»Bist du noch wach?« fragte Steffi. Sie saß auf der Bettcouch im Gästezimmer von Anna und Konrad und starrte auf Claudia, deren blonde Locken auf dem weißen Kissen lagen und die sehr jung und verführerisch wirkte.
»Nein. Ich denke nach.«
»München?«
»Ja.«
»Magst du Judith?«
»Na ja. Sie ist ganz nett. Aber furchtbar spießig. Wenn man

bedenkt, daß sie sogar zwei Jahre jünger ist, wie Mutter war...«

»Und der Typ erst, den sie da kannte. Dieser Hubert. Meinst du, die heiraten, die beiden?«

Claudia richtete sich auf. »Nur über meine Leiche, das sag' ich dir. Der ist ja schlimmer als unser Mathe-Lehrer. Bevor der einen Witz macht, bringt er sich lieber um.«

»Aber ich glaube doch, daß er sie heiratet. So alt wie der ist, kriegt der doch keine andere mehr.«

»Da muß sie uns jetzt eigentlich fragen, ob wir einverstanden sind.«

»Glaube ich nicht, daß sie das muß. Es ist besser, wir lassen uns etwas einfallen.«

»Wir ekeln ihn raus. Ganz einfach.«

»Oder wir möbeln Judith ein bißchen auf. Dann findet sie vielleicht noch einen Jüngeren und muß nicht diesen Grufti an Land ziehen. Wenn einer schon Hubert heißt und Regierungsrat ist. Also wirklich! Mit dem muß man sich ja überall schämen.«

»Und seine Hosen hatten so messerscharfe Bügelfalten, als wolle er damit gleich zum Angriff übergehen.« Claudia kicherte.

»Du könntest ihn ja mal ein bißchen verführen. Judith will bestimmt keinen entjungferten Regierungsrat, spießig wie sie ist.«

»Nein, danke, mir ist schon schlecht. Lieber geh ich ins Kloster.«

»Okay, dann nicht. Dann ekeln wir. Ich hab' 'ne Idee... wir setzen Olivers Goldhamster auf seine Bügelfalten an. Das macht ihn fertig, ich schwör's dir.« Nun kicherte auch Steffi.

Judith schlief den Schlaf des Gerechten, nicht ahnend, daß der einzige Mann, der sich in den letzten Jahren für sie interessiert hatte, vergrault werden sollte. Im Gegenteil, sie sah sich im Traum inmitten einer Schar Kinder stehen, mit einem alten Trenchcoat, den Bräutigam herbeisehnend.

»Wo ist er?« fragte der Pfarrer streng.

»Er kommt noch«, antwortete Judith. »Ganz bestimmt.«

Sie wartete zehnzehntel Sekunden, den ganzen langen Traum hindurch. Aber er kam nicht. Leider.

2. KAPITEL

»Seht euch heute noch mal gründlich um«, sagte Judith eine Woche später übermütig zu Lilli und Hubert. »In ein paar Tagen herrscht hier nämlich Tohuwabohu. Herr Petersen will mir beim Möbelverrücken helfen, Herr Möllemann steht schon mit Pinsel und Farbeimer bereit, und seine Frau hat mir Gardinen für Olivers Zimmer versprochen.«

Sie legte Lilli ein Stück Erdbeertorte auf den Teller und versuchte, Huberts Leichenbittermiene zu ignorieren. Denn fürwahr, der Gesichtsausdruck eines Mannes, der sie mit drei Kindern und einer exzentrischen Mutter einfach sitzenließ, würde ihr in Zukunft sowieso herzlich egal sein.

»Die Frau des Malers schenkt dir Gardinen?« sagte Lilli verächtlich. Sie trug, da man auf der kleinen Terrasse saß, ein leichtes Sommerkleid, führte die Tasse anmutig zum Mund, die Beine übereinandergeschlagen und das Gesicht dezent geschminkt. Kurzum, sie befand sich ganz in Erwartung eines sonntäglichen Flirts mit Nachbar Petersen, der in seinem Garten Unkraut jätete und anbetend zu ihr herüberschmachtete.

»Warum sollte mir die Frau des Malers keine Gardinen schenken? Die beiden sind sehr viel wohlhabender als ich. Ihnen gehört das größte Haus hier im Umkreis.«

»Verrückte Welt...«, murmelte Lilli, deren ausgeprägter Standesdünkel in keinerlei Verhältnis zu ihrer Herkunft und ihrem Einkommen stand und die im tiefsten Innern ihres Herzens die Menschen immer noch einteilte nach Ober- und Unterschicht, Herrschaft und Gesinde, Elite und normal Sterbliche. Handwerker hatten brave, ehrliche Menschen zu sein, die in sauberen, einfachen kleinen Wohnungen hausten und die offensichtlich gottgewollte Ordnung, gehütet von klugen Politikern, geduldig akzeptierten. Sie hatten unter keinen Umständen Gardinen zu verschenken an Leute, deren Wände sie bepinselten.

»Ein Wort, und ich hätte dir das Geld vorgestreckt.«
»Ich will nicht auf Pump leben. Ich muß lernen, mit dem, was mir zur Verfügung steht, auszukommen.«
»Aber Gardinen vom Maler...«
»Mutter! Nun sei nicht so verdammt hochnäsig. Auch dein Mann war Handwerker.«
»Er hatte eine kleine Fabrik.«
»Er war Schreiner. Ein wunderbarer Beruf, wenn du mich fragst.«
»Er war kein Schreiner. Er war Unternehmer.«
»Er hat in seiner Eigenschaft als Schreiner ein kleines Unternehmen aufgebaut. Das ändert aber nichts an der Tatsache, daß er Handwerker war. Und er war stolz darauf.«
»Er hatte über fünfzig Angestellte, und er war kein x-beliebiger Schreiner, sondern Kunstschreiner und...«
»Auf jeden Fall ein sehr einfacher und gütiger Mensch. Und hatte Herzensbildung.«
»Die ich nicht habe?«
Judith blickte ihre Mutter an. »Nicht in dem Maß, wie Vater sie besaß«, antwortete sie kühl. Wenn sie nun schon vorhatte, ein neues Leben anzufangen, wollte sie auch gleich ihre Schüchternheit ablegen und endlich damit beginnen, sich nicht mehr alles gefallen zu lassen.
Da Lilli nicht antwortete, lächelte Judith nach einer Weile etwas gezwungen und sagte: »Nun paßt mal auf... Ihr werdet staunen, was ich aus dem kleinen Hexenhaus alles zaubern werde. Hier unten, das Wohnzimmer, bleibt wie es ist. Die Küche erhält einen größeren Tisch, an dem vier Leute...« Sie räusperte sich. »Ich meine, an dem vier oder auch fünf Leute bequem Platz finden. In mein Schlafzimmer zieht Claudia. Meine Möbel wandern ins Gästezimmer; das kleine Zimmer daneben kriegt Steffi. Und Oliver kommt ins Souterrain. Ist doch herrlich für einen Jungen, so ein Souterrain.«
»Du meinst, er zieht in den Keller«, sagte Lilli, immer noch beleidigt. »Und wohin kommt der Kellerkrempel?«

»Auf den Speicher.«
»Und der Speicherkrempel?«
»Auf den Müll oder Flohmarkt. Mein Gott, das ist doch alles kein Problem!«
»Dein französisches Bett und der große Schrank dürften kaum in dem kleinen Gästezimmer Platz haben.« Huberts Leidensmiene verschlimmerte sich zusehends.
»Das Bett hat Platz. Und den großen Schrank brauche ich nicht, bei nur vier Blusen und fünf Faltenröcken, wie Mutter immer so treffend bemerkt.«
»Ach. Dann spannst du quer durch das kleine Zimmerchen eine Wäscheleine und hängst dort deine Kleiderbügel auf? Wie putzig!«
»Herr Möllemann baut mir einen schmalen Schrank. Und den großen habe ich bereits verkauft. An die Schwiegermutter der Möllemanns.«
»Wie schön, daß bereits die ganze Gegend so rührenden Anteil nimmt an deiner Mutterschaft«, bemerkte Hubert giftig. Er trank einen Schluck Tee und sah mit seinen halbgeöffneten Augen fast so böse aus wie Cäsar, der Papagei.
Lilli schüttelte den Kopf. »Du bist verrückt, Judith. Andere Frauen in deinem Alter kultivieren und vergrößern sich, mieten schicke Altbauwohnungen in Schwabing oder Haidhausen, kaufen sich Antiquitäten, Teppiche und machen Weltreisen. Du aber...«
»Ich vergrößere mich doch auch. Ich bekomme drei Kinder. Was willst du mehr?«
»Und wie hast du dir unser zeitweiliges Zusammenleben vorgestellt?« fragte Hubert.
»Könnten wir darüber vielleicht später diskutieren?«
»Du meinst, wenn Lilli nicht anwesend ist? Ich bitte dich.«
»Nun gut. Dann eben gleich. Die Art unseres Zusammenlebens richtet sich nach deinem Verhalten.«
»Nach meinem Verhalten? Wie hättest du es denn gern? Daß ich euch Sonntag nachmittags, ein paar Blümchen in der

Hand, besuche? Und dir einen züchtigen Kuß auf die Stirn und mir eine Indianerfeder ins Haar drücke und mit Oliver im Gebüsch herumkrieche? Oder Puppenopa spiele für Stephanies Babypuppen?« Er maß Judith mit einem nahezu feindseligen Blick. »Und am Abend«, fuhr er ironisch fort, »am Abend verabschiede ich mich artig, streiche den Kindern liebevoll über die erhitzten Wangen und gehe fröhlich meiner Wege.«

»Nun, so ähnlich vielleicht. Nur die Blümchen kannst du dir sparen. Und mehr als einen züchtigen Begrüßungskuß habe ich bis jetzt auch nicht bekommen. Oder willst du etwa behaupten, du hättest mich Sonntag für Sonntag leidenschaftlich in deine Arme genommen und mir beteuert, wie unerträglich die letzten Stunden des Wartens für dich gewesen wären? Na? Also. Und artig verabschieden bräuchtest du dich auch nicht. Die Kinder sind schließlich alt genug und leben nicht hinter'm Mond. Sie haben bestimmt schon von Verhältnissen gehört.«

»Verhältnissen?« fragte Hubert gedehnt.

»Wie würdest du unsere Art des Zusammenlebens denn bezeichnen? Wir haben doch ein Verhältnis?«

Huberts Gesicht rötete sich. »Du wirst ziemlich gewöhnlich in letzter Zeit.«

»Seit wann ist ein Verhältnis denn gewöhnlich? Ein Verhältnis kann nett sein oder traurig, es kann enden oder anfangen. Ob es gewöhnlich ist, bestimmen die Verhältnispartner.«

Hubert erhob sich: »Der eine Verhältnispartner mäht jetzt den Rasen.«

»Ganz wie ein alter Ehemann. Ehemänner pflegen sich auch hinter Zeitungen oder Rasenmähern zu verschanzen, wenn das Thema ungemütlich wird.«

Lilli sah ihm kichernd nach. »Ich bin zwar nicht immer mit dir einverstanden, liebste Judith. Genaugenommen bin ich sogar sehr selten mit dir einer Meinung. Aber die neue Art, dich mit Hubert zu unterhalten, gefällt mir. Sie gefällt mir sogar außerordentlich.«

Ihre neue Art, sich mit Hubert zu unterhalten... Judith saß ein paar Stunden später in einem bequemen Hauskleid auf der Terrasse und aß einen Apfel. Der Mond hatte einen silbrigen Schleier, die Sterne blinkten kühl aus der Ferne. Judith spuckte die Apfelkerne durch das Rosenspalier und betrachtete nachdenklich einen dicken braunen Käfer, der auf dem Rücken lag und mit den Beinen zappelte. Ob ihre Freundschaft mit Hubert sich dem Ende zuneigte? Sie fühlte sich unbehaglich bei diesem Gedanken. Eine Frau mittleren Alters, alleine mit drei Kindern... Ein sonderbares Gefühl überkam sie. Denn Hubert hatte auch seine guten Seiten. Er war, beispielsweise, sehr belesen, korrekt und gescheit. Er war anständig, und zwar in der Weise, daß er nie mit dem Gesetz in Konflikt kam, sich an Spielregeln hielt und seine festgefügten Meinungen sich stets mit den allgemein gültigen deckten. Er war auch ein angenehmer Gesellschafter, ein bißchen langweilig vielleicht, doch er verstand, und das war bisher sehr wichtig in ihrer beider Leben, zu reisen und diese Reisen zu kleinen, wohlgeordneten Erlebnissen zu gestalten. Er besorgte die Tickets, er kaufte die Reiseliteratur, er sprach englisch, französisch, etwas spanisch, er konnte feilschen wie ein Bazarhändler und brachte auch das schlampigste Zimmermädchen zur Räson. Er wußte, wer wann wieviel und warum Trinkgelder bekam; er konnte den Koffer tausendmal besser packen als sie, er hielt die Straßenkarten nicht verkehrt herum und sagte auf Anhieb und nach einem Blick gen Himmel, ob man nach Westen fuhr oder nach Osten oder Richtung Antarktis. Und diesen Ausbund an Tüchtigkeit und Zuverlässigkeit hatte sie so vor den Kopf gestoßen! Ts. Judith zuckte mit den Achseln. Nein, danke, hatte er gesagt, als sie ihm zum Abendessen Schinkentoast und Bier anbot. Still und verdrossen schmierte er sich statt dessen Quark und Schnittlauch auf ein urgesundes Knäckebrot, trank Mineralwasser und gebärdete sich als der Ausbund an Tugendhaftigkeit gegenüber einer genüßlich in den saftigen Schinken beißenden

und ihr Glas Wein schlürfenden Judith. Auch den Sonntagabend-Krimi verschmähte er. Ein schlechtes Zeichen. Normalerweise liebte er nämlich dies bißchen wöchentliche Aufregung am Bildschirm. Männer, die mit Pistolen herumfuchtelten, flapsige Sprüche klopften und rassige Blondinen an ihre dicht behaarte Brust zogen. Denn in Huberts wohlgeordnetem Tagesablauf fehlte eindeutig die Spannung, und sein bislang schlimmstes Erlebnis gipfelte in dem versehentlichen Besuch eines zweifelhaften Etablissements mit einer vollbusigen Bardame und einem rauhbeinigen Wirt. Doch sogar der rauhbeinige Wirt hatte nach einem Blick in Huberts helle Augen nicht mehr gewagt, die einhundertdreißig Mark und fünfzig Pfennige für zwei Piccolos zu verlangen. Und die vollbusige Barfrau verzog sich hinter die Theke, als Hubert sie kalt von Kopf bis Fuß musterte.
»Abgründe taten sich auf«, sagte er jedesmal, wenn er die Geschichte zum besten gab.
Judith seufzte und lehnte ihren Kopf gegen die Mauer des Hauses, die alt und rauh und noch warm von der Hitze des Tages war. Nicht einmal geküßt hatte er sie zum Abschied. Weder züchtig noch zärtlich, noch leidenschaftlich, sondern überhaupt nicht. Er hatte sich verabschiedet wie ein Finanzbeamter von einem säumigen Steuerzahler und ihr einen so durchdringenden Blick zugeworfen, daß sie auf der Stelle das Gefühl bekam, drei Jahre alt zu sein und aufs Töpfchen zu müssen.

Am nächsten Morgen – Judith wollte gerade das Haus verlassen – klopfte Lilli kurz ans Fenster. Sie trug ein kleines Köfferchen und sah zum Anbeißen frisch und unternehmungslustig aus.
»Mutter! Was ist denn in dich gefahren? So früh auf den Beinen? Bist du krank?«
»Ich verreise für ein paar Tage. Ich muß dringend zu Lydia. Sie hat wieder ihre Sommer-Influenza. Ich muß ihr leider ein

wenig Gesellschaft leisten.« Sie schenkte Judith ein leidendes Krankenschwester-Lächeln und seufzte.
»Du meinst, ab morgen stehen sowieso die Handwerker ins Haus. Und Herr Möllemann rückt an mit Eimer und Farbe.«
»Es ist mir wirklich unangenehm, Judith, daß ich jetzt nicht helfen kann.«
»Tatsächlich? Ich dachte eher, du willst Reißaus nehmen. Ich weiß, wie sehr du alles haßt, was nach Farbe, Kleister und Putzmittel riecht.«
»Ich reiße niemals aus. Ich habe Lydias Krankheit nicht bestellt. Außerdem – hast du nicht ab morgen Urlaub?«
»Ja, Mutter«, antwortete Judith sarkastisch. »Ich habe ab morgen Urlaub.«
»Und Hubert wird doch sicher ein bißchen helfen?«
»Der wird sich hüten. Das käme ja fast einer Kapitulation gleich.«
»Na, du schaffst das schon«, sagte Lilli und zeigte ein paar blitzende Zähne, als sie Judith zuwinkte.

In Judiths Büro, das sie mit Frau Kleinschmidt teilte, lag bereits ein Zettel auf der Schreibmaschine. »Bitte Hubert, den Gestrengen, anrufen. Bin selber auch beim Diktat. Uff!« Judith lächelte. Sie verstand sich ausgezeichnet mit Frau Kleinschmidt, mit der sie ein Zimmer teilte und die sie oft um ihren unverwüstlichen Humor beneidete.
Sie griff nach dem Telefon. »Hallo, Hubert?«
»Guten Morgen. Ich wollte dir nur sagen, daß ich Fräulein Martens gebeten habe, schon ab heute für mich zu arbeiten. Dann kannst du in Ruhe deinen Schreibtisch aufräumen, bevor du in Urlaub gehst.«
»Wie lieb von dir, Hubert. Ich muß nämlich noch eine Menge erledigen. Die Ulmer Spedition will die Möbel der Kinder liefern, viel zu früh, wie du weißt und...«
»Sei mir nicht böse, aber ich bin sehr beschäftigt. Außerdem... du brauchst mich nicht einzuweihen in deine inter-

nen Familienangelegenheiten. Ich habe dir schon einmal gesagt: Es war dein Entschluß, nicht meiner.« Er legte auf.
»Na? Was gucken Sie denn so wild?«
Ruth Kleinschmidt, eine mollige Frau um die fünfzig mit gutmütigem, rundem Gesicht und kurzgeschnittenem grauem Haar, kam, einen Stoß Akten tragend, ins Zimmer.
»Mein Hubert ist sauer«, sagte Judith. »Er will partout nicht Vater werden.«
Ruth Kleinschmidt lachte. »Ich halte mich da raus. Sie wissen ja, was ich über Ihren Regierungsrat denke. Ja, ja, er ist ein Gentleman vom Scheitel bis zur Sohle. Aber ein Gentleman hat selten eine Frau glücklich gemacht. Von Spaß ganz zu schweigen. Außerdem... Sie sind viel zu jung für ihn.«
»Ich? Ich bin schon vierzig. Und komme mir manches Mal uralt vor. Mit all meinen langweiligen Kleidern, dem dummen Haarschnitt und dem faden Gesicht.«
»O Gott, o Gott. Warum tut die Erde sich nicht auf und frißt all meine Gram und Pein«, sagte Ruth Kleinschmidt. »Es soll tatsächlich Läden geben, in denen man schicke Kleider kaufen kann. Auch den Friseur kann man wechseln. Und Puder und Schminke sollte man eben nicht nur einmal im Jahr, zur Weihnachtsfeier, auflegen.«
Nun mußte auch Judith lachen. »Sie haben recht. Ich werde demnächst mein Aussehen gründlich verändern. Ich werde mich verwandeln in eine spritzige junge Mutter und von den Verehrern meiner Töchter für die ältere Schwester gehalten werden. Na? Haben Sie sich das so vorgestellt?«
»Genau«, sagte Ruth Kleinschmidt. »Genau so habe ich es mir vorgestellt.«

Doch Judith hatte keine Zeit, sich gründlich zu verändern. Sie verlegte Teppichböden, steckte Gardinen auf, dirigierte die Möbelpacker, ließ die Gartenschaukel einbetonieren und zauberte aus dem als Keller mißbrauchten Souterrain-Zimmer, durch dessen Türe man direkt in den Garten laufen konnte,

einen bunten Traum für einen kleinen Jungen namens Oliver.
Am Ende der Woche – Herr Möllemann war gerade mit seinen Farbeimern und Pinseln abgezogen – saß Judith in der Küche und sah sich um. Die karierten Vorhänge bewegten sich sanft im Wind, ein Strauß Astern leuchtete in der alten Kupfervase, und vier neue Serviettenringe lagen, liebevoll bemalt, auf dem Tisch. Ja, nun war es soweit. Morgen kamen die Kinder, und übermorgen gab es das erste Frühstück. Das erste Frühstück zu viert. Judith lächelte glücklich.

Am Abend spielte sie mit Hubert Schach. Und verlor. Sie verlor immer, doch nicht immer so schnell.
»Wo bist du bloß mit deinen Gedanken?« Er haßte es, allzu leicht zu siegen.
»Ich habe Bammel vor morgen. Was mache ich nun, wenn sie mich nicht akzeptieren? Oder sogar ganz und gar ablehnen?«
»Die Frage ist müßig, da du sie zu spät stellst. Außerdem haben Kinder zu gehorchen. Wenn du sie mit der nötigen Strenge behandelst...«
»Mit der nötigen Strenge?« wiederholte Judith gedehnt. »Ich weiß nicht. Ich glaube, in erster Linie wird wichtig sein, daß sie wieder ein Zuhause bekommen und spüren, daß man sie mag.«
»Na. Du hast wohl zu viele gefühlvolle Romane gelesen in den letzten Wochen. Die heutige Jugend ist cool und clever. Deine Schützlinge werden nicht so viel übrig haben für deine spät entdeckte Mütterlichkeit.«
»Du redest, als seien sie kleine Monster.«
Er schwieg. »Spielen wir noch eine Partie?«
»Nun sei mal ehrlich, Hubert. Freust du dich kein bißchen, daß unser beider Leben sich ändert und frischer Wind durchs Haus weht?«
»Mein Leben wird sich nicht ändern. Spielen wir nun noch eine Partie oder nicht?«

»Oder nicht«, sagte Judith.
»Willst du fernsehen?«
»Nein, ich will nicht fernsehen.«
»Möchtest du gerne alleine sein?«
»Das bin ich doch schon«, sagte sie. Ein kühler Windstoß drang durch die geöffnete Terrassentür, und sie erschauderte vor Kälte und Traurigkeit.

Konrad und Anna Dehler lagen zu dieser Zeit bereits im Bett. Doch Anna fand keinen Schlaf. »Das Haus wird richtig leer sein ohne die Rasselbande«, meinte sie. »Und Oliver wird mir fehlen. Er ist sehr lieb. Findest du nicht?«
Konrad brummelte Unverständliches.
»Ja, wirklich, ein lieber Junge. Hoffentlich fühlt er sich wohl in München. Er hatte sich hier schon so gut eingelebt... Und im Laden hat er die letzte Zeit auch so nett geholfen«, schob sie vorsichtig nach. Sie drehte sich ein wenig ächzend zur Seite. »Hörst du mir überhaupt zu?«
Doch Konrad hörte nicht zu. Er schlief bereits. Oder tat zumindest so, als schliefe er.

Am nächsten Morgen regnete es in Strömen. Judith starrte aus dem Fenster. Ein paar Spatzen saßen, zerzaust und verfroren, im alten Kirschbaum, die Rosen hatten über Nacht fast alle Blätter verloren, und Olivers neue Schaukel hing traurig und tropfnaß zwischen den Holunderbüschen.
Das war ungerecht. Nun wurde nichts aus ihrem schönen Grillfest, zu dem sie auch ein paar Nachbarn einladen wollte. Auch das Eis und die Pfirsichbowle konnte sie jetzt vergessen. Sie hob fröstelnd die Schultern und betrachtete das Foto der Kinder, das in der Wohnzimmervitrine stand und auf dem alle drei lächelten: Claudia, blond und schlank, mit schmalem Gesicht und leuchtend blauen Augen, Steffi, stupsnasig, sommersprossig, mit kühlem, distanziertem Blick und Oliver, der trotz seines Lächelns ernst wirkte und dessen dunkle

Brille ihm das Aussehen eines kleinen, besorgten Professors verlieh. Oh, Margareth, dachte Judith. Wenn ich es nur schaffe...

Als ein paar Stunden später Konrads großes Lieferauto vorfuhr, klopfte ihr Herz bis zum Hals.
»Sie kommen«, rief sie Hubert zu und lief hinaus in den Regen. Sie patschte lachend in eine Pfütze, die Bluse rutschte aus dem Rockbund, sie umarmte ihren Onkel und die Kinder, schleppte Koffer ins Haus und atmete dann tief durch.
»Puh«, sagte sie ein wenig gekünstelt. »Was für scheußliches Wetter. Kommt nur herein in die gute Stube.«
Claudia und Steffi kräuselten die Lippen. Dann redeten alle gleichzeitig.
»Wo kann ich meine Goldhamster hinstellen? Sie sind noch im Auto.«
»Du hast Hamster? Wie reizend.«
»Ja. Prinz Eisenherz, Robin Hood, die drei Musketiere...«
»Mensch, öde uns nicht schon wieder an mit deinen blöden Viechern. Und wie die stinken!«
»Kinder...«
»Wo ist das Badezimmer?«
»Im ersten Stock.«
»Du meinst diese Naßzelle? Ist fast wie in einem Asylantenwohnheim.«
»Wieso hat Claudia ein so großes Zimmer? Sie liegt doch sowieso nur im Bett. Ich aber...«
»Hallo, Kellerassel. Deine Gemächer sind unten, wie ich gesehen habe.«
»Sind Sie nicht der Regierungsrat, der auch bei der Beerdigung war?«
»Ja, ich...«
»Haben Sie was mit der Judith? Dann gleich heraus mit der Sprache. Ich platze nämlich nicht gern in irgendwelche Zimmer, in denen irgendwelche Männer in irgendwelchen Betten liegen.«

»Guck, Tante Judith, der Hamster mit den schwarzen Pfoten ist Rasputin.«
»Mensch, Kellerassel. Stell die dußligen Käfige woanders hin. Rasputin ist übrigens ein Sexmonster. Er denkt an nichts anderes.«
»Meine armen, armen Schäfchen!« Lilli, deren Freundin Lydia termingerecht gesundet war und die bisher hinter der Gardine ihres Wohnzimmers gestanden und auf eine günstige Gelegenheit gewartet hatte, trat ein. Sie breitete die Arme aus, ihr Gesicht schmückte ein inniges, großmütterliches Leuchten.
»Oh, Großmutter«, feixte Claudia mit tiefer Stimme. »Warum hast du denn so lange Arme...«

Stunden später. Judith nahm leise den Hörer des Telefons auf und wählte.
»Frau Kleinschmidt?« flüsterte sie.
»Mein Gott, Frau Uhland? Ist etwas passiert?«
»Bitte seien Sie nicht böse... Hoffentlich störe ich Sie nicht. Aber ich...« Judith schluckte. »Ich bin so enttäuscht«, sagte sie dann.
»Was ist los, Kindchen?«
»Alles ist los, und alles ist schiefgegangen.«
»Wieso denn? Wurden die Handwerker nicht fertig?«
»Doch, doch, sie wurden fertig. Und die Zimmer sahen so nett aus, und ich hatte mich so gefreut. Aber nun...«
»Nun?«
Judith setzte sich auf die unterste Treppenstufe. Sie fühlte sich so leer und ausgehöhlt wie Steffis unheimlicher Kürbis, den sie als erstes ausgepackt und über ihre Lampe gestülpt hatte. »Claudia findet ihre alten Kindermöbel blöd, sie will neue haben«, sagte sie erschöpft. »Steffi bockt, weil ihr Zimmer so klein ist und keinen Balkon hat. Oliver will seine Hamster unbedingt alle im Souterrain unterbringen. Lilli will nicht, daß man sie Großmutter nennt, und Hubert stand

die ganze Zeit mit seinem ›Siehstduwashabichdirgesagt-Gesicht‹ neben dem Wohnzimmerschrank und betrachtete mich, als sei ich ein kompletter Idiot. Wir konnten nicht grillen, weil es in Strömen goß, Claudia wollte Wein zum Essen, Steffi Sauerkirschensaft, Oliver Coca-Cola. Ich... ich habe solche Angst, daß ich es nicht schaffe.«

»Nun hören Sie mal. Hauen Sie mit der Faust auf den Tisch. Gegessen und getrunken wird, was da ist. Und Ihr Hubert sollte sich was schämen. Machen Sie jetzt einfach ein ›Nunerstrecht-Gesicht‹ und setzen Sie sich durch.«

»Das war nie meine Stärke, wissen Sie.«

»Dann müssen Sie's lernen. Wie lange haben Sie noch Urlaub? Bis nächsten Mittwoch?«

»Ja. Gott sei Dank.«

»Na, dann auf in den Kampf. Ich habe vier Kinder großgezogen. Ich weiß, wovon ich rede. Es ist ein ständiger Kampf.«

»Ach Gott, hätte ich bloß Ihre Erfahrungen«, sagte Judith und seufzte abgrundtief. Sie verabschiedete sich, ging zurück ins Wohnzimmer und goß sich einen Cognac ein. »This is my day«, sang eine penetrant optimistische Frauenstimme. Der Regen prasselte immer noch gegen die Scheiben.

Ein neuer Morgen. Judith stand, leise vor sich hinsummend, in der Küche. Das Wetter hatte sich beruhigt, die Sonne blinzelte sehr schuldbewußt und verlegen durch eine hellgraue Wolkendecke, und die zerzausten kleinen Spatzen badeten bereits wieder in den Wasserpfützen. Das erste gemeinsame Frühstück, dachte sie. Da war er nun, dieser unschuldig neue Morgen, den sie herbeigesehnt, auf den sie gewartet hatte, der ihr Tun rechtfertigen und sie entschädigen sollte für all den Ärger, den Lilli und Hubert ihr bereitet hatten. Wieder sah sie die Kinder um den runden Tisch sitzen und mit funkelnden Augen ihren Kakao schlürfen. Sie stellte Butter, Honig und noch ofenwarmen Kuchen auf ein Tablett und lauschte. Ob sie noch schliefen?

Sie schliefen. Sie schliefen sehr lange. Judith trank inzwischen eine Tasse Kaffee und aß ein Brötchen.
Oliver war der erste, der erschien. Er trug Rasputin in der Hand und gähnte. »Kann ich 'n Cola haben?«
»Auf nüchternen Magen? Meinst du, das ist gut für dich?«
»Ich trinke immer Cola am Morgen.«
»Habt ihr denn sonntags nie gemeinsam gefrühstückt?«
»Ne. Haben wir nicht. Claudia ist Langschläferin. Und Steffi ist schon unterwegs.«
»Was heißt, Steffi ist schon unterwegs?«
»Unterwegs halt, Tante Judith. Mit dem Fahrrad.«
Judith lief die Treppen empor. Tatsächlich. Steffis Zimmer war leer. Der unheimliche Kürbis grinste.
Sie klopfte an Claudias Tür.
»Claudia? Was hältst du von Frühstück? Ein gemütliches Sonntagsfrühstück... Wär das nichts?« Ihre Stimme klang forsch. Sie öffnete die Tür einen Spalt und ging dann hinein.
Claudia lag im Bett und starrte zur Decke. »Soll das heißen, du möchtest, daß wir jetzt jeden Sonntag gemeinsam antanzen und auf Familie machen?« fragte sie kühl, ohne ihre Augen von der Decke abzuwenden.
Judiths Herz klopfte schnell und dumm. »Wie hast du dir das vorgestellt?« fragte sie leise. »Daß wir hier leben wie in einer Pension? Jeder kommt und geht, wie es ihm gefällt?«
Claudia schwieg.
»Sieh mal«, begann Judith zögernd. »Ich weiß natürlich, daß ich euch niemals ersetzen kann, was ihr verloren habt. Aber wir könnten trotzdem versuchen, ein wenig zu einer Familie zusammenzuwachsen. Auch ich wünsche mir eine Familie, es wäre doch schön, wenn wir...«
»Warum hast du dann nicht geheiratet und dir selbst Kinder angeschafft, als noch Zeit war?«
»Es läuft eben nicht immer alles so im Leben, wie man es sich vorstellt.« Judith lächelte angestrengt.
»Ich mag auf jeden Fall jetzt kein Frühstück. Und ich mag

auch dieses Familiengetue nicht. Mit Margareth und Philip war es sehr einfach. Die schliefen immer bis in die Puppen, und Sonntag mittag gingen wir meistens zum Essen aus.«
»Das kann ich mir leider nicht leisten, Claudia.«
»Wieso? Du kriegst doch Geld für uns? Du bist doch so eine Art Pflegestelle?«
Sie war doch so eine Art Pflegestelle... »Wie du meinst«, antwortete sie und hatte einen Kloß im Hals.
Auf der Treppe blieb sie kurz stehen. Sie sah durch die geöffnete Küchentür Oliver allein an ihrem liebevoll gedeckten Tisch sitzen; er nuckelte an seiner Cola und zerbröselte den Kuchen, während Rasputin am Honig schnupperte und die Serviettenringe anknabberte. Sie preßte die Lippen zusammen. Blöde Gans, dachte sie. Hast du erwartet, daß alles vom ersten Tag an klappt?

Am nächsten Tag fuhr sie die Kinder in das nahegelegene Schwimmbad. Es war heiß. Büsche und Bäume, die die kleine Alleestraße säumten, standen unbeweglich und grau vom Staub. Es roch nach Teer und Auspuffgasen, und Judith blies ihre Haare aus dem Gesicht und wünschte sich ans Meer.
»Ich hole euch um drei Uhr ab. Dann gehen wir Eisessen, wenn ihr wollt.« Sie lächelte schüchtern und öffnete die Wagentür.
»Es eilt nicht. Wir können uns auch etwas im Schwimmbad kaufen.«
»Ich will euch aber einen Eisbecher spendieren, so groß wie im Schlaraffenland. Und, bitte, paßt auf. Könnt ihr eigentlich schwimmen?«
»Schwimmen ist heute Unterrichtsfach. Jeder Idiot kann schwimmen.«
»Es kann auch gefähr...« Judith hielt erschrocken inne. Was redete sie nur für Unsinn! Und dabei war es noch kein Jahr her, seit Margareth und Philip ertranken. Sie sah in Olivers abweisendes Gesicht und zog die Wagentür verlegen zu.

»Wenn sie ein schlechtes Gewissen hat, sieht sie aus wie siebzig«, sagte Steffi. »Hast du das Armband gesehen, das sie trägt?« Sie blickte mit zusammengekniffenen Augen dem Auto nach.
»Ja. Sicher.«
»Es gehörte doch Mami?«
»Sie hat es geerbt.«
»Wieso?«
»Weil es ein altes Familienstück ist, das immer die älteste Tochter kriegt oder so ähnlich.«
»Es gehörte aber Mami.« Steffis Sommersprossen leuchteten. Sie war blaß. »Und die älteste Tochter bist doch du.«
»Ich mache mir nichts aus diesen altmodischen Klunkern. Außerdem – vielleicht steht Judith der Krempel wirklich zu. Schließlich kümmert sie sich um uns. Oder hättest du in ein Heim gewollt?«
»In einem Heim steht nicht ständig eine dußlige Tante hinter dir und paßt auf.«
»Du hast wohl zu viele Internats-Romane gelesen. In einem Heim gibt es Lehrer und Erzieherinnen, und du teilst dein Zimmer mit ein paar anderen. Kein sehr angenehmer Gedanke, wenn du mich fragst.«
»Und ich könnte meine Hamster nicht mitnehmen.«
»Nein. Die könntest du getrost vorher abmurksen. Die will in so einem Saftladen wirklich kein Aas haben. Gehen wir?«
Oliver nahm Claudias Hand und streckte Steffi die Zunge heraus. Ehe er seine Hamster abmurkste und in ein Heim ging, murkste er lieber seine sommersprossige Schwester ab.

Judith führte inzwischen zwei äußerst aufschlußreiche Unterredungen. Nachdem sie Oliver bereits vor Tagen in der nahegelegenen Grundschule angemeldet hatte, sprach sie nun mit dem Rektor des Gymnasiums, das Claudia und Steffi besuchen sollten. Der Rektor war ein breiter, jovialer Mann, er

trug den Hemdkragen offen und bedauerte es sehr, an diesem sonnigen Ferientag im Sekretariat der Schule sitzen und diese etwas sonderbare Mutter beraten zu müssen.
Ja, in dieser Ausnahmesituation könne man die beiden Mädchen durchaus noch unterbringen. Mit welchen Sprachen denn begonnen worden sei? Mit Latein oder Englisch? Sie wisse es nicht? Nun, dies sei aber sehr, sehr wichtig. Man bitte noch um Benachrichtigung.

Das zweite Gespräch fand in der vornehmen Augusten-Bücherei statt. Eine junge, stark geschminkte Verkäuferin blickte etwas ungeduldig an Judith vorbei.
»Nein, ich verstehe eigentlich nicht, was Sie wünschen, gnädige Frau.«
»Ich möchte gerne ein Buch über Erziehung kaufen. Mit sehr praktischen Ratschlägen...«
»Welches Alter?«
»Ich bin vierzig.«
»Welches Alter haben die Kinder?« Die Verkäuferin verzog den Mund.
»Siebzehn, dreizehn und acht«, antwortete Judith hastig.
»Was wollen Sie da noch erziehen?«
»Tja... ich habe so gar keine Ahnung in Erziehungsfragen.«
»Wie haben Sie es denn bisher gemacht?«
Judith wurde rot. »Bisher hatte ich keine Kinder, verstehen Sie? Ich wurde Mutter über Nacht, sozusagen.«
»Mutter wird man meistens über Nacht«, meinte die Verkäuferin und schielte nach einem Kollegen, der beifällig lächelte.
»Sehen Sie«, erklärte Judith geduldig. »Ich wurde Pflegemutter. Ganz plötzlich. Und nun weiß ich nicht einmal, ob man heute noch Pausenbrote mitgibt, was eine Siebzehnjährige alles darf und was nicht, ob der Junge in einen Sportverein soll...« Sie zuckte hilflos die Achseln.

»Die Siebzehnjährige darf so ziemlich alles, wenn Sie mich fragen. Empfehlen Sie ihr auf jeden Fall einen guten Gynäkologen, damit die Pille immer im Haus ist. Pausenbrote streicht man dann, wenn man kein Geld mitgibt. Ich find's zwar reichlich antiquiert, aber bitte. Und ob der Junge in einen Sportverein soll... mein Gott, wenn er will...«
»Nein, ich glaube eigentlich nicht, daß er will.«
»Dann lassen Sie's.«
»Andererseits...«
»Sonst noch etwas?«
»Sie führen wirklich keine Fachliteratur?«
»Ich habe Fachliteratur. Aber eine andere Richtung. ›Die Lustbefriedigung des Säuglings beim Stillen‹, beispielsweise. Aber stillen werden Sie wohl nicht mehr. Oder: ›Analphabetismus an unseren Schulen‹. Wird viel gekauft. Oder etwas über den Urschrei. Oder...«
»Danke«, sagte Judith spitz. »Analphabeten sind sie nicht, auch wenn ich gewisse Verkäuferinnen wohl dazu verleite, es anzunehmen. Und bewußten Urschrei stoße ich gleich aus, weil gewisse Verkäuferinnen mich dazu verleiten.«

Am Abend wanderte sie zum Wäldchen. Claudia und Steffi hatten sich auf ihre Zimmer zurückgezogen, Oliver lag, als sie Schlüssel und Jacke nahm, auf der Couch und las.
›Zum Nonnenhölzl‹ stand auf einer morschen, verwitterten Tafel, und Judith lächelte. Ob es stimmte, daß sich hier vor vielen, vielen Jahren eine kleine unglückliche Nonne, verliebt in den stolzen Fürsten, das Leben nahm, um fürderhin, wenn Herbstwind und Regen durch die Blätter peitschten, lebhaft zu spuken und die Leute zu erschrecken? Nun, heute peitschten weder Wind noch Regen. Heute zirpten die Grillen, und die kleine Nonne konnte beruhigt schlafen.
Judith setzte sich auf eine Bank. Wie vertraut ihr alles war! Hier hatte sie bereits als Kind gespielt, hier hatte Benedikt, ein Junge aus der Nachbarschaft, sie zum ersten Mal geküßt,

hierher war sie gelaufen, als Thomas nach Australien ging und sie nicht aufforderte mitzukommen. Und hierher kam sie noch heute, wenn sie unglücklich war und nachdenken wollte. Und sie wollte nachdenken und war unglücklich. Das Eisessen in der Innenstadt hatten sie ziemlich lustlos hinter sich gebracht, das Abendessen auf der Terrasse schweigsam, und, zur Krönung dieses verkorksten Tages, war auch noch Margareths wertvolles Armband verschwunden.

»Ich weiß, ich habe es im Bad abgelegt«, jammerte Judith. »Und jetzt ist es weg.«

Claudia hatte sie eindringlich gemustert und die Schultern gezuckt. »Frag Steffi«, meinte sie.

»Steffi?«

»Wußtest du nicht, daß sie klaut?«

»Was macht sie?«

»Sie klaut. Ein Bilderbuchfall für einen Psycho-Fritzen, wenn du mich fragst. Ein armes Waisenkind, das zur diebischen Elster wird.«

»Aha. Hast du sonst noch irgendwelche aufbauenden Neuigkeiten für mich?«

»Aber ja. Oliver hat eine Katze mitgebracht. Meines Erachtens ist sie trächtig. Sie wurde wohl ausgesetzt.«

»Eine Katze? Aber wir haben doch schon all die Hamster. Und Lillis Cäsar trifft der Schlag, wenn ihn plötzlich eine Katze beschleicht und zum Sprung ansetzt.«

»Würde diesem gräßlichen Vieh gar nicht schaden.«

»Deine Großmutter aber liebt Papageien. Sie hängt an Cäsar.«

»Tja. Wie das Leben so spielt. Was machen wir nun mit all den Jungen, die die Katze wirft? Wir könnten sie ertränken. Soll aber eine scheußliche Sache sein.«

»Wir geben die Katze weg, bevor die Jungen kommen.«

»Das ist aber schlecht für Oliver. Er ist so zart besaitet. Vielleicht fängt er dann auch noch an zu klauen. Oder wird mondsüchtig. Ein kleiner Junge im Schlafanzug, der über Münchens Dächer wandelt.«

Und sie hatte maliziös gelächelt, die liebe Claudia, und – als Judith hilflos murmelte: »Ich gehe noch etwas spazieren« – ihre blonden Locken geschüttelt und ihr mit übertriebener Höflichkeit die Küchentür aufgehalten.

Ein Liebespärchen kam an.
»Na, Mutter?« fragte der junge Mann frech und stellte einen Fuß auf die Bank.
Judith schwieg.
»Wie wär's mit Fernsehen zu Hause oder einem guten Buch?«
»Wär prima«, meinte Judith anzüglich. »Heute beißt sowieso keiner mehr an.«
Nichtsdestotrotz blieb sie störrisch sitzen, wo sie saß und schenkte dem Typ ein schreckliches Lächeln, so schrecklich, daß er den Fuß von der Bank nahm und sich mit seiner Freundin verzog.

3. KAPITEL

Es war wie in einem dieser amerikanischen Lustspiele, fand Judith und wußte nicht, ob sie lachen oder weinen sollte. Sie stand, die Blusenärmel aufgekrempelt, am Herd, kochte Kaffee, rührte Kakaopulver in heiße Milch, übergoß einen Teebeutel und hörte Steffi wutentbrannt gegen die Badezimmertür trommeln.

»Ich muß auch ins Bad, Egoistin. Ich habe in der ersten Stunde Mathe bei einem völlig humorlosen Sauerampfer. Beeil dich gefälligst.«

»Steffi? Willst du nicht inzwischen frühstücken?«

»Ich will ins Bad.«

»Tante Judith... Kannst du mir statt Leberwurst Käse mitgeben? Ich mag keine Leberwurst.«

»Warst du denn schon im Bad, Oliver?«

»Wann denn? Wenn Claudia dort Wurzeln schlägt...«

»Also, das geht nicht. Ab morgen gibt's einen Badezimmerplan.«

»Badezimmerplan...«, kicherte Claudia beim Frühstück. »Wie beim Bund. Mußt dir bloß noch eine Trillerpfeife zulegen und einen Gummiknüppel. Rausgetreten, stillgestanden, Zähne geputzt!« Sie biß krachend in eine Semmel.

»Bitte, Claudia. Nimm deinen Ellbogen vom Tisch. Und vielleicht könntest du dich daran gewöhnen, nicht mit vollem Mund zu sprechen.«

»Nein. Daran könnte ich mich nicht gewöhnen. Gewöhne du dich lieber daran, daß ich alt genug bin, um zu wissen, was ich tue.«

»Anscheinend nicht. Denn deine Manieren bei Tisch spotten jeder Beschreibung.«

»Tischmanieren sind out.«

»Gutes Benehmen ist niemals out. Ich bedaure, daß du trotz deiner siebzehn Jahre noch so unreif bist.« Judith hatte plötzlich das dringende Bedürfnis, eine Tasse zu zerschmettern und sehr laut zu werden.

»Wenn Claudia ordentlich essen soll, darf die Kellerassel auch Rasputin nicht in den Brotkorb setzen. Und bei Tisch lesen.«

»Bitte, Steffi. Ich finde es gar nicht witzig, daß du deinen Bruder ständig ›Kellerassel‹ nennst.«

»Wieso? Ist mir doch egal, was die blöde Gans sagt.«

»Mein Gott! Könntet ihr vielleicht das Tierreich ein wenig seltener bemühen und etwas freundlicher zueinander sein?«

»Wir sind doch freundlich. Unser Umgang ist jugendlich forsch. Schließlich können wir nichts dafür, wenn du durch deinen Regierungsrat schon angestaubt bist. Wie kommst du eigentlich dazu, dich mit einem so alten Mann abzugeben?«

»Ich glaube nicht, daß dich das etwas angeht, Claudia.«

»Wenn er hier ständig aus- und eingeht, geht mich das sehr wohl etwas an. Und wenn er sein blödes Getue nicht läßt und ständig mit diesem erhabenen Lächeln herumsaust, als hätte er es mit ein paar Hottentotten zu tun, werden wir den Spieß umdrehen, da kannst du Gift drauf nehmen.«

»Soll das eine Drohung sein?«

»Ein Versprechen.« Claudia erhob sich so stolz wie Cleopatra in ihren besten Tagen und warf ihre blonden Locken majestätisch in den Nacken.

»Kommst du, Steffi? Es ist schon spät.«

Ja, es war allerdings spät. Judith erschrak. Sie schob Oliver aus der Küche, stellte Butter und Wurst in den Kühlschrank, riß ihre Tasche von der Garderobe und hastete zum Auto. Seit die Kinder zur Schule mußten und sie wieder ins Büro, war sie ständig in Hektik. Und ständig begegnete ihr auf einem der langen, blankgebohnerten Büro-Korridore ein übel gelaunter Hubert, die Brauen spöttisch hochgezogen, den Blick vorwurfsvoll auf seine goldene Armbanduhr gerichtet.

»Ach? Auch schon im Hause?«

»Hallo, Hubert...«

»Sie kriegen das schon in den Griff«, meinte Frau Kleinschmidt beschwichtigend.
»Ihr Wort in Gottes Ohr. Oder in Huberts.« Judith seufzte. »Es herrscht nämlich totales Chaos jeden Morgen. Claudia läßt sich gnädig fünfmal wecken, bevor sie geruht, ihre zierlichen Füßchen aus dem Bett zu heben, Steffi gibt höchstens freche Antworten, wenn ich sie ermahne, und Oliver ... tja, Oliver träumt schon vor dem Frühstück von seinen Heldenmärchen, starrt Löcher in die Decke, und inzwischen lauert sein gräßlicher Rasputin in meiner Küche und zernagt alles, was er findet.«
Frau Kleinschmidt lachte. »Nur nicht den Mut verlieren. Lassen Sie Claudia doch mal verschlafen. Und fassen Sie Steffi ruhig ein wenig fester an.«
»Ich habe es ja versucht. Aber dann kriege ich ein total schlechtes Gewissen. Ich denke immer daran, daß die Kinder beide Eltern verloren haben ...«
»Das gibt ihnen noch lange nicht das Recht, rotzfrech zu sein. Wenn sie deprimiert wären, lasch, schlecht in der Schule – nun gut. Dann würde ich auch sagen, es hängt mit dem Tod der Eltern zusammen. Aber ich habe noch nie gehört, daß Trauernde schnippische Antworten geben. Also, reden Sie mit Claudia und Stephanie. Mir scheint, das ist bitter nötig.«
Ja, ja, dachte Judith sauer. Sehr vieles wäre erforderlich und eine Menge müßte dringend erledigt werden. Der Kühlschrank war leer, das Bankkonto überzogen, der Bügelkorb voll, der Rasen ungemäht und Margareths Armband immer noch verschwunden.
»Kann Ihre Mutter nicht ein wenig helfen?«
»Meine Mutter?« Judith zuckte verächtlich die Achseln. »Meine Mutter haßt Hausarbeit. Und Kindergeschrei obendrein. Sie hat mir von Anfang an klar gemacht, daß dies mein ureigenster dickköpfiger Alleingang ist. Sie ist da mit Hubert einer Meinung.«

»Ach, du liebe Güte, beinahe hätte ich's vergessen! Hubert, der Schreckliche, hat heute schon zweimal angerufen und nach Ihnen gefragt.«
»Jetzt kommt also die lang befürchtete Standpauke.« Judith holte einen Spiegel aus ihrer Tasche und zupfte ihr Haar zurecht.
»Vielleicht will er nur ein paar Akten diktieren?«
»O nein. Er will nicht diktieren. Er will schimpfen. Ich funktioniere nicht mehr so wie früher. Ich warte nicht mehr mit selig leuchtenden Augen an der Eingangstür, wenn er geruht, am Abend bei mir zu erscheinen. Ich habe keine Zeit mehr, ihm seine Pantoffeln zu bringen und die Tageszeitung. Außerdem sitzt in den Pantoffeln meist irgendein Hamster, und die Zeitung dient tagsüber dazu, die Käfige sauberzuhalten. Ja, ja. Die Familie macht sich breit. Und das will Hubert um keinen Preis einsehen. Deshalb speist er auch in letzter Zeit wieder bei sich zu Hause und kommt unter der Woche nur noch selten.«
»Sie sind selbst schuld. Warum haben Sie ihn früher so verwöhnt?«
»Weil mir wahrscheinlich das Nachgeben und Jasagen im Blut liegen; sicher angeboren.«
»Eher anerzogen.«
»Hätten Sie Lilli zur Mutter gehabt... Sie war so albern und ungezogen wie ein kleines Kind. Und nur wenn alles nach ihrem Kopf ging, hatten wir ein relativ angenehmes Leben.« Judith warf den Spiegel zurück in ihre Tasche. »Wissen Sie was?« sagte sie plötzlich. Und als Ruth Kleinschmidt sie fragend ansah, meinte sie: »Eines Tages werde ich mich ändern. Ich habe mir heute nacht überlegt, daß man unmöglich vierzig Jahre alt werden und immer noch nicht über sich selbst bestimmen kann. Also werde ich es, verdammt noch mal, lernen, den anderen meine Meinung zu sagen und mich durchzusetzen. Nun? Bin ich nicht großartig?«
»Sie sind großartig. Zumindest verbal«, erwiderte Ruth Kleinschmidt.

Als Judith in Huberts Zimmer trat, telefonierte er gerade. Sie setzte sich auf einen der Besucherstühle, versteckte eine Laufmasche unter ihrem Rock und sah starr und furchtlos in Huberts Gesicht, so starr, als sei er eine gefährliche Klapperschlange, die es zu hypnotisieren galt.
Doch er beachtete sie gar nicht. Er wirkte gelassen, dezent und vornehm wie immer, souverän, auch jetzt am Telefon, distanziert undd charmant. Judith seufzte leise in sich hinein. Denn es war diese Mischung aus Distanziertheit und Charme, die sie anzog, diese Gabe, stets über den Dingen zu stehen, die ruhige, ausgeglichene Lebensart, die sachliche Manier zu entscheiden. Und doch... Da war auch etwas in ihr, das sich nach ein wenig Emotion sehnte, nach temperamentvollen Ausbrüchen, nach glühender Lava unter dieser grauen Asche, die Hubert ›Anpassung‹ und ›Partnerschaft‹ nannte, nach stürmischer Versöhnung, nach irgend etwas, das nach Leben schmeckte und nicht nach lauwarmer Suppe.
»Wie geht's?« Hubert schob das Telefon zur Seite.
»Ach... so la la.«
»Aus welchem Grund?«
Judith schwieg. Wenn er nicht wußte, wie dünn das Seil war, auf dem sie momentan balancierte... Und wieviel Humor man für so einen Akt brauchte, und das bei jemand, der Seile sonst nur als Wäscheleine benutzte. »Du hast bereits zweimal nach mir gefragt heute?«
»Tja. Um gleich zur Sache zu kommen: Dein Arbeitsverhalten macht mir etwas Sorgen.«
»Mein... Arbeitsverhalten?«
»Du kommst fast jeden Tag zu spät. Und die Stellenplanbeschreibungen, um deren Formulierung und Definition ich dich bat, vermisse ich noch immer.«
»Ich habe immer mittags nachgearbeitet, wenn ich zu spät kam. Und die Stellenplanbeschreibungen sind keine Eilsache, das weißt du ganz genau. Ich... ich mußte gestern mit Oliver zum Arzt. Er ißt so wenig, wird immer blasser und dünner.«

»Mütter gehören eben nach Hause«, meinte Hubert, süffisant lächelnd.
»Ledige Mütter haben selten die Wahl, Herr Regierungsrat. Das wissen Sie doch.«
»Ich habe dir vorher gesagt, daß du es nicht schaffen wirst.«
»Ich schaffe es«, antwortete Judith trotzig. »Eines Tages sind wir eine Familie, du wirst schon sehen. Auch wenn du dich noch so mokierst und mich derart enttäuschst!«
»Ich enttäusche dich?«
»Ja. Es gibt nämlich Dinge im Leben, die trägt man gemeinsam, wenn sie auf einen zukommen. Man bezeichnet so etwas gelegentlich als Zusammengehörigkeitsgefühl, falls dir das Wort überhaupt ein Begriff sein sollte. Und dieser Begriff beschränkt sich nicht nur auf Brahms, Bach und ruhige Spaziergänge in der Toskana.«
»Du kannst das Thema vergessen. Ich eigne mich eben nicht zum Patriarchen einer Großfamilie.«
»Ich weiß. Ein bißchen Lärm, Ärger und ein paar freche Kinderantworten bringen dich sofort aus der Fassung. Als wärst du nie ein Kind gewesen...« Judiths Augen brannten. Ich darf nicht weinen, dachte sie mit einer Mischung aus Wut und Trauer. Das gäbe ihm den Rest. Die blasse Geliebte schluchzend im Besucherstuhl, während vielleicht just in diesem Moment Regierungsdirektor Wallner zur Tür hereinstürmt... »Wer weiß?« sagte sie deshalb schnell und zornig. »Vielleicht treffe ich eines Tages einen Mann, der Kinder mag und Ruhe nicht? Und sollte ich es finden, dieses seltene Exemplar, dann werde ich nicht eher ruhen, bis ich es geangelt habe. Ich werde meine Haare mit Henna färben und auf all die albernen Ratschläge hören, die Frauen meines Alters so bekommen. Ach ja, noch was: Wenn du schon diverse Abende bei mir verbringst und mir ab und zu sogar die Ehre erweist, das Kissen mit mir zu teilen, dann finde ich... finde ich es einfach ungeheuerlich, mich nach diesem trauten Zusammensein an deinen wuchtigen Schreibtisch zu zitieren und

den Chef herauszukehren. Wenn dir etwas an mir nicht paßt, könntest du auch zu Hause ein Wort darüber verlieren.«

»Ich habe immer Privates und Geschäftliches streng getrennt.«

»Was in diesem Falle ein ganz mieses Verhalten ist.«

»Bitte?«

»Ich sagte, daß dies ein ganz mieses Verhalten ist. Und du ein bornierter Typ.«

»Die Manieren deiner Kinder scheinen schon abzufärben.«

»Manchmal fühlt man sich ungeheuer gut, jemandem die Meinung zu sagen.«

»Dafür, daß du dich absolut im Unrecht befindest, bist du reichlich frech.«

Judith erhob sich. »Mach das nie wieder«, sagte sie. »Du hast keine Zehnjährige vor dir. Und nimm bitte außerdem zur Kenntnis, daß du nicht der einzige Mann auf der Welt bist. Es gibt noch einige andere!« Sie wandte sich ab und ging mit so festem Schritt zur Tür, daß ihre Laufmasche sich genüßlich dehnte und streckte.

»Vergiß nicht das Konzert heute abend«, rief Hubert ihr nach, und seine Stimme klang ganz so, als sei sie doch eine Zehnjährige, die großtuerisch in Mutters Kleidern herumlief und mit krummen Beinen aus den Stöckelschuhen kippte.

Am Abend wärmte sie Suppe auf und strich Brote.

»Ist leider nur ein kleines Abendessen heute«, sagte sie entschuldigend. »Aber ich gehe mit Hubert ins Konzert.«

»Kleine Nachtmusik, taramtatataramtata?« fragte Claudia spöttisch.

»Brahms und Händel. Wo ist eigentlich Steffi?«

»Im Keller bei den Katzen. Ich gehe übrigens auch aus heute abend.«

»Ach ja?«

»Ach ja. Ich gehe in eine Disco. Mit einem aus meiner Klasse.«

»Wann kommst du nach Hause?«
»Weiß ich nicht.«
»Aber bitte nicht so spät. Du hast Schule morgen.«
»Die erste Stunde fällt aus.«
Die berühmte erste Stunde, die ausfiel ... Judith lächelte. Es hat sich nichts geändert, dachte sie. Auch bei uns fielen immer die ersten Stunden aus, wenn wir tanzen gehen wollten. Plötzlich und ohne Grund fühlte sie sich sehr glücklich. Über Nacht war sie eine Mutter geworden, bei deren Tochter erste Stunden ausfielen, junge Männer mit roten Ohren ums Haus strichen und kleine Goldhamster im Brotkorb saßen. Sie küßte Claudia auf die Wange. »Viel Spaß«, sagte sie.
»Danke.« Claudia sah sie verwundert an.

Als Judith in Olivers Zimmer trat, lag er bereits im Bett und las.
»Alles in Ordnung?«
»Ja.«
Sie setzte sich auf den Bettrand und strich ihm sein dunkles Haar aus der Stirn, die eine lilafarbene, glänzende Beule zierte.
»Was ist denn das? Hast du dich gestoßen?«
»Ja. Am Schrank. Nicht weiter schlimm«, sagte er hastig und drehte den Kopf zur Seite. Sein Ohr war blutverkrustet, Hals und Schultern hatten lange Schrammen.
»Du hast dich geprügelt.«
»Mach dir keine Sorgen, Tante Judith. War nur eine kleine Meinungsverschiedenheit.«
»Aber du bist noch ganz neu in der Klasse. Wie kannst du da schon Meinungsverschiedenheiten haben?«
»Ich habe einen komischen Dialekt, sagen sie. Und ich mache mir nichts aus Fußball.«
»Oh, Oliver, es tut mir so leid.«
»Warum?« fragte er, und es schnitt ihr ins Herz, daß er so verbissen gleichmütig an ihr vorbeifragte. Sie legte ganz kurz

ihr Gesicht an seines. Es roch nach Seife, Kaugummi und Rasputin. »Bestimmt wird es besser mit der Zeit.«
Er nahm sein Buch zur Hand. »Bestimmt«, sagte er und biß sich auf die Lippen.

Steffi saß vor Bertas Katzenkorb, sie redete leise und zärtlich auf die kleinen Kätzchen ein, ihre Stimme war hell und rührend kindlich.
Als Judith sich zu ihr beugte, zuckte sie zurück. An ihrem Arm glänzte und funkelte es.
»Wie kommst du zu meinem Armband?« Judith fragte es ganz ruhig.
»Es ist nicht dein Armband. Es war Mutters Armband. Und jetzt sollte es eigentlich Claudia gehören, finde ich.«
»Was hat es dann bei dir zu suchen?«
Steffis Gesicht verschloß sich. »Claudia will es nicht. Also gehört es mir.«
»Ach? Wann immer du der Meinung bist, dir gehöre etwas, gehst du und holst es dir einfach?«
»Nein, nicht immer. Aber in diesem Falle schon.«
»Warum hast du nicht mit mir darüber gesprochen?«
»Wozu? Was hätte das genützt?«
»Du hättest zum Beispiel erfahren, daß ich das Armband Claudia nächstes Jahr zum Geburtstag schenken wollte.«
Steffi blickte trotzig zu Boden. »Nun. Dann ist ja alles in Ordnung«, sagte sie, warf ihren Kopf zurück und zog ihre Augen genauso zusammen, wie Margareth es immer getan hatte, wenn sie Judiths Puppen haben wollte und nicht bekam.
»Nein. Nichts ist in Ordnung. Siehst du, ich gestehe dir gerne zu, daß du dich erst an mich gewöhnen mußt, ich weiß auch, wie sehr du deine Eltern vermißt und daß du mich nicht besonders leiden kannst, aber...« Judith wartete auf Widerspruch.
Doch Steffi schwieg.
Also fuhr Judith fort: »Was ist es, das dich so stört an mir?«

»Mein Gott. Nun mach doch kein Theater daraus. Ich entschuldige mich hiermit, daß ich mir Mutters Armband umgelegt habe. Wenn du mich als Diebin ansehen willst. tu das ruhig. Es macht mir nichts.« Steffi ging in die Hocke und streichelte ein bißchen modrige Luft und weiches Katzenfell. Ihre Hand zitterte, und Judith wandte sich wortlos ab. Sie schlich zurück ins Wohnzimmer und blieb unschlüssig stehen. Ich gehe nicht ins Konzert, dachte sie. Sie fühlte sich traurig und deprimiert, sie mochte weder Brahms hören noch Händel, noch Huberts sarkastische Bemerkungen über ihr neues Familienleben. Sie wollte einfach eine brave, vielbeschäftigte Hausfrau sein, die Knöpfe annähte, bügelte und den Frühstückstisch für den nächsten Morgen deckte. Sie wollte mit großen schwarzen Tuschebuchstaben eine Badezimmerordnung malen, sie lustig karikieren und mit einer Kordel an die Tür hängen. Sie wollte ihre Fingernägel lackieren. Sich die Haare waschen. Und darüber nachdenken, warum die Kinder sie nicht leiden konnten. Ja, das vor allen Dingen wollte sie. In Ruhe nachdenken und Strategien entwickeln. Denn jeder Tag wurde zur mühsamen Herausforderung; er bedurfte sorgfältiger Planung, und sie hatte nicht vor, die Flinte ins Korn zu werfen, ehe alles Pulver verschossen war.
Kurz vor Mitternacht klingelte das Telefon.
»Judith?«
»Oh, Hubert.« Judith blickte verlegen auf ihre nackten Zehen.
»Nun?«
»Ich habe es nicht mehr geschafft. Und weil ich noch so viel Wäsche zu bügeln hatte und die Badezimmerordnung...«
»Danke, das genügt. Ich akzeptiere natürlich Frauen, die Bügeln und Waschen einem guten Konzert vorziehen, die ihrer Familie Opfer bringen. Aber ich für meinen Teil brauche etwas anderes. Ich darf also angenehme Ruhe wünschen.« Er hängte auf, und Judith starrte weiterhin auf ihre schuldbewußt gekrümmten Zehen und runzelte die Stirn. Warum

bloß wurden brave, vielbeschäftigte Mütter immer gemaßregelt? Sie schluckte. Ein Kloß saß ihr im Hals und bereitete ihr Schmerzen. Sehnsucht überkam sie, Sehnsucht nach einem gutgelaunten Hubert, dessen Bedürfnissen sie wieder entsprach und dessen anerkennendes Lächeln ihr die wohlige Gewißheit verschaffte, ein gehorsames Kind zu sein. Sie kehrte in ihr kaltes Bett zurück und kroch unter die Decke. Aus Steffis Zimmer drang trotz später Stunde noch Radiomusik, und im Flur kratzte Katze Berta an Claudias Tür und miaute.

Er war so beleidigt, daß er am nächsten Tag nur schweigend ein paar Akten auf ihren Schreibtisch legte, kurz nickte und wieder ging.
»Ein sehr stummer, vornehmer Verweis«, sagte Frau Kleinschmidt tief beeindruckt.
In der Vormittagspause verließ Judith ihr Büro. Sie ging in die Kantine, holte sich eine Tasse Kaffee und blickte nachdenklich aus dem Fenster. Es regnete. Die Bäume verloren ihr gelb gefärbtes Laub, der Himmel war grau und zerrissen, ein paar aufgeplusterte Tauben saßen auf dem Fensterbrett des gegenüberliegenden Hauses und starrten vorwurfsvoll zu ihr herüber.
»Ist hier noch ein Platz frei?« Eine nette Stimme, dunkel und sympathisch. Judith blickte auf.
»Aber ja«, sagte sie, und Felix Troll schob einen Stuhl zurück und setzte sich.
Sie kannte ihn schon seit Jahren. Er arbeitete in der Sozialhilfeverwaltung und wirkte unter all den korrekt mit Anzug und Krawatte gekleideten Männern wie ein bunter Papagei, der sich leicht belustigt inmitten eines Schwarms grauer Raben wiederfand. Er trug schwarze Jeans, ein rotkariertes Hemd und grüne Turnschuhe; er war groß und breitschultrig, hatte ein kantiges, eher grobes Gesicht und ein lebhaftes Mienenspiel. Im Hause galt er als streitbarer Geist ohne Ambitionen

auf Karriere und Aufstieg, er war mit seinen neununddreißig Jahren immer noch ein kleiner Inspektor und dafür bekannt, keiner Auseinandersetzung und keiner Diskussion aus dem Wege zu gehen; und hingen Streit und Diskussionen obendrein mit seinen Lebensanschauungen zusammen, kämpfte er wie ein Löwe, den wuchtigen Kopf hocherhoben, die Stimme messerscharf.

Judith lächelte. »Hallo, Felix. Wie schön, Sie wieder einmal zu treffen.«

Er musterte sie. »Sie sehen ein bißchen zerzaust aus. Und furchtbar blaß. Hat der Regierungsrat Sie geärgert?«

»Ich fürchte eher, ich habe ihn geärgert.«

»Sie? Bevor Sie jemanden ärgern, fragen Sie doch dreimal um Erlaubnis.«

»Also, wirklich...«

»Wollen Sie mir Ihren Ärger nicht anvertrauen? Ich rauche mein Pfeifchen, hole uns noch einen Kaffee und höre zu. Ich höre gern zu.«

Judith wurde rot. Er sah verdammt nett aus, sein breites, großes Gesicht strahlte Heiterkeit und Zuversicht aus; er saß, lässig zurückgelehnt, auf seinem Stuhl und beanspruchte sehr viel Platz. Er hatte etwas Starkes, Tröstliches an sich, ohne vor schierer Männlichkeit zu bersten, und er hatte Geduld.

»Okay. Wenn Sie die belanglose Geschichte der ach so belanglosen Judith Uhland hören wollen...«

»Nur kein albernes Selbstmitleid«, er grinste sie an.

»Ich bin Mutter geworden, und die Kinder mögen mich nicht. Und der einzig in Frage kommende Vater mag die Kinder nicht. Und die Großmutter der Kinder mag die vielen Aufregungen nicht. Und mein Bankbeamter mag meine Schulden nicht. Nur Goldhamster Rasputin ist glücklich. Er zernagt genüßlich meine Küche und nimmt mich so wenig ernst wie alle anderen.«

»Also. Nun mal der Reihe nach.«

»Also«, begann Judith neuerlich und lächelte ein wenig schief. Sie erzählte mit sehr viel daß, wenn und aber, und als sie endete, schwieg Felix. Er biß auf seiner Pfeife herum und musterte sie scharf. »Respekt«, sagte er dann. »Das hätte ich Ihnen gar nicht zugetraut.«

»Respekt? Ich bin so hilflos wie ein Käfer, der auf dem Rücken liegt und mit den Beinen zappelt.«

»Dann zappeln Sie noch ein wenig fester und kommen wieder hoch. So schlimm ist es doch gar nicht. Okay. Der Junge ist ein schüchterner Bücherwurm. Lassen Sie ihn. Bücherwürmer mausern sich oft zu höchst interessanten Männern. Sehen Sie mich an.« Er lächelte spöttisch. »Ich habe Abenteuerbücher verschlungen und unentwegt davon geträumt, ein berühmter Forscher zu werden, ein Pirat oder Goldgräber in Alaska. Es hat mir nicht geschadet, so glaube ich. Und was die siebzehnjährige Göre anbetrifft... Nehmen Sie sie ein wenig fester an die Kandare. In diesem Alter leidet man oft an Selbstüberschätzung. Man denkt, die Welt sei nur geschaffen zum eigenen Wohlbehagen und alles habe einem in den Schoß zu fallen. Tja, und wegen der Lücken in Mathematik und Latein bei Ihrem dritten Sorgenkind machen Sie sich mal keine Gedanken. Wenn es Ihnen recht ist, helfe ich ein bißchen.« Er klopfte seine Pfeife aus.

»Sie?«

»Ja. Sie werden's kaum glauben. Ich war tatsächlich mal ein süßer blonder Bengel, der diese Fächer sehr erfolgreich absolvierte.« Er lehnte sich bequem zurück, und sein wuchtiges Kinn wurde breit vor Vergnügen.

»Das ist wirklich wahnsinnig nett von Ihnen.«

»Ich bin ein wahnsinnig netter Mensch. Und deshalb gebe ich Ihnen noch einen Rat: Lassen Sie die Kinder doch ihr eigenes Fest gestalten. So eine Art Einweihungsfeier, bei der sie das neue Zuhause vorstellen, ihre neuen Freunde mitbringen. Das macht ihnen sicherlich Spaß. Und lockert das Eis.«

»Woher wissen Sie so gut Bescheid über junge Leute?«

»Ach ... Ich bin ein Naturtalent«, erwiderte er, plötzlich sehr zugeknöpft.
»Und wie man aufgebrachte Regierungsräte besänftigt, wissen Sie das auch?«
»Ich habe ein leichtes Mißverhältnis zu jeder Art von Regierungsrat. Ich bin also in meinem Urteil in höchstem Grad befangen. Vielleicht sollte man sich grundsätzlich fragen, ob man einen aufgebrachten Regierungsrat benötigt?«
»Wenn man ihn dazu brächte, die Kinder zu mögen?«
»Glauben Sie an Märchen?«
»Nein, eigentlich nicht«, sagte Judith. »Das ändert jedoch nichts an der Tatsache, daß ich es gerne täte.«
»Es ist töricht, sich Illusionen hinzugeben. So. Und nun verkrümle ich mich ein paar Stockwerke tiefer. Wir telefonieren miteinander, ja?«
Er stand auf und lächelte Judith an. »Nun machen Sie bloß ein anderes Gesicht«, sagte er. »Sie sehen aus wie meine selige Tante Klara, als sie erfuhr, daß ihr Mann mit einer Tingeltangeldame durchgebrannt war.«
»Wenn Hubert das wenigstens täte, hätte ich vielleicht ein bißchen Achtung vor ihm. Aber vor drei unschuldigen Kindern davonzulaufen ...«
»Spart eine Menge Ärger, wenn er jetzt läuft und nicht später, meinen Sie nicht?« Er packte seine Pfeife in einen Lederbeutel und nickte ihr aufmunternd zu.

»Hat es euch Judith schon gesagt?« fragte Steffi ein paar Tage später. Sie saß mit Oliver auf Claudias Bett und verteilte Kaugummis.
»Was soll sie gesagt haben?«
»Wir dürfen eine Einweihungsfete geben.«
»Ehrlich? Ein richtig großes Fest, mit allem Drum und Dran?«
»Ja. Mit kaltem Buffet und Tanz und Möbelverrücken et cetera et cetera. Und jeder von uns darf einladen, wen er will.«

»Finde ich toll.«
»Na ja. Macht sie ja bloß, um sich anzubiedern.«
»Ist aber ein aufwendiger Versuch, sich anzubiedern.« Claudia wickelte ihre blonden Locken um den Finger und strahlte. »Ich werde Stefan und Holger einladen und vielleicht noch Markus. Und mir einen ganz irren Fummel kaufen.«
»Wovon? Von deinen fünfzig Mark Taschengeld?« Steffi lächelte böse und schob einen Kaugummi in den Mund.
»Ach, sie kauft mir schon etwas. Bin ich halt ein bißchen nett zu ihr. Was glotzt du so?« fuhr sie ihren Bruder ärgerlich an.
»Mami und Papi haben dir auch nicht unentwegt neue Kleider gekauft. Und Paps hat oft gesagt, du sollst nicht so eitel sein.«
»Unsere kleine Kellerassel hat sich in Judith verliebt und wird moralisch. Sieh an, sieh an.« Claudia lachte und fuhr Oliver durchs Haar. »Laß deine beiden großen Schwestern nur machen. Wir haben wichtige Aufgaben vor uns. Erstens: Judith klarzumachen, daß sie sich nicht in unsere Angelegenheiten zu mischen hat. Zweitens: Den grauen Regierungsrat in die Flucht zu schlagen. Kapiert?«
»Kapiert«, erwiderte Oliver und warf Claudia und Steffi einen verächtlichen Blick zu. Schwestern! Weiber! Die Heldinnen seiner Bücher, geliebt von den Musketieren oder von Robin Hood, waren sanfte, innige Wesen, die bei jeder sich bietenden Gelegenheit hold erröteten und heimlich mit einem Henkelkorb in die Dörfer gingen, um Gutes zu tun. Sie schmiedeten nicht Zwist und Intrigen. Er spuckte seinen Kaugummi in die hohle Hand und polterte die Treppen hinab.

Lilli war von der Aussicht, ein Fest zu feiern, fast bis zur hemmungslosen Großzügigkeit gerührt.
»Wunderbar«, sagte sie. »Ich werde den Mädchen neue Kleider spendieren. Und du kommst mit. Sonst erscheinst du

wieder in einem blauen Faltenrock und einer langweiligen Bluse und siehst aus wie von der Heilsarmee.«
»Aber ich brauche doch nicht extra ein neues Kleid...« meinte Judith erschrocken.
»O doch. Komm mit, Judith«, rief Claudia. »Ich habe in der Leopoldstraße eine irre Boutique gesehen.«
»Die Leopoldstraße kann ich mir nicht leisten.«
»Aber ich«, sagte Lilli kriegerisch und zückte ihr Scheckbuch.

Die Boutique war in der Tat irre und die Verkäuferin penetrant selbstsicher.
»Meine Tochter sucht ein Kleid für 'ne Party«, sagte Lilli, während sie sich auf einem goldenen Empirestuhl niederließ und einer spendablen Großfürstin glich, deren Sänfte vor der Tür stand und wartete.
»Aber bitte nicht so ausgefallen.«
»Bitte sehr ausgefallen«, warf Lilli ein und entschied sich für einen zartlila Traum aus Tausendundeiner Nacht, mit Pumphosen und gerafftem Bund, einem Bolero und einer so tief ausgeschnittenen enganliegenden Bluse, daß Judith nur mehr nach unten schielte und sich so verrufen vorkam wie eine Lebedame aus Frankfurt.
»Meinst du nicht, Mutter...«
»Nein, meine ich nicht.«
»Aber was wird Hubert dazu sagen?«
»Was soll er dazu sagen? Er wird das Dekolleté verführerisch finden, was denn sonst?«
Judith schwieg. Hubert würde das Dekolleté nicht verführerisch finden. Hubert war immun gegen zur Schau gestellte weibliche Reize. Hubert war überhaupt ein wenig frigide, wenn sie es genau bedachte. Sie wurde puterrot bei diesem Gedanken.
»Weshalb errötest du? Du siehst zauberhaft aus, glaub mir«, sagte Lilli.

»So zauberhaft wie die Frau Mama«, sagte da eine galante Stimme mit sehr viel Timbre, und ein braungebrannter, hochgewachsener Mann, der an einen eleganten Operettensänger erinnerte und ebenso vollendet gekleidet war, verbeugte sich.
»Gregor? Ja, ist denn das die Möglichkeit?« Nun war es Lilli, die errötete. »Was machst du in diesen weiblichen Gefilden?«
»Die Boutique gehört meiner Tochter. Ich bin hier lediglich ein sehr stiller Teilhaber.«
»Du warst doch Direktor einer Bank, nicht wahr?«
»Ich habe mich zurückgezogen. Ich trödle durch die Tage und lebe als einsamer alter Witwer in meinem Häuschen in Grünwald.«
Das Häuschen in Grünwald wirkte auf Lilli ähnlich belebend wie ein Glas Champagner. Häuschen in Grünwald hatten die angenehme Eigenschaft, auf reiche Besitzer schließen zu lassen, und reiche Besitzer wiederum waren weitaus ergiebiger als Nachbar Petersen beispielsweise, der seinen Rasen selber mähte und im Grunde nur eine Freundin suchte, die ihm diese Arbeit abnahm.
»Du ein einsamer alter Witwer?« kicherte Lilli. »Mag sein, daß du einsam bist... aber alt?« Sie blickte bewundernd zu ihm auf, und er erlag ihrem reifen, rothaarigen Charme so schnell und wehrlos wie Olivers Musketiere, wenn sie einer sündigen Mätresse begegneten.
»Und dir, Lilli? Wie geht es dir? Wir haben lange nichts voneinander gehört.«
»Ich bin ebenfalls verwitwet, wie du weißt. Nun ja... Ich verreise oft, gehe ins Theater, ins Kino, fahre nach Abano zur Kur. Aber es macht alles keinen rechten Spaß, so alleine...«
»Aber du hast Familie. Deine Töchter, die Enkelkinder...«
»Ich habe nur mehr eine Tochter. Judith. Margareth ist verunglückt. Mit ihrem Mann. Nein, bitte, laß uns ein andermal darüber reden. Ich...« Lillis blaue Augen füllten sich mit

Tränen. Dann faßte sie sich und legte ihre Hand auf seinen Arm. »Was hältst du davon? Wir geben ein kleines Fest für Margareths Kinder; sie leben jetzt bei uns. Hast du nicht Lust zu kommen?« Sie lächelte ihn so arglos an wie der Fuchs, der höflich mit der Henne spricht, und er lächelte arglos zurück und freute sich.
»Aber gerne«, sagte er. »Ich komme gerne.«

Das Fest... Judith wurde ganz schwindlig, wenn sie daran dachte. Sie hatte die Wohnung geputzt, Körbe voller Eßwaren nach Hause geschleppt, sich ein neues Make-up geleistet, hatte Hubert, Frau Kleinschmidt und Felix Troll eingeladen, hatte, zusammen mit den Kindern, Girlanden aufgesteckt, Möbel verrückt und Torten gebacken. Und kam, Felix Trolls spöttischen Blick vor Augen, plötzlich zu der Überzeugung, daß sie dringend eine neue Frisur brauchte.

Der Salon, den ihr Lilli empfahl, war vornehm, verrückt und raubte ihr schier den Atem. Hohe Räume, Stoffschärpen, die sich von den Wänden rollten, Spiegel, Chrom und Glas, eine Theke, an der Getränke gereicht wurden, elegant gekleidetes Personal, dessen Selbstsicherheit an Hochmut grenzte und das mit Schere, Kamm und Bürste so gewandt umging wie Zauberkünstler im besten Varieté der Stadt.
»Ich hätte mein Haar gerne etwas geschnitten. Aber, bitte, nur vorne und...«
»Gnädige Frau. Würden Sie es uns überlassen, eine geeignete Frisur zu finden? Sehen Sie...« Der schlanke junge Mann, der einen schwarzen Anzug trug, dazu einen schwarzen Hut und weiße Handschuhe, drehte ihren Kopf von einer Seite zur anderen, runzelte die Stirn, zupfte hier und ziepte da.
»Ich möchte aber nicht so ausgefallen... ich meine, ich bin in einem Alter...«
»Es gibt kein Alter. Es gibt nur gute und schlechte Frisuren.«

»Aber ab einem gewissen Alter...«
»Kurz. Ja. Ihr Haar muß kurz werden. Sie haben wunderschöne Augen und ein schmales Gesicht. Tanja wird sie shampoonieren, und dann werden wir sehen.« Er wandte sich ab, zog die weißen Handschuhe aus und legte ein paar kleine Scheren zurecht.

»Todschick«, sagte Claudia und pfiff durch die Zähne.
»Findest du nicht, daß es zu verrückt ist für mich?« Judith war, seit sie sich im Spiegel betrachtete, vor Entsetzen wie gelähmt.
»Aber nein. Man trägt es so. Na ja, der angestaubte Hubert wird ziemlich blaß werden, wenn er dich sieht. Extrem kurzes Haar bedeutet für den doch Emanzipation, und Emanzipation ist wahrscheinlich ein Wort, das er aus seinem Sprachschatz gestrichen hat. Er wird einen Schreikrampf kriegen bei deinem Anblick.«
»Das ist es ja gerade, was ich befürchte«, murmelte Judith, weit davon entfernt, beruhigt zu sein.
»Aber Judith. Du wirst dich doch von diesem Grufti nicht unterbuttern lassen?«
»Er ist kein Grufti.«
»Und ob er einer ist. Nur noch Moder und Sarg.« Claudia zwinkerte ihr zu, und Judith drehte sich seufzend zurück zum Spiegel. Aber ihre Haare waren nicht gewachsen in den letzten zehn Minuten. Sie blickte nervös aus dem Fenster und hoffte inständig, Regen und Nebel würden es Hubert unmöglich machen, sie heute noch zu besuchen.

Samstag. Der Tag des großen Ereignisses. Sie mischten Salate, strichen Brötchen und setzten die Bowle an. Zum ersten Mal zeigten sich die Mädchen etwas zugänglicher, und Oliver strahlte, als Judith ihn bat, den Gästen die Mäntel abzunehmen und ein Auge auf die Getränke zu werfen.
»Ich sehe aus wie Suleika ohne Sultan«, sagte Judith lachend

zu Felix Troll, als sie mit ihm tanzte und ihr lilafarbenes Märchen aus Tausendundeiner Nacht trug.

»Sie sehen höchst ... überraschend aus«, meinte er. »Was sagt denn Ihr Regierungsrat zum Suleikatraum und zu den kurzen Haaren?«

»Was soll er sagen?«

»Er wird böse werden, wenn sein treues Anhängsel so eigenwillig wird und durchsichtige Seide trägt.«

»Treues Anhängsel!« Judith ärgerte sich. »Ich bin kein Anhängsel. Hubert und ich verstehen uns ausgezeichnet und sind durchaus gleichberechtigt.«

Er schwieg und sah sie an, die Lippen spöttisch gekräuselt, seine Hand sehr warm und fest auf ihrem Rücken.

»Nun ja ... ich weiß, das mit den Kindern ...« Judith wurde rot. »Aber es wäre auch ein allzu großes Opfer.«

»Für die Frau, die man liebt?«

»Was täten Sie denn alles für die Frau, die Sie lieben?« fragte sie trotzig.

»Alles«, sagte er, und sie glaubte es ihm aufs Wort. Der verdammte Kerl, dachte sie. Männer wie er erschwerten es beträchtlich, sich mit Mittelmäßigem abzufinden. Felix Troll sprühte vor Leben und sorgte für das prickelnde aufregende Gefühl wie ein Löwe inmitten einer Herde zahmer Antilopen. Es gab ihr einen kleinen Stich, sich vorzustellen, wie er sich daranmachte, eine dieser Antilopen zu jagen.

»Hubert sucht dich.« Claudia tippte ihr auf die Schulter. »Und Großmutter sitzt zwischen Herrn Petersen und Gregor a. D. und genießt die giftigen Ping-Pong-Bälle, die sich beide zuwerfen.« Judith lachte und bemerkte plötzlich Hubert, der am Fenster stand und zu ihr herübersah.

»Eine etwas auffällige Robe, die du trägst«, meinte er, als sie auf ihn zukam. »Und was, um Himmels willen, hast du mit deinem Haar angestellt?«

»Ich war bei Camille. Er hat mich behandelt wie eine Grande Dame und mir das Gefühl gegeben, eine schöne Frau zu sein.«

»Er hat dich kahlgeschoren. Findest du das witzig?«
»Er hat mich nicht kahlgeschoren. Er hat gemeint, meine Augen kämen besser zur Geltung, wenn ich meinen braven Hausfrauen-Schnitt ablege. Und er hat recht, findest du nicht?«
»Nun. Unserem allseits geschätzten Herrn Troll scheinst du zu gefallen. Wie kam er eigentlich zu der Ehre dieser Einladung?«
»Er will Steffi Nachhilfeunterricht geben in Mathe und Latein.«
»Aha. Dann kann man es ja erwarten, daß du die dreieinhalb Haare, die du noch auf dem Kopf hast, demnächst mit Henna färbst. Er scheint wohl jenes seltene Exemplar zu sein, das du suchst?«
»Nein«, antwortete Judith verärgert. »Er ist einfach ein netter Mensch, der mir hilft. Im Gegensatz zu anderen Leuten, die nur herummosern und nicht einmal an diesem Abend ein Minimum an Charme und Humor aufbringen.«
»Oh.« Seine Mundwinkel zuckten, und wieder gab es ihr einen Stich. Denn auch er war ein gutaussehender Mann, den sie mochte und bewunderte, und sie bedauerte die Entfremdung und den kühlen Ton, der zwischen ihnen herrschte.
»Ich möchte, daß wir heiraten«, sagte er plötzlich und stellte sein dickes Bowlenglas so vorsichtig ab, als sei es hauchzart und sehr zerbrechlich. Dann lächelte er. »Sieh mal«, sagte er weich. »Du wirst inzwischen selbst festgestellt haben, daß du dich verrannt hast in diese Idee, Mutter für drei Kinder spielen zu können. Deshalb habe ich über einen Kompromiß nachgedacht. Das ganze Leben besteht ja aus Kompromissen, nicht wahr?« Er nahm ihre Hand. »Ich bin also bereit zu heiraten. Wir schicken Claudia für ein Jahr in ein Schweizer Internat. Sie kann ihre Sprachen vervollkommnen, und ich werde mich an den Kosten des Aufenthalts beteiligen. Ich habe außerdem mit Anna und Konrad in Ulm telefoniert...«

Judith entzog ihm ihre Hand.
Er räusperte sich. »Ich habe also telefoniert, und es bestünde durchaus Interesse an dem Jungen, an Oliver.«
»Und Steffi?« fragte Judith ruhig.
»Steffi bleibt bei uns. Sie kann hier zur Schule gehen und später ebenfalls ein Internat oder ähnliches besuchen.«
»Du hast also mein Leben wunderhübsch verplant, und das der Kinder auch. Ohne uns auch nur im mindesten zu fragen. Und was die größte Frechheit ist...« Judiths Stimme bebte. »Du hast hinter meinem Rücken mit Anna und Konrad telefoniert. Was bildest du dir eigentlich ein? Glaubst du wirklich, ich würde einen Mann heiraten, der so egoistisch ist, uns wie Schachfiguren hin- und herzuschieben? Nein, mein lieber Hubert, das werde ich nicht tun. Deinen Heiratsantrag kannst du einer anderen machen. Vielleicht findest du noch einmal so eine einfältige Gans, wie ich es all die Jahre war. Obwohl ich es, ehrlich gesagt, bezweifle.« Sie stellte ihr Glas ebenso vorsichtig ab wie er und ging zurück zu Felix Troll.
»Haben Sie Lust, mit mir zu tanzen?« Ihr Gesicht war weiß wie die Wand.
»Sie sind verärgert?«
»Ich bin wütend.«
»Steht Ihnen ausgezeichnet. Sie sehen überhaupt mit einemmal bildhübsch aus. Die Kinder scheinen Ihnen gutzutun.«
»Finden Sie?« Sie fragte es so erstaunt, daß er sie von sich schob und kopfschüttelnd betrachtete.
»So maßlos bescheiden kann eine Frau doch gar nicht sein.«
»Ich habe mein Lebtag nichts anderes gehört, als daß ich mich mehr auf meine inneren Qualitäten besinnen müsse.«
»Nun. Dann hat sich das eben geändert.« Er lächelte sie an, und sie blickte verlegen über seine Schultern und bemerkte Hubert, der wie ein Säulenheiliger am Fenster stand und zu ihr herüberstarrte.
Sie ergriff Felix Trolls Hand und sagte: »Ach Gott. Könnten Sie mich vielleicht ganz schnell auf die Terrasse führen? Hu-

bert taxiert mich wie ein Pfarrer das gefallene Mädchen, und seine Augen sind so groß wie Frisbeescheiben.«
»Wird es nicht zu kalt werden auf der Terrasse?«
»Mit Ihnen?«
Er antwortete nicht. Aber sie spürte, daß er sie wiederum voll Erstaunen musterte, und sie freute sich. Ich muß doch einiges gelernt haben, dachte sie grimmig. Wenn ich sogar ihn ein wenig aus der Ruhe bringe?

4. KAPITEL

Nach Judiths Fest wurde alles anders, obwohl nichts sich änderte.

»Was zupfst du immer an deinem Haar herum?« fragte Lilli.

»Ich zupfe nicht.«

»Doch zupfst du. Und Hubert habe ich auch schon lange nicht mehr gesehen. Habt ihr euch gestritten?«

Tja, plötzlich war eben alles anders. Plötzlich existierte eine Judith, die sehr aufmerksam und sorgenvoll zarte Fältchen um ihre Augen studierte, sich an Felix' kleines Lächeln erinnerte, an seine warme Hand auf ihrem Rücken und daran, wie tröstlich und nett er so gar nichts mehr gefragt hatte, als sie mit weißem leeren Gesicht zu ihm zurückgekehrt war, und ihn gebeten hatte, mit ihr auf die Terrasse zu gehen. Seit dem Fest wagte sie auch, Hubert zu ignorieren und ihn distanziert und voll Spott zu behandeln, ganz so, als sei er ein kleiner blauer Elefant, der viel zu lange schon durch ihr Leben getrampelt war und den sie nicht mehr ernstnehmen wollte.

Auch mit den Kindern ging sie anders um – seit dem Fest. Sie hatte, als die letzten Gäste gegangen waren und sich bereits rosagraue Morgendämmerung in ihr Zimmer geschlichen hatte, lange wachgelegen und gegrübelt. Und ihr wurde gleich einem kampferprobten General klar, daß kalter Krieg nur so lange kalt war, solang beide Parteien in Warteposition verharrten. Und daß Wartepositionen nur dann sinnvoll waren, wenn sie dazu dienten, erhitzte Gemüter zu kühlen. Im Hause Uhland aber gab es keine erhitzten Gemüter. Dem Hause Uhland mangelte es eindeutig an Autorität. Und an Durchsetzungsvermögen.

»Ich habe über uns nachgedacht«, sagte sie deshalb eines Abends, kurz nach dem Essen, als Claudia und Steffi wortlos zum Fernseher strebten und Oliver, ein Buch in der Hand, unschlüssig in der Küche stand.

»Wir wollten fernsehen jetzt.«
»Nun. Ein bißchen Enthaltsamkeit kann nicht schaden. Es wäre sowieso besser, ihr würdet nicht andauernd vor diesem albernen Kasten sitzen und geistlose Filme konsumieren.«
»Wir wollten keinen geistlosen Film konsumieren. Wir wollten eine Sendung sehen, die sich mit der Emanzipation der Frau befaßt. Was sagst du nun?«
»Dann sind wir ja schon beim Thema.«
»Bei welchem Thema?«
»Bei meiner Emanzipation. Ich sehe nämlich gar nicht ein, warum ich die ganze Arbeit hier alleine machen soll. Ich gehe schließlich auch ins Büro, so wie ihr in die Schule.«
»Na ja, das bißchen Büro...«
»Na ja, das bißchen Schule. Bei euren Noten!«
»Was also schlägst du vor?« fragte Claudia arrogant.
»Was haltet ihr von Arbeitsteilung?«
»Gar nichts. Bei unseren Eltern...«
»Ich weiß, ich weiß. Bei euren Eltern hattet ihr eine Zugehfrau. Das kann ich mir aber nicht leisten. Und es ist auch gar nicht nötig. Drei Frauen und ein Mann im Haus werden doch mit dem bißchen Arbeit fertig. Was denkst du, Oliver?«
Judith lächelte ihn an, und er wurde rot.
»Und wie hast du dir das vorgestellt?«
»Ich koche, ihr wascht ab. Ich bügle, ihr wischt Staub. Ich kaufe ein, ihr räumt auf. Ganz einfach.«
Oliver räusperte sich. »Ich habe zu Hause auch immer Staub gewischt«, sagte er. »Und unsere Zugehfrau...«
»Sei ruhig«, zischte Steffi.
»Was war mit eurer Zugehfrau?«
»Die kam nur einmal die Woche und hat die Böden gemacht und die Wäsche. Steffi und Claudia mußten Mammi immer helfen.« Er schluckte. Seine kleinen Bubenfäuste verschwanden in der Hosentasche.
Judith legte einen Arm um ihn. »Wie lieb, daß du mir das sagst. Also?« Sie blickte die beiden Mädchen an.

»Wir werden sehen, ob wir Zeit haben. Kommst du, Steffi?«
Judiths Augen verengten sich. »Würdet ihr bitte Claudia und mich alleine lassen?«
»Nein, wir...«
»Aber ja, liebste Stephanie. Und zwar sofort.«
Steffi zuckte die Schultern. »Blödes Getue, das alles«, sagte sie und knallte die Tür zu.
»Nun?« Claudia war voller Abwehr.
Judith preßte ihre Fingernägel gegen die Handflächen. »Du bist die Älteste«, sagte sie. »Ich appelliere deshalb an deine Vernunft. Ich weiß nicht, warum Steffi und du... warum ihr mir so ablehnend gegenübersteht. Ich kann mir manches denken, aber...«
»Was kannst du dir denken?«
»Es war entsetzlich für euch, die Eltern zu verlieren. Ihr seid beide schon groß, du bist fast schon erwachsen. Und ihr wollt deshalb nicht, daß irgendwelche Erziehungsversuche gestartet werden.«
»Du hast es erfaßt, Judith. Ich weiß, wir müssen dir unheimlich dankbar sein, daß du uns aufgenommen hast...« Claudias ausgeprägter Sinn für Dramatik gewann die Oberhand. Sie sackte in sich zusammen und bekam tragische blaue Augen. Wie sehr sie doch Lilli glich!
»Aber das heißt nicht«, vollendete sie theatralisch, »daß du dich in unser Leben einmischen kannst.«
»In welches Leben?«
»Na, in unser Leben.«
»Was ist dein Leben momentan?«
»Was meinst du?«
»Dein Leben momentan ist: wohnen, essen, schlafen, lernen, Freizeit genießen, Gefühle haben. Wenn ich dich richtig verstehe, bin ich zuständig für die Sachwerte. Für essen und schlafen, das Schulgeld, das Taschengeld. Eure Freizeit, eure Gefühle und eure Gedanken gehören euch. Das wolltest du mir doch klarmachen, nicht?«

Claudia sah sie an, die blauen Augen nun nicht mehr tragisch geweitet, sondern trotzig und jung.
»Gut. Okay«, sagte Judith müde. »Ich akzeptiere es. Es tut mir zwar sehr, sehr leid. Ich habe euch wirklich lieb, ich habe mich so sehr auf euch gefreut, aber ...« Ihre Stimme zitterte. »Das ist alles«, sagte sie dann hastig, nahm eine Zeitung zur Hand und starrte, ohne zu sehen, auf eine fette, blutrünstige Überschrift.
»Ich habe es nicht böse gemeint.«
»Ich weiß, ich weiß.« Judith lächelte vage, aber die Stille des Zimmers erschien ihr unerträglich, und als sie hörte, daß Claudia die Tür leise ins Schloß zog, begann sie zu weinen.

Am nächsten Tag schien eine blasse, freundliche Oktobersonne, der Himmel war hell und hoch.
Judith arbeitete im Garten. Sie atmete tief durch. Es tat gut, den Duft der feuchten Erde und des Grases in sich aufzunehmen, die gelb- und rotgefärbten Blätter der Weide und des Pfirsichbäumchens zu kleinen Hügeln zusammenzurechen und sich ab und zu auf die von Oliver so verschmähte Schaukel zu setzen und den kleinen Spatzen zuzusehen, die sich vergnügt auf den frischgeharkten Beeten um Körner und Brotkrumen stritten.

Seit dem Gespräch, das sie mit den Kindern geführt hatte, übten Claudia und Steffi sich in eisiger Zurückhaltung, während Oliver versuchte, das Schweigen bei Tisch mit kleinen Geschichten über Rasputin zu überbrücken und Judith, so gut es ging, in Haus und Garten zu entlasten. Er wischte Staub, spülte Geschirr, kehrte die Terrasse und sammelte tote Äste ein. Er ahnte, selbst sehr schüchtern und zurückhaltend, Judiths Ängste und ihr Unvermögen, Gleiches mit Gleichem zu vergelten und zollte ihrer manchmal geradezu übertriebenen Rücksichtnahme Respekt und dankbare Anerkennung.
Das Telefon klingelte. Judith lief ins Haus.

»Spreche ich mit Frau Uhland?«
»Ja. Hier spricht Judith Uhland.«
»Mein Name ist Helga Weber. Ich bin Sozialarbeiterin. Sie erinnern sich vielleicht noch.«
»Ach ja. Sie wollten uns nach einiger Zeit besuchen, um zu sehen, wie ich mit der Pflegschaft zurechtkomme.«
»Paßt es Ihnen morgen nachmittag?«
»Ja, es paßt«, antwortete Judith betont heiter. »Hätten Sie auch gerne mit meiner Mutter gesprochen? Sie ist der Vormund der Kinder.«
»Wenn das möglich wäre, natürlich gern.« Helga Weber verabschiedete sich, und Judith seufzte. Wenn nur die Kinder sich einigermaßen benahmen morgen. Und wenn nur Lilli mit ihrer Meinung hinterm Berg hielt und nicht endlos lamentierte. Und wenn... Ach was, dachte sie, plötzlich sehr zornig. Ich werde die Kinder bitten, Manieren zu zeigen, schließlich lag es in ihrem eigenen Interesse, einen guten Eindruck zu hinterlassen. Und Lilli wollte sie schon zur Räson bringen. Wann hatte man je gehört, daß die eigene Großmutter gegen die Enkel wetterte, nicht wahr?
Sie ging zurück in den Garten und begann, die Fliederbüsche zu beschneiden. Die kleinen Spatzen saßen nun schläfrig in den Zweigen des alten Kirschbaumes, die Dämmerung senkte sich langsam herab, die Konturen der Bäume und Sträucher verwischten sich allmählich, und in Judiths Herz machten sich Stolz und Freude breit. Dies war ihr Haus und ihr Garten und drinnen saßen ihre Kinder, egal was Lilli und Hubert sagen mochten und egal, was kritische Sozialarbeiterinnen vielleicht zu bemängeln hatten.

»Sozialarbeiterin?« Lilli war entsetzt. »Meint sie, wir hausen in Erdlöchern und duschen nicht?«
»Aber Mutter. Diese Helga Weber ist eine sehr nette Frau. Es ist doch ihre Pflicht, sich zu erkundigen, wie es uns und den Kindern geht.«

»Wenn du meinst. Aber komisch finde ich es doch.«
»Könntest du uns vielleicht mit deiner Anwesenheit beglükken? Du bist der Vormund und solltest dem Gespräch beiwohnen, meinst du nicht?«
»Ich bin der Vormund«, wiederholte Lilli kichernd. »Also wirklich, wie das schon klingt. Als hielte ich das Schicksal sämtlicher Kinder eines Armenhauses in meinen zarten Händen.«
Judith lachte. »Liebe Lilli. Keiner käme je in Versuchung, dich mit einer Armenhausvorsteherin zu verwechseln. Eher mit der Frau eines Bankpräsidenten.«
»Apropos Bankpräsident ... Ich gehe heute abend mit Gregor essen. Ich glaube fast, er will mir vorschlagen, ein paar Tage mit ihm zu verreisen.«
»Woher willst du das wissen?«
»Ich kenne die Männer und ihre Umständlichkeiten, wenn sie daran gehen, höchst unmoralische Anträge zu machen«, sagte Lilli und sah nicht so aus, als hätte sie irgendwelche moralischen Bedenken wegen der zu erwartenden Unmoral.
»Findest du ihn nett, diesen Gregor?«
Lilli sah sie lächelnd an. »Er ist sehr wohlhabend, er sieht gut aus, er weiß sich zu benehmen, er ist, dank einer vorsichtigen Lebensweise, außerordentlich rüstig und gesund, und er betet mich an. Kannst du dir eine bessere Konstellation der Dinge vorstellen?«
»Das war trotz aller Ausführlichkeit keine Antwort auf meine Frage.«
»Meine liebe Judith. Ich finde jeden Mann nett, der mich anbetet und die von mir genannten Vorzüge aufweist.«
»Du bist so schrecklich vernünftig. Hast du irgendwann in deinem Leben auch einmal das Verkehrte getan?«
»Aber natürlich, mein Schatz. Ich habe mich mit siebzehn Jahren in einen mittellosen Taxifahrer verliebt, ihm mein Sparbuch aufgedrängt, unser Ausgehen finanziert und am Ende sogar noch das Benzin bezahlt, mit dem er die anderen

Freundinnen spazieren fuhr. Eines Tages besuchte mich dann seine Frau und erzählte mir, daß sie drei Kinder hätten und bald kein Dach mehr überm Kopf.«
»Und seither bist du hartherzig wie ein Kieselstein.«
»Ich bin nicht hartherzig, ich bin realistisch. Was dir im übrigen auch nicht schaden könnte. Mag sein, daß Hubert nicht gerade der Traum vieler schlafloser Nächte ist. Aber in deiner Lage schickt ihn geradezu der Himmel.«
»In meiner Lage?«
»In deiner Lage«, sagte Lilli mit Nachdruck und einem so intensiven Blick in Judiths Gesicht, daß diese sich rasch abwandte und begann, leise vor sich hinzusummen.

Helga Weber, eine schlanke dreißigjährige Frau mit blondem Haar und freundlich interessierten Augen, lächelte nur amüsiert, als Lilli sie sehr kühl und vornehm fragte, was sie denn vorzufinden gedenke.
»Ich gedenke gar nichts, Frau Uhland. Ich erkundige mich nur. Und ich freue mich, wenn es Ihnen und den Kindern gut geht. Es ist schon schwierig genug, die Pflegschaft für ein Kind zu übernehmen. Aber dann gleich für drei...«
»Sie vergessen, daß es unser eigen Fleisch und Blut ist.«
»Kinder sind Kinder. Oder wollen Sie sagen, Claudia, Steffi und Oliver hätten nicht ihre kleinen Eigenheiten, wie alle anderen auch?«
»Na ja. Vielleicht. Ab und zu. Doch bei Familien, in denen beide Eltern am Leben sind, kümmern Sie sich auch nicht, ob alles in Ordnung ist.«
»Das ist ein weites Feld, wie schon Herr Fontane sagte. Ich muß mich auf mein Gebiet, die Pflegschaften, beschränken, und das Schwierige an meinem Job ist, daß die Leute immer denken, wir wären eine Art Schnüffler. Aber es könnte doch durchaus sein, daß wir uns einmal getäuscht und die Pflegschaft in unrechte Hände gegeben haben? Wir sind wirklich nur im Interesse der Kinder unterwegs, glauben Sie mir.«

»Nun, dann nehmen Sie zur Kenntnis, daß hier alles in bester Ordnung ist. Jedes der Kinder hat ein eigenes Zimmer, wir haben nicht nur menschlichen Zuwachs bekommen, nein, wir haben jetzt auch noch zehn Goldhamster, eine gebärfreudige Katze und einen Stallhasen, der unseren Garten als immerwährende Freßorgie betrachtet. Und meine Tochter pflegt ein überaus... inniges Verhältnis zu meinen Enkeln.«
»Hast du gehört, liebes Schwesterlein? Man pflegt ein überaus inniges Verhältnis zu uns!« Claudia lümmelte, die grinsende Steffi im Rücken, in der Tür und stützte eine Hand in die Hüften.
Es war ein gekonnter Auftritt. Beide wirkten unerhört farbenfroh, sie trugen bunt besprayte Haare, grüne Lippen und hautenge Jeans. Claudia rauchte. Sie rauchte so sündig, als sei sie Marlene Dietrich und als solche gewohnt, zu jeder Tages- und Nachtzeit ein paar unschuldige Jungs zu verspeisen.
»Sehr, sehr witzig«, meinte Judith sarkastisch.
»Nun. Fürsorgerinnen wollen doch immer einen Eindruck gewinnen, wie man sich entwickelt.«
»Oh. Der Begriff ›Fürsorgerin‹ ist etwas veraltet, meine Liebe. Ich bin Sozialarbeiterin und durchaus in der Lage, auch hinter getünchte Fassaden zu blicken.«
Helga Weber reichte den Mädchen die Hand und gab sich ganz natürlich. »Ich kam, um mich zu erkundigen, ob es euch gut geht. Und wie ich sehe, ist alles in bester Ordnung.«
»Woran sehen Sie das denn?« fragte Steffi. »Steht es vielleicht quer über mein Gesicht geschrieben?«
»Geht es dir denn nicht gut?«
Steffi verzog spöttisch den Mund. »Natürlich. Ich bin gesund und lebe.«
»Na, das ist ja wunderbar. Das ist weit mehr, als andere von sich behaupten können.«
»Und Sie machen keine Meldung in Ihrer komischen Behörde, wie asozial wir aussehen?«
»Wieso seht ihr asozial aus? Ihr seht ganz normal aus, finde

ich. Tja ...« Sie zögerte und wandte sich an Judith. »Ich lasse meine Karte da, falls Sie einmal meinen Rat brauchen sollten. Und immer schön die Ohren steifhalten.« Sie zwinkerte mit den Augen und wirkte in keinster Weise beunruhigt.
»Tschüß, ihr zwei Spaßvögel«, meinte sie und winkte Claudia und Steffi fröhlich zu, die wie zwei verdrossene Papageien im Türrahmen standen und enttäuscht ihr Gefieder sträubten. Dann ging sie. Auf der Treppe, die in den Vorgarten führte, blieb sie noch einmal stehen, studierte eine Adressenliste und den Stadtplan, und Claudia trat voller Wut die Tür ins Schloß.

Es war ein herrlicher Freitagnachmittag, die Luft mild und seidenweich. Weiße Wattewölkchen hingen reglos am Himmel, der herbe Duft von spät erblühten Rosen lag über den Gärten. Judith stand vor ihrem Kleiderschrank und ärgerte sich. Morgen kam Felix Troll zum ersten Mal ins Haus, um sein Versprechen, mit Steffi zu lernen, wahrzumachen. Und sie besaß ausschließlich Kleidung, die eines dicken preußischen Spazierstockes bedurfte und nach flachen Gesundheitsschuhen schrie. Und ihre einzige lange Hose war aus so festem Material, als sei sie für die Ewigkeit gezimmert.
»Ich will morgen früh schnell in die Innenstadt fahren, um mir ein paar Jeans zu kaufen. Hättest du Lust mitzukommen und mich ein wenig zu beraten?« fragte sie beim Abendessen und wandte sich an Claudia.
»Es gibt jede Menge Verkäuferinnen in diesen Läden«, meinte Steffi giftig.
»Natürlich komme ich mit.« Claudia lächelte freundlich und stieß Steffi unter dem Tisch mit dem Fuß an. Jeansläden waren schließlich immer gut. Jeansläden hatten die Eigenschaft, nicht nur Jeans in Tantengröße zu führen.

Judith wurde bodenlos leichtsinnig und verfiel zum ersten Mal in ihrem Leben in einen wahren Kaufrausch. Noch nie hatte es ihr soviel Spaß bereitet, kleine Boutiquen und Läden unsicher zu machen, Farbtiegelchen zu inspizieren und Nagellacks auf ihren kurzgeschnittenen Fingernägeln zu verteilen. Und noch nie hatte sie so klare Vorstellungen besessen, wie sie auszusehen wünschte.

»Wenn du dir jetzt vielleicht noch blonde Strähnchen machst?« meinte Claudia anerkennend. »Dein Haarschnitt ist prima, aber mit Strähnchen wäre das Ganze geradezu umwerfend.«

»O Gott, das kann ich nicht. Hubert ist immer noch geschockt über meinen Kahlschlag, wie er meine neue Frisur zu nennen pflegt, und wenn er sieht, was ich heute alles gekauft habe, wird er auch darüber wieder zwei Wochen lang die Nase rümpfen. Schon eine Frau in Hosen schätzt er nicht sonderlich, eine Frau in Jeans aber gehört seiner Ansicht nach in den Zirkus.«

»Laß doch den blöden Hubert aus dem Spiel. Er ist eine Mumie, sage ich dir. Wenn du ihn aus seinem Anzug wickelst, zerfällt er in Staub und nur die Knochen bleiben übrig.«

»Claudia!« Judith war entsetzt. Doch dann lachte sie. »Jetzt ist es eh' schon egal. Jetzt kriegst du noch diese Bundfalten-Hose, die dir so gut gefallen hat, und für Steffi und Oliver nehmen wir Sweatshirts mit.«

»Dann kaufst du dir wenigstens blondes Spray. Damit du einen hellen Schippel kriegst, wenn du ausgehst.«

»Und außerdem brauche ich noch ein paar modische Ohrringe.«

»Mann, Judith. Hast du im Lotto gewonnen?«

»Nein. Aber ich habe gerade beschlossen, mit meiner Bank nur mehr schriftlich zu verkehren.«

»Oder aber du machst dich an Großmutters neuesten Verehrer ran. Der ist Bankdirektor a. D. und sicher stinkereich.«

»Ach. Ich dachte, du findest Hubert bereits zu alt. Gregor ist fünfundsechzig.«

»Wenn schon alt, dann mit Spendierhosen. Alt und reich, das

geht. Aber alt und so geizig wie dein Hubert, das ist eine Affenschande.« Claudias Gesicht bestand nur noch aus vergnügten Grübchen, sie hängte sich bei Judith ein und zog sie mit sich.
»Ich lade dich ein«, sagte sie. »Ich lade dich ein zu einem Cappuccino und werde dir endlich mal Unterricht erteilen, wie man Männer behandelt.«
»Also kein Krieg heute?«
»Ein kleiner Waffenstillstand.«
»Weswegen?«
»Wegen der Bundfaltenhosen«, sagte Claudia, und ihre Augen begannen, spöttisch zu funkeln.

Felix betrachtete Judith mit gespieltem Erstaunen, als sie ihm am Nachmittag die Tür öffnete und ihn verschmitzt anlächelte.
»Ich wollte eigentlich zu Frau Uhland«, meinte er. »Ist sie ausgegangen?«
Judith kicherte in sich hinein. »Sie meinen jene langweilige Person, die immer wetterfesten Loden trägt und gesundes Schuhwerk?«
»Selbige meine ich.«
»Ich habe sie abgemurkst. Ich konnte sie schon lange nicht mehr leiden.« Sie trat einen Schritt zurück und ließ ihn vorbei. Ihr Herz klopfte so heftig, daß sie dachte, es müsse zerspringen.
»Und wo ist unser junges Mathe-Genie?«
»Es bockt ganz fürchterlich.«
»Aha. Dann werde ich wohl sehr charmant sein müssen.« Er folgte Judith in den ersten Stock, klopfte an Steffis Tür und trat ein.
»Bereit?«
Steffi sah ihm betont gleichgültig entgegen. »Ich hasse Mathe. Ich hasse Latein. Ich hasse alles.«
»Na, wunderbar«, antwortete Felix ungerührt. »Ich dachte

nämlich schon, du seist scheintot, so bleich und stumm wie du immer herumläufst.«

Judith deckte inzwischen liebevoll den Tisch, legte hauchzartes Gebäck in eine schöne alte Schale und holte bestickte Servietten aus dem Schrank. Sie würde, wenn Felix eine Pause machte und Steffi ihre mathematischen Wunden leckte, Tee anbieten und ein nettes Gespräch führen. Und würde dann sicherlich etwas mehr über diesen sonderbaren Herrn Troll erfahren, der so gar nicht in ihr sorgsam gefügtes Weltbild paßte und sie so plötzlich interessierte. Sie natürlich nur deshalb interessierte, weil er wirklich sehr, sehr sonderbar war und weil sonderbare Menschen neugierig machten, so wie Ausländer, die in karierten Hosen herumliefen oder alte Damen, die Wodka tranken und Zigarren rauchten. Ansonsten jedoch führte sie nichts im Schilde. Sie war eine vierzigjährige ausgeglichene, selbstsichere Frau, die Tee anbot und sich kultiviert unterhielt. Und die nur deshalb alle zwei Minuten vor dem Spiegel stand, weil sie sich erst an ihr neues Gesicht und ihr verändertes Aussehen gewöhnen mußte.
Es klingelte. Als sie öffnete, verspürte sie eine leise Enttäuschung. Und ein klein wenig Groll.
»Hallo, Hubert. Ich habe eigentlich nicht mit dir gerechnet.«
»Darf ich eintreten?«
»Bitte.«
Hubert wickelte einen Strauß Moosröschen aus. »Ein Friedensangebot. Es tut mir leid, wenn ich dich verletzt haben sollte und ich...« Er räusperte sich.
Ein Friedensangebot zu zwei Mark fünfzig. »Du hättest dich aber nicht so in Unkosten stürzen brauchen«, sagte Judith spöttisch. Eine Tür fiel ins Schloß. Grüne Turnschuhe und schwarze Jeans erschienen, und ein freudiges Lächeln erstarb bei Huberts Anblick.
»Herr Ellert...«
»Herr Troll...«

Judith fröstelte. Sie hatte gar nicht gewußt, daß hinter zwei unschuldigen Namen so viele Haken und Ösen verborgen sein konnten.
»Tja. Wollen wir vielleicht eine Tasse Tee...«
»Nein, danke«, sagte Hubert eisig. »Ich muß noch Besorgungen machen. Kann ich Sie ein Stück mitnehmen?« Er wandte sich an Felix, das höfliche Lächeln um seinen Mund war schon Jahrhunderte alt und sehr verstaubt.
»Ich habe Steffi eine Aufgabe gestellt, die sie gerade rechnet. Mein Dienst ist also noch nicht beendet.« Auch Felix lächelte. Er lächelte so breit und fürchterlich wie Steffis unheimlicher Kürbis, wenn es Nacht wurde und Blitz und Donner das dunkle Haus erschreckten.
»Ja, dann. Herr Troll...«
»Herr Ellert...«

»Tja, so war's«, erzählte Judith am nächsten Tag Frau Kleinschmidt und klopfte nervös mit den Fingern auf ihre Schreibtischunterlage. »Ich trank also Tee mit Felix Troll und verschüttete die Hälfte, weil meine Hände so zitterten. Ich bin es einfach nicht gewohnt, Gegenstand einer Atmosphäre unter Hochspannung zu sein. Und Felix ... ich meine, Herr Troll... Er fragte mich die ganze Zeit aus über mein Leben und das der Kinder und überhaupt...«
Sie brach jäh ab und sah aus dem Fenster.
Denn überhaupt war die Luft so dünn gewesen im Raum. Und überhaupt hatten sie ganz plötzlich vermieden, sich anzusehen. Und überhaupt hatte sie den wahnwitzigen Wunsch verspürt, seine Hände zu berühren, ein wenig näher zu rükken und ihn zu bitten, auch zum Abendessen zu bleiben... Judith wurde rot.
»Und überhaupt?« fragte Frau Kleinschmidt.
»Na ja. Überhaupt ist alles furchtbar verworren. Denn Hubert ist wirklich ohne jeden Grund eifersüchtig. Schließlich ist Felix Troll nur daran interessiert, Steffi zu helfen und ich...«

»Und Sie?«
»Ich...« Judith brach hilflos ab. »Ich weiß nicht«, sagte sie dann. »Ich komme mir schon wieder vor wie jener dumme Käfer, der auf dem Rücken liegt und mit den Beinen zappelt.« Sie schwieg. ›Dann zappeln Sie noch ein wenig fester und kommen wieder hoch...‹ Wer hatte das erst kürzlich zu ihr gesagt? Ach ja. Felix Troll hatte es gesagt. Felix. Ihr Herz wurde plötzlich faul und tat einen Schlag zuwenig. Und ihre Gefühle saßen irgendwo in der Magengrube und wunderten sich.

Die weißen Wattewölkchen hingen noch tagelang am Himmel. Es war trügerisch warm. In den Gärten torkelten dicke Hummeln um prallköpfige Dahlien, Schulkinder sammelten Blätter und Kastanien für den Sachkundeunterricht, junge Frauen hingen ihre Wäsche im Freien auf, und keiner mochte so recht an den Winter glauben.
Judith traf sich mit Felix Troll in der Kantine und bestellte Kaffee. »Eigentlich müßte ich längst zu Hause sein«, sagte sie.
»Wie geht es denn zu Hause?«
»Na ja... Oliver gibt sich redlich Mühe. Mir scheint, seine Bindung zu mir wächst. Die Mädchen aber...« Sie schüttelte den Kopf. »Ich bin noch nicht sehr viel weiter gekommen, fürchte ich.«
»Sie müssen Geduld haben. Gehen Sie ab und zu ein bißchen aus, um sich abzulenken. Wie wär's? Ich bin heute abend bei einer guten Freundin. Sie heißt Anita und feiert eine Bottle-Party. Kommen Sie doch mit.«
»Einfach so? Mitten unter der Woche?«
»Warum denn nicht? Leben findet doch auch unter der Woche statt, nicht? Außerdem haben wir einen gewichtigen Grund, uns zu treffen. Lageplanbesprechung für eine Bürgerinitiative.«
»Welche Bürgerinitiative?«

»Die Initiative ›Falkenstraße 12‹. Es gibt da ein sehr altes Haus, bewohnt von sehr alten Menschen. Und nun wird diesen sehr alten Menschen sehr neuzeitlich das Leben schwergemacht. Der Besitzer hat nämlich Lukrativeres vor mit seinem Eigentum. Er will luxusrenovieren, verstehen Sie? Und hinterher die Mieten entsprechend erhöhen. Und auch gewerbliche Räume schaffen. Da sind die alten Mieter natürlich im Weg.« Felix' großer zorniger Löwenkopf kam in Bewegung, seine Hände gestikulierten. »Wir haben einen guten Anwalt besorgt. Und jetzt sogar einen Pressemann gefunden, der uns helfen will.«
»Glauben Sie denn, das alles nützt etwas?«
Er sah sie erstaunt an. »Wahrscheinlich nützt es nichts. Aber man muß es doch versuchen. Ich eigne mich nicht zum Weltverbesserer, der nur am Stammtisch sitzt und kluge Reden schwingt. Ich will etwas tun. Wenn es keinen Erfolg hat... nun, dann habe ich es wenigstens versucht. Außerdem bin ich der Meinung, daß man immer etwas bewegt, etwas verändert, auch wenn es sich nicht gleich in sichtbarem Erfolg äußert.«
Judith betrachtete ihn nachdenklich. Hubert kam ihr in den Sinn. Seine Reisen nach Madeira. Seine panische Angst, anzuecken. Seine dunklen Anzüge. Seine Seidenkrawatten. Sein fast unterwürfiger Ton, wenn er von Höhergestellten sprach.
»Ich komme gerne«, sagte sie und hatte plötzlich die unsinnige Hoffnung, ihr Dasein möge sich ebenfalls verändern, Felix möge es verändern, möge es bewegen, es durcheinanderbringen, es zerstören, wenn es denn sein mußte, damit das Gleichmaß ihrer sorgsam gehüteten Tage sich auflöse in ein Nichts und sie endlich begänne, selbst zu leben und nicht nur am Leben anderer teilzuhaben.
»Soll ich etwas beisteuern zu dem kleinen Treffen?«
»Vielleicht einen leckeren Salat?« Felix grinste. »Sind lauter Junggesellen da. Die lechzen nach weiblicher Küche.«

Hubert Ellert starrte aus dem Fenster und dachte nach. Judith hatte ihn auch heute sehr kühl und distanziert behandelt und hatte ihm, als er sich mit ihr zum Mittagessen verabreden wollte, lediglich mitgeteilt, daß sie bereits eingeladen sei. Zum Kaffeetrinken. Ob dieser Felix Troll tatsächlich eine Gefahr bedeutete? Er konnte es einfach nicht glauben! Judith war eine kritisch abwägende Frau. Und Felix Troll ein grobschlächtiger Mensch, ein Sonderling und, schlimmer noch, ein nichtssagender Inspektor ohne jegliche Aussicht, an seiner untergeordneten Stellung je etwas zu ändern. Ein Mensch, der nebulöse, idealistische Ziele verfolgte und dabei ganz vergaß, Karriere zu machen Er schüttelte den Kopf. Nein. Gefahr war da wohl keine. Aber dennoch – Judith benahm sich seltsam, wurde unberechenbar, schnippisch. Es beunruhigte ihn, daß sie aufbegehrte. Er hatte sich so sehr daran gewöhnt, ihrer beider Leben zu lenken, daß der geringste Widerstand ihn ziemlich hilflos machte. Zum ersten Mal sah er sie mit anderen Augen. Sie wird zunehmend attraktiver, dachte er mit einer Mischung aus Stolz und Besorgnis. Der Gedanke, sie zu heiraten, bevor es vielleicht ein anderer tat, drängte sich ihm auf, erstaunte ihn, machte ihn unruhig. Denn wenn er heiratete, blieb das Problem mit den Kindern dennoch ungelöst. Er erhob sich und wanderte unruhig auf und ab. Ob er noch einmal mit Lilli sprach? Oder mit Anna und Konrad Dehler? Diese Anna Dehler . . . Sie hatte großes Interesse bekundet an Oliver. Wenn nun Oliver zurückkehrte nach Ulm und Claudia doch in ein Schweizer Internat ging? Er setzte sich wieder an seinen Schreibtisch, suchte in seinem Adreßbuch nach einer Nummer und wählte.

Anna Dehler freute sich, Huberts Stimme zu hören. Was für ein angenehmer Mensch, dachte sie.
»Ich habe mir, ehrlich gesagt, gleich gedacht, daß Judith es nicht schaffen wird«, sagte sie. »Sie meint es gut, natürlich, aber sie ist nicht . . .« Anna suchte nach dem passenden Wort.

»Sie ist nicht modern genug«, vollendete sie dann. »Und wahrscheinlich zu weich. Claudia bräuchte eine straffere Hand und Stephanie ebenfalls. Was werden Sie nun tun?«

»Ich spiele immer noch mit dem Gedanken, Judith zu überreden, Claudia in die Schweiz zu schicken. Um Stephanie könnte ich mich selbst etwas kümmern. Ich bin ganz Ihrer Meinung, daß eine feste Hand vonnöten ist. Und Oliver...« Er machte eine vorsichtige Pause.

»Ein lieber Junge«, sagte Anna, ebenso vorsichtig wie er.

»Er hat sich sehr wohlgefühlt in Ulm. Er erzählt oft von Ihnen, Ihrem Haus und dem Laden.«

»Ja?« Annas Gesicht rötete sich vor Freude.

»Ja. Vor allen Dingen von Ihrem Laden. Er hat sehr gerne geholfen, glaube ich. Und Ihre mütterliche Art...«

»Meine großmütterliche Art meinen Sie wohl«, sagte Anna glücklich.

»Ich habe nächste Woche ganz in Ihrer Nähe zu tun. Ob Sie mir wohl einen kleinen Besuch gestatten?«

Anna lächelte. Sie konnte Hilfe gebrauchen. Und dieser Regierungsrat Ellert machte einen blendenden Eindruck. Wer weiß, vielleicht gelang es ihm, Konrad zu überzeugen? Olivers blasses, ernstes Gesicht kam ihr in den Sinn. Ein Kind im Haus, das sie bemuttern und verwöhnen konnte, das heranwuchs, im Laden half und ihn später, wenn Konrad sich zur Ruhe setzte, übernehmen konnte. Ihr Herz begann unruhig zu schlagen. »Aber ja«, sagte sie. »Kommen Sie nur. Mein Mann und ich würden uns freuen.«

Judith parkte am Abend ihren Wagen direkt vor Anita Meißners Haus. Die Stimme in der Sprechanlage klang forsch und selbstbewußt; die junge Frau, die in der Tür stand und sie erwartete, warf ihr einen prüfenden Blick zu.

»Hallo!« Ein kräftiges, glänzendes Gebiß, Sexappeal, der an ofenwarmes Brot und süße Butter erinnerte, dunkle Eichhörnchenaugen, neugierig und ohne Wärme.

Judith trat ein. Ihr war richtig schwindlig. Gerhard, Inga, Helli, Balthasar. Saxophonist, Sekretärin, Bankbeamter, Student der Rechte. Und Felix, dicht neben Anita, seine Hand in ihrem Nacken.
»Das mit dem Anwalt klappt«, sagte Anita. Ihre tiefe Stimme vibrierte, in ihrem dunklen Haar tanzten blauschwarze Lichter. »Und Gerhard hat einen Kumpel bei der Presse. Er wird fotografieren, wenn wir Sitzstreik machen.« Sie lächelte in die Runde, die flinken Eichhörnchenaugen stets in Bewegung.
»Wir brauchen Spruchbänder. Und die Handzettel müssen vervielfältigt werden.«
»Ich habe einen Fotokopierapparat im Zimmer, in meinem Büro«, sagte Judith.
»Und wenn Ihr Regierungsrat Sie erwischt?« Felix grinste amüsiert.
»Mein Regierungsrat ist oft außer Haus diese Woche.« Judith grinste zurück.

Man spielte Jazz und Beat. Man diskutierte und politisierte, lachte und trank und stürzte sich begeistert auf Judiths Käsesalat.
»Eigentlich bin ich Vegetarier«, sagte Balthasar, ein schlaksiger junger griechischer Gott mit blondem Haar und weicher Stimme.
Judith lachte. »Also nur Grünzeug und Körner?«
»Na ja. Ich bin Vegetarier ohne Charakter.«
»Gibt es hier Telefon für einen Kontrollanruf? Eine meiner hoffnungsvollen Töchter war in der Disco...«
»Ist das 'ne Baby-Disco oder was?«
»Oh, danke.« Judith lachte und zupfte Balthasar am Ohr. »Im Flur um die Ecke.«
Es dauerte lange, bis Steffis verschlafene Stimme sich zum Telefon gähnte. »Claudia ist noch nicht da«, sagte sie.
»Aber es ist doch schon nach zwölf.«

»Du versumpfst doch auch gerade.«
»Ich bin auch im richtigen Sumpfalter, oder nicht?«
Judith war beunruhigt. Die dunklen Straßen, die einsame Bushaltestelle, wer weiß, was alles herumlungerte um diese Zeit.
»In den Discos geht's doch immer erst um zehn richtig los«, meinte Anita und zuckte mit den Schultern. »Da kann man gar nicht zu Hause sein um zwölf.«
»Aber sie hat Schule heute früh...«
»Auch Sie müssen ins Büro. Take it easy.« Das weiße Pferdegebiß glänzte. »Sie und Felix sind Arbeitskollegen?« Anitas Stimme klang ausgesprochen harmlos.
»Ja. Kollegen. Gute Kollegen. Und Sie? Kennen Sie ihn schon lange?«
»Ein paar Jahre. Ich war eigentlich mit seiner Frau befreundet.«
»Mit seiner Frau?«
»Ich dachte, Sie kennen sich so gut?« Die flinken Eichhörnchenaugen wurden wachsam. »Tja... Er war verheiratet. Er hat zwei Kinder, einen Jungen, ein Mädchen. Seine Frau ging mit einem anderen nach Kanada. Er sieht die Kinder so gut wie nie. Das macht ihm schwer zu schaffen.«
Judith schwieg betroffen.
»Eigentlich wollte er Lehrer werden. Aber dann, als das erste Kind kam und Karin nicht mehr arbeiten konnte, mußte er das Studium aufgeben. Wie das Leben so spielt...« Sie betrachtete Judith sehr genau und sehr ausführlich. »Sie haben also auch Kinder?« fragte sie dann.
»Ja. Drei.«
»Und der zugehörige Vater?«
»Gibt noch keinen Vater.«
»Sie suchen einen?«
»Nun...« Judith lächelte ein geheimnisvolles Lächeln, das vom Mund zu den Augen sprang und einen Hintergedanken hatte. »Es gibt ein paar Aspiranten.«

»Und Felix zählt dazu?«
»Ich sagte doch, wir sind Kollegen. Außerdem – ist er nicht mit Ihnen befreundet?«
»Doch, das ist er.« Anita streckte sich. »Ich habe enorme Lust auf ein Glas Sekt. Sie auch?«
»Danke«, sagte Judith. »Warum nicht?«

Sehr viel frischer Morgen, der auf die ersten Sonnenstrahlen wartete, ein kitschiger, rosaroter Postkarten-Himmel, zwei dicke Tauben, die gurrend auf dem Kopf des nackten Brunnen-Neptuns saßen.
»Sehn Sie doch... Wird ein herrlicher Tag heute. Und die Vögel sind schon putzmunter. Haben kein' Whisky gekriegt und sind doch putzmunter.«
»Wollen Sie noch ein Hörnchen?«
»Nein, kein Hörnchen.«
»Hier. Ziehen Sie meinen Pullover über. Sie erfrieren sonst noch.«
»Wenn wir Zeitungen hätten, könnt'n wir uns zudecken. Wie richtige Penner.«
»Könnten wir. Wir müssen aber gleich ins Büro.«
»Kein Büro. Jetzt noch kein Büro. Jetzt will ich mich zuerst waschen im Neptun-Brunnen. Und dann will ich Rosen klauen.«
»Rosen?«
»Ja. Eine Rose für Sie, weil Sie grüne Turnschuhe tragen. Ich liebe grüne Turnschu... Grüüüne Turnschuuuhe. Schweres Wort. Und eine Rose klaue ich für mich, weil ich das erste Mal in mein'm Leben auf einer Parkbank frühstücke. Ist eine Affenschande. So alt, das Mädchen, und hat noch nie durchgezecht.«
»Und kein Rose für den Regierungsrat?«
»Für den Regierungsrat? Nein! Keine klitzekleine Rose für den ollen Regierungsrat.«
»Aha.«

»Er hat auch keine grünen Turnschuhe, verstehn Sie?«
»Kein Wort.« Felix Troll grinste.
»Weil Männer eben niemals was verstehen. Männer sind dumm. Muß man erst draufkommen im Lauf der Zeit. Aber wenn man's mal kapiert hat, wird alles leichter. Haben wir noch etwas Whisky?«
»Es gibt keinen Whisky mehr. Sonst torkeln Sie dem sehr verehrten Herrn Ellert in die Arme, wenn er sie zum Diktat ruft.«
»Ich bin nüchtern wie ein Staatsanwalt.«
Felix Troll lachte. »Sie sind ziemlich abgefüllt, meine Liebe. Jetzt gehen wir zum Brunnen und tun etwas für unser Aussehen.« Er zog sie hoch, stopfte ihr noch ein bißchen Hörnchen in den Mund und betrachtete sie. Kopfschüttelnd und zärtlich.
»Halten Sie Ihren verdammten Kopf ruhig«, sagte Judith. »Ich werde sonst ganz schwindelig.«
»Obwohl Sie nüchtern sind wie ein Staatsanwalt?«
»Obwohl ich nüchtern bin wie ein Staatsanwalt.«

»Wie seh' ich aus?« fragte sie eine Stunde später die völlig konsternierte Frau Kleinschmidt.
»Na, herrlich! Als hätten Sie die ganze Nacht auf einer Parkbank verbracht.«
Judith wollte sich ausschütten vor Lachen. »Hat Hubert schon angerufen?«
»Bereits zweimal.«
»O la la. Dann wollen wir dem alten Knaben mal einen kleinen Besuch abstatten.«
»Wem wollen Sie einen kleinen Besuch abstatten?«
»Dem alten Knaben.« Judith kämpfte mit einem Schluckauf.

»Jeans im Büro?« Hubert war so erstaunt, daß er vergaß, sie zu begrüßen. »Dein neuester Umgang scheint abzufärben.«

Judith lächelte friedlich. In ihren Mundwinkeln klebte noch Hörnchenschokolade, und sie legte den Kopf ein wenig schräg, weil nun auch Huberts Gesicht so bedenklich schwankte und sie glatt befürchtete, ihn aus den Augen zu verlieren.

»Hast du Alkohol getrunken heute morgen?«

»Heute morgen? O ja. Auch heute morgen. Immerzu. Die ganze Nacht und heute morgen.« Sie grinste. Der gute Hubert. Er hatte ja gar keine Ahnung, wie vergnüglich das Leben sein konnte.

»Aha.« Er räusperte sich. Seine wohlgebräunten Hände lagen locker und entspannt auf dem wohlpolierten Schreibtisch.

»Ich war nämlich auf einer Fete. Wir haben einen Dingsda... einen Schitzstreik... einen Sitz...streik besprochen. Und Joan Baez gehört. Und Felix findet, daß ich von Tag zu Tag jünger werde und...«

»Felix?«

»Ja, Felix.« Judith schleckte mit rosiger Zungenspitze die Schokolade aus ihren Mundwinkeln.

»Du schwankst.«

»Ich schwanke. Sonst noch was?«

»Nein, danke. Dein Anblick genügt mir vollkommen. Daß du dich nicht schämst!«

»Daß du dich nicht schämst, Judith, Mäuschen, Goldstück. Daß du dich nicht schämst.« Sie stolperte kichernd zur Tür. Hubert kniff die Augen zusammen. Wenn nun Regierungsdirektor Wallner des Weges käme! Oder sonst ein Kollege!

»Benimm dich gefälligst!« zischte er erbost.

»Benimm dich gefälligst, Judith, Mäuschen, Goldstück«, juchzte Judith und winkte ihm zu.

5. KAPITEL

Fast über Nacht wurde es kalt und frostig. Ein schwerer grauer Oktoberhimmel hing über der Stadt, Reif und Nebel legten sich auf den grauen Asphalt der Straßen, in den Gärten hüpften die Kinder durch raschelndes Laub, verbrannten Kartoffelkraut und zogen ihre Mützen tief in die Stirn.

Judith räumte die Wintersachen vom Keller in die Schränke, kaufte Schuhe und Mäntel und beobachtete ihre Bankauszüge mit dem zunehmenden Unbehagen eines früher Wohlhabenden, dessen Aktien fast stündlich fielen.
»Frag doch mal deinen Gregor, wie man schnell und problemlos reich wird«, sagte sie scherzend zu Lilli, die bei ihr in der Küche saß und von ihrem Herbsturlaub schwärmte.
»Gregor wurde schon mit dem goldenen Löffel im Mund geboren«, antwortete Lilli. »Da ist die Geldvermehrung nicht Talent, sondern Schicksal.«
»Was für ein herrliches Schicksal.«
»Jeder ist seines Glückes Schmied. Du hattest es in der Hand. Wenn du Hubert nur ein bißchen entgegengekommen wärst...«
»Und was dann? Margareths Kinder in ein Heim stecken? Außerdem ändert Huberts Wohlstand nichts an meinem traurigen Bankkonto. Der sitzt auf seinem Geld wie die alte Jungfer auf ihrem Sparstrumpf, und jedes Suppengrün, das er kauft, wird notiert.«
»Na, ich weiß nicht. Es kommt immer darauf an, wie die Frau ihren Mann zu nehmen weiß und ihn behandelt.«
»Womit du natürlich ausdrücken willst, daß ich die Männer falsch behandle.«
»Du hast nur den einen, den du behandeln kannst. Und den behandelst du falsch, ja.«
»So, Mutter. Nun bitte ich dich allen Ernstes, meine Intimsphäre aus dem Spiel zu lassen. Ob ich Hubert richtig be-

handle oder nicht, geht dich gar nichts an. Ich war auch nicht immer damit einverstanden, wie du mit Vater umgesprungen bist und habe trotzdem all die Jahre geschwiegen.«
»Dein Vater und ich waren sehr glücklich.«
»Ja. Aber das war nicht dein Verdienst. Denn Vater hat dich geliebt, und du hast dich lieben lassen. Wenn ich einmal heirate, dann, bei Gott, werden wir uns hoffentlich beide lieben.«
»Der sicherste Weg, um unglücklich zu werden.«
»Das ist deine Ansicht. Beenden wir also das Thema. Reden wir lieber von deinem Urlaub. Habt ihr euch vertragen, Gregor und du?«
»Ja. Haben wir. Ich lasse mich nämlich schon wieder einmal nur lieben«, antwortete Lilli spitz. Und als Judith schwieg, fuhr sie fort: »Das Hotel war im übrigen exzellent. Ein bißchen sehr viel dräuende Berge gab's drumherum. Und eine Menge staubiger Wanderwege, die der gute Gregor alle kennenlernen und begehen wollte. Doch es schien nicht die Absicht des lieben Gottes gewesen zu sein, mich als Gemse auf den Fels zu stellen. Sonst hätte er mich zweifelsohne mit vier Hufen ausgestattet.« Sie lachte. »Doch im Ernst«, meinte sie dann. »Das wäre auch etwas für Hubert und dich. Ihr wolltet doch ursprünglich im Herbst ein paar Tage verreisen?«
»Ja, wollten wir. Aber momentan könnte ich mir ein so teures Berghotel gar nicht leisten. Und ob Hubert mit drei Kindern verreisen will...«
»Und wenn ich ein bißchen was beisteure?«
»Das ist lieb von dir. Aber es geht trotzdem nicht.« Judith schüttelte den Kopf.
»Du siehst so verändert aus. Um Jahre jünger. An Hubert kann das, wie ich dieser reizenden Unterhaltung entnehme, nicht liegen. Ich vermute also, mir ist da etwas entgangen.«
»Nichts ist dir entgangen«, antwortete Judith hastig. »Oder doch. Jede Menge Ärger mit Stephanie. Ich mußte in die Schule kommen, der Klassenleiter rief mich an.«

»Was war los?«
»Sie erzählte Schauermärchen. Wie schlecht wir mit ihr umgingen und daß wir das Vermögen ihrer verstorbenen Eltern verschleuderten, daß ich alle kleinen Kätzchen grausam ertränkt hätte ... Du weißt doch, ich habe annonciert und Bertas Junge verschenkt. Und Oliver müsse bei uns im Keller hausen, zwischen Kohlehaufen und Einmachtöpfen.« Judith lachte hilflos. »Natürlich hat ihr der Lehrer nur die Hälfte geglaubt. Aber ich war doch entsetzt über Steffis morbide Phantasie.«
»Und nun?«
Judith zuckte die Achseln. »Nun. Ich habe zwar mit ihr gesprochen, aber, so glaube ich, nicht das mindeste erreicht. Sie hat nur geschwiegen und mich angestarrt wie die Schlange das Kaninchen. Der einzige, der momentan mit ihr zurecht kommt, ist Felix Troll.«
»Dieser Kollege von dir, der Nachhilfestunden gibt?«
»Ja.« Judith wandte sich wieder ihrer Schüssel zu und raspelte eifrig und temperamentvoll Kartoffeln und Karotten.
»Er ist etwas ... unkonventionell«, meinte Lilli vorsichtig und betrachtete aufmerksam Judiths Rücken.
»Wieso?«
»Für einen Mann seines Alters wirkt er sehr leger.«
»Du meinst, weil er Anzüge verabscheut und nie mit seiner Meinung hinterm Berg hält?«
»Ich weiß nicht. Er kommt mir vor wie ein Berglöwe, den man versehentlich in der Lüneburger Heide ausgesetzt hat und der absolut kein Interesse an Lämmern hat. Irgendwie scheint er hier bei uns etwas deplaziert.«
»Finde ich nicht.«
»Kannst du ihn dir vorstellen, in einem Reihenhaus, als braven Familienvater?«
»Wenn du die Wohnzimmermöbel entfernst, ein paar Sitzkissen verstreust und im Garten einen Komposthaufen anlegst ... warum nicht?«

»Klingt ja sehr verlockend.«
»Warum kannst du ihn eigentlich nicht leiden? Du kennst ihn doch kaum?«
»Er hat nichts und ist nichts.«
»Wie kannst du nur so etwas sagen? Du kannst doch den Menschen nicht an seinem Einkommen und Titel messen? Sei doch nicht so haarsträubend oberflächlich, Mutter!«
»Was regst du dich denn so auf? Ich bin eben Realist, und du solltest es auch sein. Wenn hier Männer ein- und ausgehen, dann bitte nur solche mit einer Brieftasche, die mehr enthält als den Personalausweis und die Monatskarte für die Straßenbahn. Du hast drei Kinder, meine Liebe, vergiß das nicht. Gut, ich verstehe vollkommen, daß man sich eher in Felix, den Berglöwen, verliebt als in Hubert, den korrekten Pinguin. Aber Pinguine besitzen eben Fettpolster gegen finanzielle Auskühlung. Und genau diese Polster brauchst du für deine bessere Zukunft.«
»Ich wußte gar nicht, daß du neuerdings Vergleiche aus der Tierwelt heranziehst.«
Doch Lilli ließ sich nicht beirren. »Wenn du einen Mann wie diesen Felix heiratest, was dann? Dann gibt's am Sonntag nur noch Radtouren ins Nonnenhölzl mit selbstgemachtem Kartoffelsalat, in der Hoffnung, irgendeine gnädige Seele wird schon noch ein Wiener Würstchen drauflegen.« Sie schüttelte sich. »Judith. Sei doch vernünftig. Er ist nichts für dich!«
»Felix Troll gibt hier Nachhilfestunden. Er mag Kinder, das ist alles. Du brauchst also keine Angst zu haben, daß ich über einer Schüssel Kartoffelsalat zur verhärmten, armen Frau werde.«
»Es kann schon sein, daß er Kinder mag. Aber dich mag er auch, laß dir das gesagt sein. Mich wundert's zwar ein wenig...«
Sie zögerte.
»Warum?«

»Ich hätte eigentlich gedacht, daß er eher auf zickige Emanzen steht. Mit denen kann er sich streiten und raufen, während du...«
»Während ich mehr die Heidschnucke bin, wolltest du das sagen?«
»Na ja. So sicher bin ich mir inzwischen nicht mehr. Und wenn du eine sein solltest, dann warst du raffiniert genug, deine Wolle rosa zu färben und den Widder ganz schön nervös zu machen.«
»Den Berglöwen meinst du wohl.«
»Den Berglöwen«, wiederholte Lilli nachdenklich und drehte ihre roten Locken um den Finger.

Sie war keineswegs ein rosa Lamm! Felix kein minderbemittelter Hungerleider! Judith ärgerte sich furchtbar, obwohl sie zugeben mußte, daß Lilli sich mit ihrem untrüglichen Instinkt für weibliche Schliche auf dem richtigen Weg befand. Denn daß sie ihr Aussehen veränderte, sich jeden Tag die Haare wusch, Lippenstift und Puder benutzte und nach und nach ihre Garderobe erneuerte, lag gewiß nicht an Hubert. Hubert! Er ging ihr, bei näherer Betrachtung, ganz schön auf die Nerven in letzter Zeit. Und sie war viel zu ehrlich, um sich einzureden, ihr plötzlich erwachtes Interesse an Mode entspränge lediglich dem Wunsch nach allgemeiner Verschönerung. Gut, sie wollte Felix Troll gefallen! Na und? Hatte eine Frau von vierzig Jahren kein Recht, zu kokettieren? Sie mochte es, wenn seine Augen zum Ausdruck brachten, daß sie ihm gefiel. Sie mochte seine Art, mit ihr zu sprechen und zu scherzen, obwohl sie manches Mal den Eindruck hatte, er hielt sich aus Gründen, die sie unmöglich erforschen konnte, zurück, um nicht den Anschein zu großen Interesses zu wekken. Warum? Judith rätselte herum und kam schließlich zu dem Ergebnis, daß sie eben abwarten müsse. Und versuchen, ihn auch weiterhin auf sich aufmerksam zu machen.
»Wenn ich nur wüßte, was ich zu Direktor Wallners Jubi-

läum anziehen soll«, sagte sie deshalb beim Abendessen und stocherte ratlos in ihrem zerkochten Gemüseeintopf herum.
»Mach mal ein bißchen auf fetzig. Ich leih' dir meinen grünen Overall und die schwarzen Stiefeletten, wenn du magst.« Claudia lächelte Judith an.
»Deinen heißgeliebten Overall?«
»Warum denn nicht? Ich habe mit Margareth oft Kleider getauscht oder Hosen.« Sie wurde rot und wandte den Kopf zur Seite.
»Danke.« Judith freute sich und strich kurz mit ihrer Hand über Claudias Arm. Dann bemerkte sie Steffis Blick. Er war kalt und so haßerfüllt, daß sie erschrak.
»Liebe Steffi. Wenn dir irgend etwas nicht paßt, sag es mir.« Sie fühlte eine Angst in sich aufsteigen, Mutlosigkeit, sie hatte plötzlich nur noch den Wunsch, sich fallenzulassen, ganz und gar, und damit auch ihre Hoffnungen, ihre Zähigkeit und ihren unerschütterlichen Optimismus.
»Ich glaube kaum, daß dir der grüne Overall steht. Mit Mutter war das etwas anderes. Sie war ein ... ganz anderer Typ als du.«
»Du meinst, sie war hübscher?«
»Ja. Sehr viel hübscher.«
»Tja. Dann wird's Zeit, daß ich mich ändere, findest du nicht?« erwiderte Judith mühsam, aber die Furcht vor Steffis anhaltend bösem Blick legte sich wie eine Klammer um ihr klopfendes Herz, und wieder verspürte sie den unsinnigen Wunsch, alles hinter sich zu lassen, ihre Koffer zu packen und nach Australien zu gehen. Oder nach Neuseeland. Oder einfach nur in die Lüneburger Heide.

Als sie am nächsten Tag Direktor Wallners Büro betrat, stolperte sie gleich über Felix. Er stand, ein Glas Sekt in der Hand, neben einem wuchtigen Besucherstuhl. Wieder trug er sein kariertes Hemd und die grünen Turnschuhe und hörte grinsend einer kleinen Rede zu, die Hubert umständlich und äußerst respektvoll dem jovial dreinblickenden Jubilar hielt.

»War eine tolle Rede, Herr Kollege«, meinte er anschließend mit ausdruckslosem Gesicht. »Ihre dienstliche Beurteilung wird schwindelerregende Höhen erreichen, wenn Sie so weitermachen.«

Hubert musterte ihn ärgerlich. Immer, wenn er zur Zeit mit Judith zusammentraf, tauchte dieser Felix auf. Und immer, wenn dieser Felix auftauchte, erschien sie in höchst abenteuerlicher Kostümierung, lachte und schäkerte und hatte so gar nichts mehr gemein mit jener ruhigen Frau, die er schon so lange kannte und der er sich so sicher war, zu sicher, wie es schien. Er biß sich auf die Lippen und warf einen vorsichtigen Blick auf Direktor Wallner. Ob er sich wohl wunderte über Judith? In ihrem aufrührerischen Grün, mit Nieten-Gürtel und schwarzen Stiefeletten? Ob er sich auch wunderte über den langen, baumelnden Ohrring, den sie trug, und dem das Pendant fehlte? Anscheinend war es jetzt Mode, wie eine verhinderte Flußpiratin einherzulaufen. Hubert seufzte abgrundtief. Eigentlich fehlte jetzt tatsächlich nur noch, daß sie ihr Haar mit Henna färbte und schwarze Zigarren rauchte.

»Was ist das eigentlich für ein Unfug mit der von Ihnen geplanten Bürgerinitiative?« fragte er aggressiv an Felix gewandt.

»Das ist kein Unfug. Wir beraten langjährige Mieter eines sehr alten Hauses, das luxusrenoviert und in Eigentumswohnungen umgewandelt werden soll.«

»Was ist dagegen einzuwenden?«

»Die alten Mieter werden für lange Zeit wie auf der Baustelle leben. Man hofft natürlich, daß ihnen das bereits den Mut zum Kämpfen nimmt.«

»Warum sollten sie kämpfen?«

»Weil sie schon jahrzentelang in diesen Häusern leben. Und zwar zu annehmbaren Mieten. Luxuswohnungen aber werden sie sich nicht mehr leisten können. Und Eigentum schon gleich gar nicht.«

»Dann müssen sie eben ausziehen. Der Besitzer kann doch mit seinen Häusern machen, was er will.«

Felix lachte verächtlich. »Natürlich«, sagte er. »Es ist zwar immer die Rede davon, daß man alte Bäume nicht verpflanzen soll und daß es nicht statthaft und wünschenswert ist, ganze Wohnviertel zu verändern, nur um für die Schickeria der Stadt noble Unterkünfte zu schaffen! Aber wer denkt schon an so was, wenn es um den eigenen Profit geht, nicht wahr?« Er trank sein Glas leer. »Es hat mich außerordentlich gefreut«, meinte er sarkastisch und blickte Judith plötzlich und unverwandt in die Augen.
»Sie sehen keß aus heute.«
Judith wurde rot. »Danke.«
»Da wir nicht zum engeren Kreis der Gratulanten gehören ... Hätten Sie vielleicht Lust, mit mir in der Kantine eine Tasse Kaffee zu trinken?«
»Ich ...«
»Nein?« Sein Gesicht wirkte entschlossen. Seine grünlich schillernden Augen wechselten die Farbe und wurden fast gelb.
»Doch«, sagte sie. »Gern.«
Sie vermied geflissentlich, Hubert einen Blick zu schenken. Sie ahnte seine Wut und seine Mißbilligung, fühlte sich unsicher und begann zu zittern.
Warum bist du so feige, Judith Uhland? Sie versuchte sich Mut zu machen und ging erhobenen Hauptes, mit strahlendem Lächeln, vor Felix her. Aber sie kam sich unter Huberts erbostem Blick vor wie ein Frauenzimmer, das etwas Verbotenes anstellte. Sie ärgerte sich über ihre Unsicherheit, denn schließlich konnte sie Kaffeetrinken gehen mit wem sie wollte. Oder etwa nicht?

Hubert hatte am Abend ein Gesicht aufgesetzt, das weder distinguiert noch dezent freundlich war, sondern eisig, fand Judith. Und verärgert. Bedrohlich verärgert.
»Hast du schon zu Abend gegessen?« fragte sie hastig, wohl wissend, daß der Zorn Hungriger wesentlich gefährlicher war

als der Sattgegessener. »Sonst mache ich dir noch schnell ein Brot.«

»Nein, danke. Ich möchte mit dir reden. Kann man hier vielleicht irgendwo ungestört plaudern?« fragte er spitz.

Oliver nahm sein Buch und verschwand.

Steffi zuckte die Achseln und verließ mit der Miene des armen Waisenkindes, das man zum wiederholten Male von Haus und Hof vertrieb, das Zimmer.

Claudia lachte nur spöttisch.

»Nimm dich in acht, Judith«, sagte sie. »Herr Ellert will dir sicher eine Moralpredigt halten. Anscheinend hat er vergessen, daß du bereits erwachsen bist.«

»Claudia, bitte...«

»Keine Angst, ich wollte sowieso in die Disco heute. Also dann, Kopf hoch. Er wird dich nicht fressen. Er braucht dich nämlich. Er braucht dich viel dringender als du ihn.« Sie zog die Tür geräuschvoll ins Schloß und lachte noch einmal kurz und laut.

»Also?« Judith fühlte sich so unbehaglich wie ein Kind, das beim Naschen ertappt worden war und an dessen Fingern noch die Marmelade klebte. Claudia hatte recht. Nun kam die Standpauke. Sie holte die Cognacflasche und zwei Gläser.

»Wieso gingst du heute mit diesem Felix Kaffeetrinken und hast mich stehengelassen wie einen Idioten? Glaubst du, man hat es nicht bemerkt?« begann Hubert erbost. »Nimm bitte zur Kenntnis, daß ich nicht gerne zum Gespött der Leute werde.«

Also Frontalangriff, Lehrbuch Seite 444. »Magst du auch einen?« murmelte Judith und hielt sich ein bißchen an der Flasche fest.

»Nein, danke.«

Na, dann eben nicht, dachte sie trotzig. »Ich habe Kaffee getrunken, weil mir danach war.«

»Du bist in letzter Zeit allzuoft mit diesem Felix Troll zusammen. Warum?«

Gute Frage! »Weil er Kinder mag. Weil er Steffi Nachhilfeunterricht gibt, mich manchmal einlädt und sich meine Sorgen anhört.«

»Unser Verhältnis hat fast etwas Brüderlich-Schwesterliches in letzter Zeit. Hängt das vielleicht damit zusammen, daß du dich in einen anderen verliebt hast?«

Judith erschrak. Ihr Gefühlsleben war nicht nur Hubert ein Rätsel. »Ich weiß nicht. Ich weiß nur, daß ich nicht mehr so bin wie vor einem halben Jahr.«

»Leider.«

Jetzt ärgerte sie sich. Bei Gott! Dieses Mal würde sie mit ihrer Meinung nicht taktvoll hinter dem Busch halten und sich abkanzeln lassen wie ein Kind.

»Es ist natürlich viel bequemer, mit einer Frau befreundet zu sein, die den Mund nur aufmacht, um ›Ja, mein Schatz‹ oder ›Wenn du meinst, Liebling‹ zu sagen«, rief sie erbittert. »Aber weißt du was? Plötzlich habe ich das Gefühl, als würde mein Leben gerade erst beginnen. Ja, ja, ich weiß. Da sind auch die großen Sorgen mit Steffi, denn schon wieder ist ein Schmuckstück verschwunden. Und die Angst um Oliver, weil er Schwierigkeiten mit seinen Klassenkameraden hat. Und Claudia wird heute bestimmt wieder viel zu spät von der Disco nach Hause kommen. Doch das alles ist immer noch besser als dazusitzen und sich über belanglose Büroprobleme zu ereifern oder sich zu unterhalten, ob wohl noch Premierenkarten für ›Aida‹ zu haben sein werden. Ts. Lieber streite ich mich herum, zähle Geld, lache und weine. Und lebe!«

»Soll ich deinem kindischen Ausbruch vielleicht entnehmen, daß du mit mir bisher mehr tot als lebendig warst?«

»Genau das entnimm bitte meinem kindischen Ausbruch.«

Judith stand auf. Ihre Hände verkrampften sich. Sie hatte Angst, einen Fehler zu machen und war doch heilfroh, ausgesprochen zu haben, was sie dachte. Doch – wenn er nun einfach ging? Sie sah ihn an. Sein Gesicht war blaß, schmal und verletzt, und es tat weh, es so verletzt zu sehen.

»Versteh' mich doch, Hubert. Und laß mir ein bißchen Zeit. Ich hasse die Phrase, man müsse auch einmal zu sich selbst finden. Das erinnert immer ein wenig an grüne Witwen, die zuwenig ausgelastet sind. Aber in meinem Fall...«
Er schwieg. »Gut«, sagte er endlich. »Ich lasse dir Zeit. Und... Judith?«
»Ja?«
»Vergiß nicht, wie sehr ich dich mag.«
Als er sich verabschiedete, küßte er sie. Sein Gesicht war immer noch ganz blaß, doch seine Augen lächelten. Er roch nach Eau de Cologne, und wartete nun darauf, daß sie ihn bat zu bleiben. Als sie ihn nicht bat, blieb er trotzdem.

»Oh, oh, oh«, sagte Claudia am nächsten Morgen beim Frühstück.
»Ihr Schlimmen. Unzucht in einem Hause voller Kinder.«
Hubert war so verblüfft, daß sein Messer ein paar Sekunden in der Luft schwebte, bevor er fortfuhr, seine Semmel zu streichen.
»Wie war die Disco?« fragte Judith, nur um etwas zu sagen. Sie fühlte sich ganz zerschlagen. Unglücklich. Ausgebrannt. Leer.
»Toll. Die Disco war toll. Ich habe einen Typen kennengelernt, einfach super, sage ich euch. Er fährt ein schweres Motorrad, auch jetzt noch, im Oktober. Und er ist schon zwanzig Jahre alt.«
»Geht er noch zur Schule?«
»Zur Schule?« Claudia lachte. Ihr Lachen klang hoch und gekünstelt. »Nein, Gott sei Dank, er ist kein Bubi von der Schule. Er ist schon ein richtiger...« Sie stockte.
»Ein richtiger Mann?« vollendete Hubert spöttisch.
»Ja, genau. Ein richtiger Mann.«
»Was verstehst du darunter?«
»Auf jeden Fall ist er kein Grufti mit bekloppten Ansichten und Pensionsansprüchen noch bis ins Jenseits wie gewisse andere Leute.«

»Wovon lebt er denn, der Gute, wenn er selbst einmal ins Rentenalter kommt?«
Claudia warf ihm einen verächtlichen Blick zu. »Wir brauchen doch alle keine Rente mehr. Wir haben die Bombe, wir haben Tschernobyl, und wir haben doofe Erwachsene, die auch mit dem Restchen Welt, das noch in Ordnung ist, schnell fertig werden können. Was sollen wir da mit Pensionsansprüchen? Nein, jetzt wollen wir leben. Jetzt. Verstehen Sie?«
»Und was verstehst du unter ›leben‹?«
»Leben, Mann, nicht vegetieren. Nicht Achtstundentag und Diener da und Bückling dort. Freude, Spaß, Sex, um die Welt trampen, andere Typen kennenlernen, nachdenken ...«
»Amen.«
»Was heißt ›Amen‹?«
»Und wenn sie nicht gestorben sind ... Wer finanziert dir dein freudiges Sexleben denn? Staat gibt es ja nicht mehr, wenn alle so denken.«
»Wir brauchen keinen Staat.«
»Und natürlich auch keine sozialen Einrichtungen.«
»Eben.«
»Und wenn du krank wirst, gehst du zum Gesundbeter.«
»Na. Wenn man mitkriegt, was eure blöden Pillen so alles anrichten ...«
»Oder eure Drogen.«
»Nicht unsere Drogen.« Claudia schnaubte durch die Nase. »Eure Drogen! Ist ja 'ne Wirtschaftsmacht, 'ne eigene Lobby, das Ganze. In der so Gruftis sitzen, wie Sie einer sind. So, und nun reicht's mir. Moralische Diskussionen auf nüchternen Magen kann ich partout nicht vertragen. Wenn eure zärtlichen Nächte immer so enden, na danke!«
Hubert schwieg. Er schwieg mit einem Gesicht, das ausdrückte, wie recht er doch wieder einmal hatte.
»Wie heißt der tolle Typ denn, den du kennengelernt hast?« fragte Judith, um abzulenken.

»Er heißt Willi. Willi Kuschenski.« Claudia zerbröselte ein Stückchen Semmel. »Er lebt bei seiner Mutter und ist momentan arbeitslos. Ja, ja, ich hör' euch schon wieder ticken. Arbeitslos! Gesindel! Asozial! Aber er hat ein ganz dickes Ei am Brüten. Eine Sache in der Motorradbranche.«

»Ach ja? Will er den ganz Großen der Welt Konkurrenz machen?« warf Hubert ein.

»Sparen Sie sich Ihren Spott. Und reden Sie doch um Himmels willen nicht über Dinge, von denen Sie nicht die Kacke verstehen.«

»Das Kind hat seine Analphase noch nicht überwunden, was meinst du?« Er wandte sich an Judith.

»Könntest du vielleicht aufhören, ständig herumzustänkern? Wir wissen inzwischen alle, daß du uns verbal überlegen bist.«

»Soll das heißen, du teilst die Meinung deiner Nichte und glaubst auch, dieser Willi brütet da ein ... dickes Ei ... aus?« Hubert lächelte maliziös.

»Das soll heißen, daß du uns alle allmählich herzlich langweilst«, antwortete Judith bedächtig und freute sich, als sie sah, daß Hubert die Farbe wechselte.

»Wenn das so ist ...« Er stand auf. »Fährst du mit mir zum Amt?«

»Nein. Ich nehme meinen eigenen Wagen.«

»Wie du willst.«

»Eben.«

Am Samstag lernten sie den sagenhaften Willi kennen, einen lederbesetzten, breitbeinig daherstiefelnden Westerntypen oder zumindest das, was er darunter verstand. Er hatte ganz offensichtlich zu viele total starke Filme gesehen.

»Hei«, sagte er zu Judith und schob seinen Kaugummi keinen Fingerbreit zur Seite. Seine Brustmuskeln sprengten fast den ärmellosen Pullover, den er trotz fortgeschrittener Jahreszeit trug. Auf seinen tätowierten Armen tummelten sich nackte

Nixen, und seine Stirn war viel zu mächtig für sein Gesicht und die wasserblauen Augen.
»Sie wollen wieder in die Disco heute?« Judith lächelte höflich.
»Logo.«
»Aber bitte lassen Sie es nicht allzu spät werden. Claudia schreibt am Montag eine Arbeit in Latein und sollte morgen wohl ihre Nase ein wenig in die Bücher stecken.«
»Tote Hose, Latein.« Er grinste.
»Sie soll nächstes Jahr Abitur machen.«
»Quatsch. Abitur ist Quatsch. Ist sie eh' bloß arbeitslos hinterher.«
»Ach, dann haben Sie wohl auch Abitur?« fragte Judith spitz.
»Bürgerlicher Hochmut. Trifft mich nicht.« Er lachte laut und herzlich. Die wasserblauen Augen glitzerten und hatten wenig Ahnung, daß der Mund lachte. »Penne ist out«, sagte er verächtlich und steckte die Daumen in die kleinen Hüfttäschchen seiner Lederhose.
»Nun. Trotzdem bitte ich darum, daß Claudia spätestens um ein Uhr zu Hause ist. Ist das klar?«
»Mir schon.« Er sah sie so belustigt an, als sei sie ein kleines seltenes Insekt, das zu seinen Füßen krabbelte und das er gleich zertreten würde.

Als Claudia sich kühl und lässig von Judith verabschiedete, kam Hubert. Er brachte gelbe Astern und rosa Tortenstückchen.
»Machen wir uns einen ruhigen, gemütlichen Nachmittag?« Er sah sie verlegen, fast ein wenig bittend an, und plötzlich wünschte sie sich wieder den nörgelnden, gestrengen Hubert. Sein neues Werben um sie war so sonderbar wie sein neuer Gesichtsausdruck. Er löste sich auf und verlor an Konturen, und Judith konnte ihn noch weniger leiden als jenen mit den kühlen Augen und dem gestrengen Mund.

»Gerne«, murmelte sie, ebenso verlegen wie er. »Komm herein.«

Aber es wurde nichts aus dem ruhigen Nachmittag. Denn wenig später kam Felix, der sich nach Steffi erkundigte. Und Gregor kam, der sich nach Lilli erkundigte. Und Balthasar, der charakterlose Vegetarier, kam. Er fragte nach Judith und überbrachte Grüße von Anita. Als dann alle ziemlich wortkarg um den Wohnzimmertisch herumsaßen, entdeckten sie Rasputin in den sorgsam abgezählten rosa Tortenstückchen mit sahneverschmierten Hamsterbacken; er schien der einzige zu sein, der sich seines Lebens freute.
»Wann ist nun Ihre große Demonstration?« Es fiel Hubert sichtlich schwer, mit Felix eine vernünftige Unterhaltung zustande zu bringen.
»Morgen nachmittag.«
»Aha...« Er schwieg. »Judith und ich wollten heute abend etwas fernsehen«, meinte er dann und sah an Felix vorbei.
»Oh, wie aufregend.« Felix grinste sein Berglöwengrinsen und stand auf. »Dann wollen wir natürlich unter keinen Umständen stören. Gibt doch sicherlich nichts Erbaulicheres, als eine nette Familiensendung am Samstagabend. Kommst du, Balthasar? Wir gehen zu Anita. Sie wartet sicher schon.«

Anita wartete ganz sicher... Judith saß neben Hubert, der sich über die albernen Bemerkungen eines entsetzlich blonden Filmhelden halb totlachen konnte und kochte vor Zorn. Dieser verdammte Felix! Was er für einen Ton am Leibe hatte! Warum kam er überhaupt am hellichten Samstag nachmittag? Bloß um grinsend die Reste jener rosafarbenen Torte in sich hineinzustopfen, die Rasputin nach seiner Freßorgie noch übriggelassen hatte? Und um ihr mitzuteilen, daß er noch verabredet sei?
»Netter Film«, sagte Hubert.
»Findest du?«

»Bist du schlecht gelaunt?«
»Nein, nein. Ich freue mich nur über diesen hinreißenden Abend. Verbringe ich ihn doch, meinem Alter angemessen, in Filzpantoffeln mit einem Schüsselchen Erdnüssen auf dem Schoß. Himmel!«
»Bis jetzt hat dir diese Art Wochenende immer genügt.«
»Woher willst du das wissen? Hast du mich denn einmal gefragt?«
»Ach. Du hättest es wohl neuerdings gern spannender? Und in anderer Gesellschaft?«
Huberts schmales Gesicht schnappte ein. Schweigend leerte er sein Glas, nahm seinen Mantel und ging schweigend hinaus. Es klang sehr endgültig, als er die Tür ins Schloß zog.

In der Nacht erwachte Judith. Aus dem Wohnzimmer drang Gelächter, ein Radio plärrte.
Sie zog den Bademantel über und lief hinunter.
Der starke Willi lümmelte in einem Polsterstuhl, die Nixen auf seinen nackten Armen tanzten. Claudia saß auf seinem Schoß, ein Whiskyglas in der Hand, und Steffi lag im Nachthemd auf der Couch und blätterte in einem Männer-Magazin.
»Was geht hier vor?«
»Oh. Mütterchen Judith«, sagte Willi und grinste einfältig. Er war angetrunken.
»Steffi, du gehst sofort ins Bett. Sofort! Und du, liebe Claudia, kletterst diesem Muskelprotz vom Schoß und begibst dich ins Bad. Es ist drei Uhr morgens! Und kein Widerspruch, bitte!« Judith war blaß. Ihre Augen sprühten vor Zorn.
»Und nun zu Ihnen, Herr Kuschenski. Es ist sehr bedauerlich, daß Sie keinerlei Kinderstube haben und obendrein die Dreistigkeit, um drei Uhr nachts kleine Mädchen zum Trinken zu animieren und mit Pornoheften zu versorgen. Würden Sie deshalb die Güte besitzen und verschwinden. Und zwar augenblicklich!«

Willi stand verwundert auf. Willi war groß und stark und verärgert. Willi hatte es nicht so gerne, wenn man ihn an seine Kinderstube erinnerte.
»Kinderstube«, rülpste er verächtlich und stierte Judith an.
Kinderstube war etwas für schwachsinnige Idioten. Für spießbürgerliche Tanten, die großkotzig taten und ihm trotz seiner Muskeln das Gefühl gaben, unterlegen zu sein.
»Nun passen Sie mal auf...« Die wasserblauen Augen funkelten. Judith öffnete die Tür. »Bitte, nach Ihnen«, sagte sie eisig.
»Ich...«
»Soll ich die Polizei rufen? Oder meinen Nachbarn? Er ist noch einige Zentimeter größer als Sie und war früher Berufsboxer.«
In Willis Gesicht arbeitete es. Er überlegte und das war ein äußerst mühevoller langwieriger Prozeß. Und ehe er sich's versah, stand er auf der Straße. »Passen Sie bloß auf«, wiederholte er.
»Passen eher Sie auf«, sagte Judith kalt.

Punkt zwölf Uhr am nächsten Tag saßen Konrad und Anna Dehler beim Mittagessen. Anna legte ihrem Mann ein großes Stück Fleisch auf den Teller und sagte: »Ich finde, Judith macht einen großen Fehler.«
»Warum?« Konrad war gut gelaunt, wie immer, wenn er etwas zu essen hatte.
»Nun... Ich habe mit diesem netten Hubert Ellert telefoniert...«
»Wieso telefonierst du mit ihm?« Konrad wunderte sich.
»Ach, nur so. Er will uns einmal besuchen. Wenn er zufällig in der Nähe ist. Und ich wollte halt wissen, wie es in München so geht.«
»Warum rufst du Judith dann nicht selbst an?«
»Das mag ich auch nicht. Wo sie doch so große Schwierigkeiten hat. All ihre schönen Träume zerplatzt wie Seifenblasen.«

»Welche Träume?«
»Na ja. Sie wollte doch Hubert heiraten. Und sie wollte den Kindern ein neues Zuhause geben. Aber es klappt nicht.«
»Wieso nicht?«
»Die Kinder verstehen sich absolut nicht mit ihr.«
»Wenn dieser Hubert sie heiratet, haben die Kinder wieder einen Vater, der kräftig auf den Tisch haut...«
»Ist ein bißchen viel verlangt von einem Mann, eine Frau zu heiraten mit drei Kindern. Mit einem Kind, vielleicht. Die Stephanie zum Beispiel. Und für Claudia ein Spracheninternat. Und Oliver...«
»Ja?« Konrads Stirn umwölkte sich. Er hatte ja gewußt, daß die Sache faul war. Oberfaul.
»Oliver könnte zu uns«, sagte Anna und sah Konrad streng ins Gesicht.
»Wir sind zu alt für einen achtjährigen Jungen.«
»Viele Kinder wachsen bei den Großeltern auf und gedeihen prächtig. Und wir sind so etwas wie Großeltern für Oliver.«
»Alles würde sich hier ändern...«
»Na und? Könnte nicht schaden. In letzter Zeit lassen wir ziemlich nach. Wenn ich da an Lilli denke... Sie ist älter als ich und trotzdem noch so agil.«
»Sie wollte die Kinder auch nicht haben.«
»Aus anderen Gründen. Lilli war immer schon egoistisch. Sieh mal...« Anna lächelte Konrad an. »Wäre es nicht nett, so einen Jungen im Haus zu haben? Zu wissen, warum man lebt und arbeitet? Und einen Erben zu haben?«
Konrad schwieg.
Während seines Mittagsschläfchens wälzte er sich unruhig von einer Seite auf die andere. Wäre es nicht nett... wäre es nicht nett... Er wußte nicht, ob es nett wäre. Er ahnte nur jede Menge Aufregungen, Ärger und Unruhe. Aber wenn die Frauen sich etwas in den Kopf setzten!
Er seufzte.

Am Sonntagnachmittag fuhr Judith zu Anita Meißner, um sich an der geplanten Mieterdemonstration zu beteiligen.
»Sie helfen am besten am Informationsstand aus«, meinte Felix. »Dort liegt Material aus, das an die Passanten verteilt wird. Und wenn betroffene Mieter kommen, schicken Sie sie zu mir.« Sein Gesicht war freundlich reserviert.
»Hatten Sie einen netten Abend gestern?« Judiths Gesicht stand dem seinen an freundlicher Reserviertheit in nichts nach.
»Ja, danke. Sehr nett.« Er wandte sich ab.

Ja, danke, sehr nett... Das konnte eine Menge bedeuten. Das konnte bedeuten, daß man mit Anita ein Glas Wein getrunken hatte. Es konnte bedeuten, daß man tanzen gegangen war. Es konnte bedeuten... Ja, das konnte es auch bedeuten.
»War es schön bei Anita?« fragte sie auch Balthasar und lächelte so gelangweilt, als zähle sie Schäfchen im Dunklen.
»Bei Anita? Wir waren nicht bei Anita. Wir waren im Kino. Eine Liebesgeschichte. Felix wäre beinahe in eine Rauferei geraten.«
»Warum denn das?«
»Er scheint Liebesgeschichten zu verabscheuen. Er wurde richtig tückisch, gestern. Die ganze Zeit machte er den Film herunter. Wenn sie sich küßten, lachte er hämisch, wenn sie stritten, schrie er ›bravo‹ und als sie heirateten... Na ja. Auf jeden Fall ließen sich das einige der Kinobesucher nicht bieten.« Er sah nachdenklich in Judiths Gesicht. »Genaugenommen war er schlecht gelaunt, seit wir uns bei dir verabschiedet hatten.«
»So?«
»Du trägst neuerdings auch grüne Turnschuhe?«
»Zufall«, erwiderte Judith. Ihr Herz tat schon wieder ein paar Schläge zuwenig. Mußte am Wetter liegen... Sie blickte sich nach Felix um. Er stand mit hocherhobenem Löwenkopf auf einer Leiter und nagelte ein Transparent auf ein Holzbrett. Judith pirschte sich an Anita heran. »Na, wie geht's?«

»Felix wollte mich gestern abend besuchen. Aber er war bei dir, wie ich hörte?« Auch Anita hatte ein gänzlich unschuldiges Gesicht aufgesetzt.
»Ja. Er kam überraschend. Ich hatte gar nicht mit ihm gerechnet.«
»Und blieb dann?« Anita packte eine Thermosflasche aus und vermied es, Judith anzusehen.
»Hm.«
»Er scheint momentan ältere... ich meine natürlich reifere Frauen zu bevorzugen.«
Judith beschloß, die Bemerkung zu ignorieren. »Es war ganz reizend«, sagte sie. »Wir tranken Kaffee, unterhielten uns, und Felix spielte mit Rasputin...«
»Ach? Eines der Kinder heißt Rasputin? Wie putzig.«
»Rasputin ist der Hamster und sexbesessen.« Judith lächelte.
»Eine Eigenart des Hauses?«
Judith begegnete Anitas Blick mit feiner Ironie. »Man muß nehmen, was man kriegen kann in meinem Alter, findest du nicht?«
»Scheint so, meine Liebe, scheint so.«

Am Montagmorgen kam Judith trällernd ins Büro. Sie begrüßte Frau Kleinschmidt so überschwenglich, als hätten sie sich Jahre nicht mehr gesehen, und klatschte in die Hände. »Was für ein herrlicher Tag. Man müßte direkt ein wenig ins Gebirge fahren.«
Ruth Kleinschmidt sah sie von der Seite an. »Scheint Ihnen ja gar nichts auszumachen«, sagte sie.
»Was scheint mir nichts auszumachen?«
»Daß Sie neuerdings ein großer Zeitungsstar sind.«
»Daß ich was bin?« Judith überkam ein eigenartiges Gefühl.
»Haben Sie heute noch nicht in die ›Morgenpost‹ geguckt?«
»Ich lese die ›Morgenpost‹ nicht.«
»Sollten Sie aber tun. Und dann zu Hubert, dem überaus Zornigen, gehen. Er hat schon wieder zweimal nach Ihnen ge-

fragt. Scheint seine neueste Masche zu sein, diese zweifachen Kontrollanrufe am Morgen.«
Das eigenartige Gefühl verstärkte sich. Judith nahm Huberts Lieblingsparfum aus der Tasche und nebelte sich ein, als gelte es, ein ganzes Regiment zorniger Männer zu besänftigen.

Doch leider erwies sich ihr überirdischer Duft als gänzlich zwecklos. Denn Hubert tobte. Noch nie hatte sie ihn so erlebt. Sein Gesicht war dunkel vor Zorn, seine Augen glichen gesprungenem Glas. Sie hatte einmal eine Puppe besessen mit solchen Augen, und sie hatte sie nie leiden können, diese Puppe.
Ob sie es neuerdings nur mehr darauf angelegt hätte, ihn zu kompromittieren? schrie er. Ob sie wolle, daß ein für allemal Schluß sei? Oder ob sie sich, bitteschön, nicht einmal den Kopf darüber zerbrechen könne, wie sie sich aufführe in letzter Zeit?
»Ich weiß gar nicht, was du hast.«
»Ach? Du kennst die Titelseite der ›Morgenpost‹ also noch nicht? Du weißt noch nicht, daß du heute politisches Titelblattmädchen bist? Mit Betonung auf politisch, meine Liebe. Obwohl du bei einer Behörde angestellt bist und dazu die Freundin eines Regierungsrates.«
Es klang sehr pathetisch. Judith hätte gerne ein wenig gelacht, aber sie befürchtete, daß Hubert wenig Sinn für Humor hatte momentan. Also nahm sie ihm lediglich die Zeitung aus der Hand und betrachtete sich.
Tatsächlich. Er hatte recht. Die Aufnahme war großartig; sie war messerscharf und enorm ausdrucksstark. Gerhards Kumpel von der Presse hatte wirklich gute Arbeit geleistet. Sie stand, Arm in Arm mit Felix, neben einem Informationsstand, diskutierte mit einem Polizisten und hielt ein Plakat vor die Kamera: »Mehr Menschlichkeit in unseren Gesetzen!« Die »Menschlichkeit« hatte einen Tuscheklecks.
»Ich habe gar nicht gewußt, daß ich so fotogen bin«, meinte sie heiter.

Hubert riß ihr die Zeitung aus der Hand und warf sie zu Boden. »Du dumme Gans!« sagte er leise.
Judith starrte ihn an. Dann ging sie zum Telefon und wählte Felix' Nummer.
»Haben Sie Lust, heute mittag mit mir zu essen?« fragte sie.
»In der Kantine?«
»Ja, in der Kantine.«
»Was wird Ihr Regierungsrat sagen?«
»Es ist mir schnurzpiepegal, was der Regierungsrat sagt«, antwortete sie freundlich und legte auf.

6. KAPITEL

Huberts Befürchtungen erwiesen sich als gänzlich unbegründet. Nachdem lediglich ein paar vorwitzige Kollegen, die Judiths Bild in der Zeitung gesehen hatten, kleine, alberne Späßchen wagten, und auch von Regierungsdirektor Wallner keinerlei Reaktion kam, reduzierten sich sein Zorn und seine Enttäuschung auf ein so erträgliches Maß, daß er sogar den vorsichtigen Versuch einer Entschuldigung unternahm.
»Ich habe zwar meine Meinung nicht geändert«, sagte er zu Judith mit Augen wie kalte, bleihaltige Teiche. »Aber ich bedaure, dich mit einem Schimpfwort bedacht zu haben.«
Judith akzeptierte seine so wohlformulierte und kühle Bitte um Vergebung; ihren Seelenzustand allerdings besserte das auch nicht. Er lag brach wie ein unbewirtschafteter Acker.
»Himmel! Warum bloß habe ich auf einmal so viele Probleme!« stöhnte sie eines Vormittags, als trüber Herbstnebel von Büschen und Bäumen tropfte und eine dicke Taube auf dem Fensterbrett hin- und hertrippelte und nach Futter suchte.
»Das ist immer so, wenn die bewußte Glasglocke aufgehoben wird und das Leben plötzlich auf einen zukommt«, meinte Ruth Kleinschmidt lakonisch und spannte ein Blatt Papier in die Schreibmaschine.
»Wissen Sie... eigentlich hatte ich gedacht, mit den Kindern liefe es allmählich besser. Aber seit Claudia diesen Kuschenski kennt, ist sie wie ausgewechselt. Nur was Willi Muskelprotz tut oder sagt, ist richtig. Und Steffi hat zwar jetzt dank Felix Troll bessere Noten, aber ansonsten verfolgt sie mich mit einem geradezu fürchterlichen Haß. Lediglich Oliver bemüht sich, nett zu mir zu sein.«
»Und was ist mit Hubert, dem Gestrengen?«
Judith malte nachdenklich Kringel auf ihren Stenoblock. Ja, was war mit Hubert, dem Gestrengen, und seiner steifen, ehrlichen Zuneigung, mit der er so geizte, als müsse er sie

ganz genau einteilen und portionsweise abpacken, damit sie ja reichte für ein ganzes Leben...

»Er sitzt da wie die Katze vor dem Mauseloch und lauert, daß die arme Maus sich aus ihrem Versteck tastet und dabei einmal die Katze übersieht. Irgend etwas führt er im Schilde. Sonderbar... Als ich die Kinder noch nicht hatte, wollte er mich nicht heiraten. Jetzt aber bombardiert er mich förmlich mit Heiratsanträgen... Schon ganze zwei hat er vom Stapel gelassen, man stelle sich das vor! Bloß, sie sind gespickt mit lauter Vorbehalten.«

»Würden Sie ihn mit weniger Wenn und Aber denn heiraten?«

»Na ja...« Judith versah die nachdenklichen Kringel mit einem noch nachdenklicheren Fragezeichen. »Vielleicht sollte man überhaupt nicht heiraten«, murmelte sie dann.

Am Nachmittag stand sie in der Küche, zerrupfte Salatblätter für Hamster Rasputin und starrte ab und an aus dem Fenster. Der feuchte Nebel hatte sich verzogen, eine blasse, kalte Sonne hing am Himmel und war so fern wie alles an diesem Tag.

»Judith? Ich will heute abend mit Willi zu seinem Biertisch gehen. Es kann spät werden.« Claudias Gesicht war verschlossen und mürrisch.

»Findest du es gut, mit siebzehn bereits in Bierkneipen herumzuhängen?«

»Verschon mich bitte mit deinem Dünkel. Es ist Willis Stammkneipe, und ich möchte sie kennenlernen. Du wirst mich schwerlich daran hindern können.«

»Ich will dich nicht hindern, Claudia, ich will nur an deine Vernunft appellieren.«

»Was ist daran unvernünftig?«

»Deine schlechten Noten neuerdings sind unvernünftig. Du tust zu wenig für die Schule. Natürlich. Wenn man immer erst um Mitternacht ins Bett kommt, kann man kaum ausgeruht dem Unterricht folgen.«

»Die Schule ist sowieso für die Katz.«
»Ich dachte, du wolltest Sprachen studieren?«
»Wozu? Man kriegt ja eh' keinen Job als Dolmetscherin. Man wird höchstens als bessere Schreibkraft in irgendeinem Übersetzungsbüro verheizt.«
»Es gibt auch noch andere Studienzweige, die dich interessieren dürften. Und wenn du dich nach dem Abi nicht entschließen kannst, dann mach doch ein freiwilliges soziales Jahr. Ich habe mich erkundigt...«
»Du meinst, in irgendwelchen Krankenhäusern oder Altersheimen herumkriechen, Böden schrubben und Betten bauen?«
»Ein wenig Dienst am Nächsten könnte dir gar nicht schaden. Aber auch ein Kindergarten käme in Frage. Ist alles möglich.«
»Nein, danke bestens. Ich eigne mich nicht zur Krankenpflegerin. Und Kinder, die einem auf die Nerven fallen, haben wir hier im Hause schon zur Genüge.« Als sie Judiths maliziöses Lächeln bemerkte, sagte sie zornig: »Ich bin kein Kind mehr. Aber das übersiehst du ja geflissentlich. Außerdem, um zu deinem herrlichen Vorschlag zurückzukommen: Wir hätten das Problem doch dann nur aufgeschoben. Gelöst wäre es noch lange nicht.«
»Aber es wäre Zeit gewonnen, und du könntest in Ruhe darüber nachdenken, welcher Beruf dir vielleicht Spaß machen könnte.«
»Ich sagte schon: nein, danke.«
»Was schwebt dir denn vor?« fragte Judith, obwohl sie ziemlich genau zu wissen glaubte, wie die Antwort lautete. Und sie täuschte sich nicht.
»Nun, wenn du mich schon so direkt fragst, kannst du es auch erfahren. Ich werde von der Schule abgehen, jobben und mir eine kleine Wohnung suchen. Vielleicht ziehe ich auch mit Willi zusammen.«
»Das wirst du nicht tun«, sagte Judith scharf und blickte

Claudia ins Gesicht. Es gefiel ihr nicht, was sie da sah. Puder, der wie bröseliger brauner Staub auf den Wangen lag, leuchtendstes Lippenrot und schwarz umrandete Augen, die so taten, als wüßten sie schon eine Menge vom Leben und die doch nur neugierig und unerfahren dreinblickten.
»Ich werde tun, was ich für richtig halte.«
»Du wirst erst nächstes Jahr achtzehn, vergiß das nicht. Großmutter ist dein Vormund. Sie müßte, gleich mir, die Einwilligung geben zu einem Schulabgang während des Jahres. Und auch zu deinem Plan, eine eigene Wohnung zu nehmen. Wer soll sie dir denn finanzieren, diese Wohnung? Glaubst du, von dem bißchen Verdienst als Hilfskraft irgendwo...«
»Wenn ich mit Willi zusammenziehe...«
»Claudia! Nun sei doch vernünftig! Willi ist arbeitslos. Und wenn er's auch nicht wäre... Willst du dich wirklich in so jungen Jahren schon von einem Mann abhängig machen? Ohne Schulabschluß, ohne Berufsausbildung? Was glaubst du denn, was dich da erwartet?«
»Aber Willi hat gesagt...«
»Es ist mir egal, was dein Willi sagt. Sehr viel kann seine Meinung nicht wert sein, da er selbst so tief im Schlamassel sitzt. Und damit spiele ich nicht auf seine Arbeitslosigkeit an. Viele junge Menschen sind heutzutage unverschuldet arbeitslos. Ich denke mehr daran, daß er dreimal die Lehre abgebrochen hat und alle Menschen, die einer geregelten Tätigkeit nachgehen, als Idioten bezeichnet, daß er seiner schwer schuftenden Mutter auf der Tasche liegt und trotzdem ein protziges Motorrad fährt.«
Claudia kräuselte die Lippen. »Er will einen eigenen Motorrad-Salon eröffnen«, sagte sie hochnäsig. »Und er hat die Sache bereits am Kochen. Er hat eine japanische Firma angeschrieben, und es ist nur noch eine Frage der Zeit, bis das Ganze steigen kann. Willi mietet einen Ausstellungsraum, die Schlitzaugen liefern die Maschinen, Willi verkauft sie und kassiert dafür ganz dicke Provisionen.«

»Aha.« Judith lachte verächtlich. »Die Japaner haben natürlich nichts Besseres zu tun, als dem arbeitsscheuen Willi Kuschenski, der einem Achtstundentag aus dem Wege geht wie die Jungfrau dem bösen Verführer, wunderschöne Motorräder zu liefern. Ohne daß er dazu Eigenkapital benötigt, ohne Bürgen, ohne Ausbildung, ohne Vorkenntnisse, von den kaufmännischen Dingen ganz zu schweigen. Mein Gott, Kind, sei doch nicht so naiv!«

Claudia war beleidigt. Sie war kein Kind, zum Donnerwetter. Sie war eine Frau. Eine, die der Willi Kuschenski überall herumzeigte, die jetzt von der Schule abging und ihr Leben selbst in die Hand nahm! »Du bist ja nur neidisch«, sagte sie kalt. »Weil wir jungen Leute heute so viel mehr Pepp haben als ihr damals. Wer will schon eure sogenannten geregelten Tätigkeiten. Stur acht Stunden am Tag im Büro sitzen. Wenn ich das schon höre! Ts!«

»Ende der Debatte, meine Liebe. Noch sitzt du keine acht Stunden im Büro. Du sitzt auf der Schulbank. Und darauf bleibst du gefälligst auch, bis du deinen Abschluß hast.«

»Bleibe ich nicht! Du kannst mich nicht dazu zwingen, damit du es nur weißt.«

»Ich werde Mittel und Wege finden.«

»Soll das eine Drohung sein?«

»Ein Hinweis. Und jetzt sei so gut und hilf mir beim Gemüseputzen. Schließlich willst du auch zu Abend essen, nicht nur ich.«

»Ich habe Hausaufgaben zu machen.«

»Ach? Ich denke, du gehst von der Schule ab?«

Claudia wurde puterrot und riß die Küchentür auf. »Laß mich bloß in Frieden«, schrie sie. »Und glaube ja nicht, du hättest mir noch irgend etwas zu sagen!« Krach. Die Tür fiel ins Schloß.

Na bitte. Jetzt hatte sie im Eifer des Gefechts Rasputins Salatblätter zerkrümelt und die Milch überkochen lassen. Und sich in den Finger geschnitten. Als sie die Schublade nach einem Pflaster durchkämmte, fand sie die Visitenkarte. Diese Sozialarbeiterin... wie hieß sie doch gleich? Ach ja. Helga Weber. Sie war so sympathisch gewesen, so verständnisvoll und tatkräftig. Eigentlich mußte sie Erfahrungen für ein ganzes Heer verrückt spielender Mädchen und deren geplagte Mütter gesammelt haben! Und Judith drängte es förmlich nach einem Menschen, der Erfahrung besaß, Humor und ein gewisses Maß an nüchterner Sachlichkeit. Ob sie mal anrufen sollte? Einfach so? Oder kam dies bereits einer Kapitulation gleich? Sie ging zum Telefon.

»Hier spricht Judith Uhland«, meldete sie sich. »Sie wissen schon... Die dreifach zur Mutter gewordene Tante.«

»Aber ja, Frau Uhland. Wie geht's denn?«

»Ein bißchen mäßig im Moment. Und deshalb... Nun ja, hätten Sie vielleicht Lust, mit mir zu Abend zu essen? Ich kenn' da einen netten Italiener.«

Helga Weber zögerte. Dann sagte sie: »Gut, einverstanden.« Sie stieß einen leichten Seufzer aus. »Genaugenommen ist das sogar eine sehr gute Idee. Wissen Sie, auch Sozialarbeiterinnen haben ihre schwarzen Tage. Ich kann eine kleine Aufmunterung gebrauchen.«

»Also dann um acht Uhr bei ›Mario‹?«

»Mit dem größten Vergnügen.« Helga Weber legte auf, und Judith hatte das Gefühl, ein wenig von der Last, die sie niederdrückte, befreit zu sein.

Als sie sich gerade umzog, klingelte es.

»Claudia da?« fragte Willi Kuschenski und blies in seine frosterstarrten Hände. Er trug eine Ledermontur, die seine massige Figur noch stärker betonte und sah aus wie ein schwarzer, drohender Schatten, der Judith Angst einflößte.

»Claudia ist nicht zu sprechen. Sie hat Hausaufgaben zu machen. Und da wir gerade beim Thema sind: Ihre Besuche hier sind unerwünscht.«

»Sie werden es nicht verhindern können, daß ich Claudia sehe.«
»Unterschätzen Sie mich nicht.«
»Willi?« Claudia beugte sich über das Geländer im ersten Stock und polterte dann die Treppen herunter.
»Ich sagte Herrn Kuschenski bereits, daß du zu arbeiten hast für die Schule.«
»Sagtest du? Wie nett.« Claudia nahm ihre Jacke vom Haken und schlüpfte hinein.
»Claudia. Ich bin heute abend mit der Sozialarbeiterin, mit Frau Weber, verabredet. Sie... sie will einen Zwischenbericht haben. Wenn du in diese Bierkneipe gehst, dann werde ich Schritte unternehmen. Glaub ja nicht, ich lasse mir von dir auf der Nase herumtanzen.« Judith sah Claudia so fest in die Augen, daß diese den Blick senkte und ihre Jacke widerstrebend zurück an den Haken hängte.
»Und Sie, Herr Kuschenski, beachten bitte in Zukunft, daß Claudia noch Schülerin ist. Vielleicht kann ich nicht verhindern, daß Sie ihr nach der Schule auflauern oder sich anderswo mit ihr treffen. Aber, wie gesagt: Wenn sie weiterhin so schlechte Noten nach Hause bringt und die Nächte mit Ihnen verbummelt, werde ich geeignete Mittel finden.« Sie ließ die beiden stehen und ging in die Küche. Sie hörte, wie Claudia mit Willi tuschelte, und wieder begann ihr Herz so angstvoll zu klopfen, daß sie dachte, es müsse zerspringen. Es beruhigte sich auch nicht, als das Gartentor quietschte, ein Motorrad aufheulte und Claudia, trotzig pfeifend, nach oben ging. Denn ihre Nichte hatte im Grunde recht. Was konnte man denn schon ausrichten gegen ein Mädchen, das im nächsten Jahr volljährig wurde? Sollte man es Tag und Nacht bewachen? Einsperren? Für heute war es ihr gelungen, sie im Haus zu halten. Aber was tat sie morgen? Und übermorgen?

Ein paar Stunden später wickelte sie begeistert Spaghetti um ihre Gabel und seufzte abgrundtief zufrieden. »Ist das herrlich«, sagte sie. »Ausnahmsweise einmal sitzt nicht der gefräßige Rasputin neben meinem Teller und lauert auf meine Nudeln. Und keines der Kinder gibt mir freche Antworten. Und ich muß nicht ununterbrochen ermahnen, ordentlich zu essen, die Serviette zu benutzen und beim Trinken nicht zu schlürfen.«

Helga Weber lachte. »Sie sind ja schon eine hundertprozentige Mutter geworden. Mit hundertprozentigen Muttersprüchen. Bravo!«

»Ich weiß nicht, ob andere Mütter auch so hilflos sind.«

»Aber ich bitte Sie. Sie schaffen das schon. Bei Claudia müssen Sie natürlich aufpassen, sie kann sich ihr ganzes Leben verpfuschen mit einem so destruktiven Typen wie diesem Willi.«

»Das Problem ist, wenn ich ihm das Haus verbiete – und das habe ich bereits getan – wird er sich heimlich mit ihr treffen. Aber andererseits kann ich doch nicht zusehen, wie er sie immer tiefer hinunterzieht. Claudia ist labil, ein nettes Mädchen im Grunde, großzügig, phantasievoll, aber, wie gesagt, labil. Da haben solche Kraftprotze immer ein leichtes Spiel.«

»Zugegeben, eine schwierige Situation. Aber sie ist nicht schwieriger als in tausend anderen Haushalten auch. Was denken Sie wohl, wieviel Ehekräche bloß deswegen entstehen, weil die Tochter plötzlich einen Kerl mit nach Hause bringt, der dem Herrn Papa nicht gefällt. Sie haben wenigstens den Vorteil, nicht auch noch dauernd zwischen Vater und Tochter vermitteln zu müssen.«

»Ein zweifelhafter Vorteil.« Judith lachte kläglich.

»Und was Stephanie anbelangt... Könnte es vielleicht sein, daß sie eifersüchtig ist? Das mittlere Kind hat es oftmals schwer. Da ist das Erstgeborene, das einen besonderen Rang in der Familie einnimmt, und das Letztgeborene, das ständig verhätschelt wird. Vielleicht finden Sie etwas, das nur Steffi mit Ihnen gemeinsam tun und erledigen kann, oder etwas, was ihr ganz alleine gehört.«

»Auf jeden Fall danke ich Ihnen«, sagte Judith herzlich. »Es liegt ja wirklich außerhalb Ihres Arbeitsbereiches, sich mit mir zu treffen und sich meine Klagen anzuhören.«

»Zugegeben. Es ist nicht die Regel«, meinte Helga Weber lächelnd und schob ihr blondes Haar zurück. Sie tat es mit der gleichen Entschlossenheit wie alles, was sie anpackte. »Aber ich habe Ihren Mut sehr bewundert. Und ich freue mich, wenn ich ein bißchen Trost spenden kann.«

»Und Sie selbst hatten auch Ärger? Sie klangen am Telefon etwas deprimiert.«

»Eines unserer Pflegekinder wurde heute zurückgegeben. Das Ehepaar, das es ausgesucht und voll Begeisterung übernommen hatte, merkte sehr bald, daß es sich um ein Wesen aus Fleisch und Blut handelte. Und nicht um eine Puppe. Das Kind durfte nicht laut sein, nicht frech, es sollte sich nicht schmutzig machen und immer nur gute Noten nach Hause bringen.« Sie schüttelte den Kopf. »Es ginge alles besser«, sagte sie, »wären die Menschen weniger egoistisch.«

»Es muß schrecklich gewesen sein für das Kind, wieder ins Heim zurückzukehren.«

»In diesem Fall nicht. Im Heim hat es Freunde und Leute, die es mögen. Aber ein kleiner Rest Enttäuschung bleibt natürlich immer.« Sie trank ihr Glas leer. »Reden wir von Angenehmerem.«

»Ich glaube, ich werde uns noch Wein best...« Judith stockte. Ein bekanntes Lachen. Glänzend weiße Zähne, die im Kerzenlicht schimmerten. Ein dunkler Pagenkopf, hurtige Eichhörnchenaugen und die penetrante Selbstsicherheit einer Frau, die wußte, wie gut sie aussah. Und dicht daneben... Judith schluckte. Dicht daneben, so zum Berühren nah, die wuchtigen, rotkarierten Schultern, ein vertrautes Gesicht mit Pfeife darin und kantigem Kinn. Schwefelgelber gräßlicher Zorn durchzuckte sie. Und noch ein anderes Gefühl, das gallebitter schmeckte und ihr schier den Atem nahm. Zum Teufel mit dieser Anita! Konnte diese verdammte Circe nicht in anderen Revieren ihr schrecklich weißes Gebiß einsetzen und ihren ofenwarmen Sexappeal? Mußte es denn gerade das Revier sein, in dem Felix Troll sich ausnahmsweise einmal mit einem zahmen Lamm tummelte? Mit einem einfältig blökenden Schäfchen namens Judith? Außerdem ... er war viel zu alt für dieses Mädchen! Was wollte denn ein so junges Ding mit einem fast vierzigjährigen Mann?

Doch Judith wußte genau, was Anita wollte. Und Anita schien zu wissen, was Judith wollte. Nur Felix, typisches Exemplar seiner Gattung, wußte nichts. Saß da, wußte von nichts, paffte kleine, unschuldige Rauchwölkchen in die Luft und strahlte das Pagenköpfchen so bewundernd an, als könne es Handstand machen auf dem Tisch oder mit tausend Suppentellern jonglieren.

»Haben Sie Bekannte hier im Lokal entdeckt?«

»Ach, nur einen Kollegen und dessen Freundin.«

»Wollen Sie sie nicht begrüßen?«

»Ich? Aber nein«, sagte Judith, und ihr Zorn fiel in sich zusammen wie Sahne, die zu nah am Herd gestanden hatte. »Zahlen wir?«

»Aber ja«, antwortete Helga Weber erstaunt.

Judith warf Felix und Anita im Hinausgehen ein reizendes, harterkämpftes Lächeln zu und zwinkerte leicht mit den Augen. Dabei fühlte sie sich wie die gute alte Tante, die jungen, sich amüsierenden Leuten noch viel Spaß wünscht, während sie selbst mit Wärmflasche und Nachtmütze zu Bett schleicht.

Draußen tropfte, wie am Morgen, wieder Nässe und Nebel von den Bäumen, die Reifen der vorbeifahrenden Autos gaben kleine, zischende Geräusche von sich; in den umliegenden Häusern waren viele der Fenster bereits dunkel und so tot wie Augen, die nichts sahen.

»Sie sind enttäuscht, den Mann mit diesem Mädchen angetroffen zu haben, nicht wahr?« Helga Weber musterte Judith von der Seite.

»Ja. Nein. Ach, ich weiß nicht. Es sind ja nicht nur die Kinder, wissen Sie, die mir Sorgen machen. Ich selber bin es auch.«
»Wollen Sie noch eine Tasse Kaffee trinken bei mir?«
»Das wäre nett. Der Gedanke, jetzt nach Hause gehen zu müssen, ist einfach gräßlich. Aber im Lokal sitzen und zusehen, wie... Nun, das wäre noch gräßlicher.«
»Na, dann kommen Sie. Mein Kaffee ist berühmt. Und wir werden uns nur noch über Erfreuliches unterhalten, einverstanden?«
»Was ist erfreulich?«
»Ihr nächster Urlaub vielleicht?«
»Oh, nein. Das glaube ich nicht. Mein Freund ist böse mit mir.«
»Also, einen Freund haben Sie auch noch?« Helga Weber lächelte. »Gut. Dann unterhalten wir uns eben über Ihren Beruf.«
»Mein Chef ist auch böse mit mir.«
»Und über Ihre Kollegen können wir auch nicht reden, wie wir gerade festgestellt haben. Sie sind ein sehr schwieriger Fall, wissen Sie das?«
»Ich halte mich eher für einfältig und tölpelhaft«, erwiderte Judith und dachte an Felix, der nun hinter seinem Weinglas hockte und eine Frau anhimmelte, die in allem ganz anders war als sie: schlau und gerissen, sachlich, zielstrebig und so hübsch, daß jeder Mann sich wohl fragte, wie es wäre, dieses Wesen zu lieben, sich mit ihm abzugeben und bei sich zu haben.

Nach der Wut und Enttäuschung kam kühle Logik. Warum zeterst du, du alberne Gans? fragte sich Judith. Oh, ja, Hubert hatte recht. Sie war eine alberne Gans. Sie hatte sich Hoffnungen gemacht, wo sie nicht angebracht waren und ihr eigentlich so wohlgeordnetes Leben einfach umgekrempelt. Und, der Gipfel aller Lächerlichkeiten, sie war mit ihren großen dummen Füßen sogar in grünen Turnschuhen herumgelaufen und hatte sich jung und begehrenswert gefühlt. Die Turnschuhe störten sie am meisten. Wenn sie an diese Turnschuhe dachte, war sie nahe daran, in Tränen auszubrechen. Also packte sie sie in die Schachtel und schob sie unters Bett.

Dann besuchte sie Anita. Anita arbeitete als Kindergärtnerin in einem Privatkindergarten und wirkte in ihren Jeans und dem weißen, enganliegenden Pullover so taufrisch aufregend, daß Judith sich vorkam wie die sauertöpfische Abgesandte eines eingetragenen Vereins zur Bewahrung von Sitte und Moral.
»Oh, Judith. Wie nett. Ich habe mir gerade eine Tasse Tee aufgebrüht. Wollen Sie auch eine?«
Ja, Judith wollte. »War's noch schön gestern beim Italiener?« fragte sie scheinheilig.
»Ja. Das war's. Aber mit Felix ist es immer schön.« Anitas weiße Zähne blitzten.
»Haben Sie eigentlich vor, ihn zu heiraten?«
Anita blickte sie erstaunt an; diese plötzliche Offensive schien sie zu überraschen. Dann lachte sie, breit, genüßlich und überschäumend vor Vergnügen. »Aber Judith. Felix heiratet man nicht. Man wird von ihm geheiratet. Und mit Haut und Haar verspeist. Er ist sehr ... absolut.« Sie dehnte und streckte sich wie eine junge Katze, die wußte, daß der liebeskranke Kater bereits vor der Tür saß.
»Aha ...« Judith versuchte ein mühsames Lächeln. »Wann also haben Sie vor, sich von Felix verspeisen zu lassen?«
»Sind Sie ebenfalls interessiert?« Auch Anita bevorzugte die Offensive. Ihre flinken Augen huschten suchend über Judiths Gesicht und hatten neugierige Sprenkel.
»Gott, nein. Felix ist ein netter Kollege, das ist alles. Ich sehe mich nicht nach einem geeigneten Mann um. Ich habe ja schon einen.«
»Ach. Ihren Regierungsrat? Felix hat von ihm erzählt.«
»Tja. Meinen Regierungsrat. Also? Darf man bald gratulieren?«

»Das ist so eine Sache. Felix ist ein gebranntes Kind, wissen Sie. Nach seiner Scheidung war er sogar ein richtiger Weiberfeind. Aber ich glaube schon, daß ich ihn heilen kann.« Wieder lachte sie. Ihre Stimme schnurrte.
»Ja, das glaube ich auch«, antwortete Judith zuckersüß und konnte plötzlich Situationen begreifen, in denen Frauen spuckten, kratzten und sich gegenseitig die Haare ausrissen.

Die nächsten paar Tage verliefen wenig ereignisreich. Es war, Ende Oktober, noch einmal warm geworden. Die Kinder freuten sich auf die paar Tage Herbstferien, Lilli sprach bei offenem Fenster mit Papagei Cäsar, und Oliver saß mit einem Buch auf seiner Schaukel und träumte in einen hohen, glasigen Himmel, der sich wie Seide über die Stadt gebreitet hatte.
»Wir sollten doch noch ein paar Tage verreisen«, meinte Hubert eines Abends. »Was denkst du... Wollen wir Lilli um die Adresse dieses netten Hotels bitten?«
»Und die Kinder?«
Er sah sie an. Sein Gesicht war glatt und höflich. »Die Kinder nehmen wir mit.«

»Er will die Kinder dabeihaben?« Lilli lachte ungläubig. Dann zuckte sie die Schultern. »Nun, vielleicht gefällt es ihm am Ende noch, eine große Familie zu haben. Und das Geld gebe ich dir gerne. Ich habe es ja versprochen.« Sie sah Judith prüfend an. »Würdest du dich freuen, wenn wieder alles in Ordnung käme zwischen Hubert und dir?«
Judith blickte auf ihre Hände. Sie hörte Herrn Petersens harten Besen über die Steinfliesen seiner Terrasse kratzen; es war ein monotones Geräusch, das sie schläfrig und matt machte.
»Ich weiß nicht, Mutter.«
»Du wirst dich doch nicht tatsächlich in diesen Turnschuh-Beamten verliebt haben?«

»Keine Angst. Der heiratet sowieso eine andere.« Sie erhob sich. »Gut, wir fahren Freitag nachmittag und kommen wieder am Dienstag.«

Am nächsten Morgen traf sie Felix auf der Treppe. Er lächelte sie freundlich an. »Gerade wollte ich zu Ihnen. Warum sind Sie eigentlich beim Italiener so schnell entwischt? Wir hätten doch auch zu viert einen Schoppen Wein trinken können. Hätte mich ehrlich gefreut.«
Scheinheiliger Kerl! »Ich wollte nicht stören. Sie waren in sehr angenehmer Gesellschaft, nicht wahr?«
Er zog die Augenbrauen hoch. »Tja... Ich feire am Samstag ein Fest. Meinen Geburtstag. Obwohl man es in meinem Alter vielleicht besser bleiben lassen sollte, die Jahre zu zählen.« Er grinste so heiter und unbeschwert, als sei das Leben tatsächlich eine herrliche Einrichtung ohne tausend ungeklärte Fragen und Herzklopfen und grünen Turnschuhen, die man unter sein Bett schob.
»Falls Sie sich gerade anschicken, mich einzuladen, muß ich Sie leider enttäuschen«, antwortete Judith spröde. »Ich verreise zum Wochenende. Ins Gebirge. Mit Hubert und den Kindern.« Ihre Worte tropften zäh wie Leim in den dämmrigen Flur.
»Mit Hubert?« Er kniff die Augen zusammen.
»Ja. Mit Hubert.«
»Ich dachte eigentlich... Egal, was ich dachte.« Er schüttelte den Kopf und betrachtete sie, als hätte sie am Morgen vergessen, sich die Zähne zu putzen oder alle Knöpfe ihres Kleides offengelassen. Ein paar Strähnen des borstigen Löwenhaares wippten in seine Stirn. »Ich wünsche auf jeden Fall sehr viel Spaß«, meinte er sarkastisch. »Sicher gehen Sie in ein ganz vornehmes Berghotel. Und haben ein reizend geblümtes Doppelzimmer und mit Stroh gefüllte Betten. Judith, liebe Judith, was raschelt im Stroh...« Er lachte auf. »Und natürlich ein Alpenglühen, das sogar unseren Regierungsrat senti-

mental stimmt, wenn er in seinen genagelten Schuhen schläfrig im Frühtau zu Berge zieht.« Er sprach immer schneller, seidenweich und zornig, trotz seines Lachens.

»Und Sie haben eine herrliche Geburtstagsfeier mit einer kuchenbackenden Anita, die bestimmt noch jede Menge anderer Überraschungen auf Lager hat.« Ihre Stimme klang so seidenweich wie die seine.

»Eifersüchtig?«

»Ich? Wie kommen Sie darauf. Das hieße ja...«

»Ich höre.«

»Das hieße ja, ich sei in Sie verliebt.«

»Ach ja, liebste Judith. Darf ich denn hoffen, daß Sie tatsächlich ein wenig wärmere Gefühle für mich hegen?« In seinen Augen tanzte der Spott.

»Nein, ganz bestimmt nicht. Sie sind ein reizender Kollege, und Sie helfen Stephanie. Das ist alles.«

»Dann bin ich aber froh. Sehen Sie, es wäre furchtbar gewesen, wenn ich einer Frau Ihres Formates das Herz gebrochen hätte. Außerdem – was täte denn der ehrenwerte Herr Ellert ohne sein kleines Frauchen, das so herrlich kuscht, wenn er befiehlt.«

»Wie kommen Sie dazu...« Judith stieg die Röte ins Gesicht.

»Ja, nun? Haben Sie denn nicht gekuscht? Wo Sie doch brav mit ihm in Urlaub fahren, obwohl er die Kinder nicht ausstehen kann und nur darauf wartet, Ihre Gesinnung zu ändern?«

»Und Sie? Sie sind mindestens so vernagelt wie ich«, antwortete Judith plötzlich patzig. »Ich bin mir wenigstens noch klar darüber, daß der ehrenwerte Herr Ellert, wie Sie ihn zu nennen belieben, mich aufs Kreuz legen will. Doch wie sieht's mit Ihnen aus?« Sie lachte höhnisch. »Sie werden gerade mit einem Honigtopf in die Falle gelockt und denken immer noch, sie seien ein freier Mann.« Sie wandte sich um und stöckelte mit so viel Würde, wie sie nur aufbringen konnte, den Flur entlang. Als sie einen kurzen Blick zurückwarf, sah sie, wie er eine tiefe Verbeugung in ihre Richtung machte. Himmel! Wie sie ihn und seine Überlegenheit haßte. Und die grünen Turnschuhe würden noch heute abend in den Mülleimer wandern! Und auch die Jeans. Und der Zeitungsausschnitt mit dem Foto. Und die vertrocknete Rose aus dem Park. Und ihre Gefühle. Jawohl, ihre Gefühle zuerst!

»Nach Österreich wollen sie? Ohne mich!« Claudia schaute Steffi zornig ins Gesicht. »Ich hasse Gebirge.«
»Und ich finde es gräßlich, daß dieser Hubert mitfährt. Stell' dir doch bloß vor ... Diese ausgetrocknete Type. Wo ich so sicher war, daß Judith ihn sausen läßt. Ich habe mir eingebildet, sie hätte ein Auge auf Felix geworfen.«
»Deinen Pauker?«
»Ja. Der ist nicht ohne. Ich meine ...« Steffi wurde rot. »Wenn sie schon unbedingt heiraten will, dann wenigstens einen, der nicht ständig eine Krawatte braucht, um seine Psyche zusammenzuhalten. Mit Felix Troll im Haus hätten wir wenigstens ein bißchen Spaß.«
»Mir ist das egal, wen sie heiratet. Ich ziehe über kurz oder lang sowieso mit Willi zusammen.«
Steffi schwieg.
»Du glaubst es nicht? Du wirst schon sehen.«
»Ich finde deinen Willi doof. Genauso doof wie Hubert. Er braucht auch seine beschissenen Sprüche und all das Lederzeug, um zu imponieren. Und er wäscht sich nicht. Igitt, daß du so einen überhaupt anfassen willst.«
»Das ist nicht wahr. Du bist bloß neidisch, weil ich einen Freund habe.«
»Neidisch auf diesen bescheuerten Typen? Wenn ich nichts anderes kriege als so was ...« Steffi schnitt eine Grimasse und begann, in einer Illustrierten zu blättern.

»Aber natürlich fährst du mit«, meinte Judith ruhig. Sie stand mit verschränkten Armen in Claudias Zimmer und hatte nicht vor, auch nur einen Fingerbreit nachzugeben.
»Nein, danke. Ich will dein blödes Gebirge nicht.«
»Du fährst mit und damit basta! Und ich rate dir, vernünftig zu sein. Es wird sowieso ein paar Veränderungen deines Lebenswandels geben, meine Liebe.«
»Willst du mir schon wieder drohen?«
»Ja, genau. Da du vernünftigen Argumenten einfach nicht zugänglich bist...«
»Und welche Repressalien, bitteschön, habe ich zu erwarten?« Claudia lächelte verächtlich.
»Erstens: Willi betritt unser Haus nicht mehr. Ich habe ihm das auch schon selbst klargemacht. Denn er hat den denkbar schlechtesten Einfluß auf dich. Zweitens: Du bist, wenn du am nächsten Tag Schule hast, spätestens um zehn Uhr zu Hause. Und Samstagnacht gegen eins. Und noch was: Falls du in Zukunft nicht ordentlicher lernst, werden alle Vergünstigungen wie Geld für die Disco et cetera et cetera gestrichen.«
»Oh, welch mütterliche Regungen.«
»Hast du sie jemals zugelassen? Nein, mein Kind. Ich habe die Nase voll. Wenn du nicht mehr Vernunft zeigst und dich wie ein störrisches Maultier benimmst, werde ich dich auch dementsprechend behandeln. Es gibt eine Menge Möglichkeiten, dir das Leben schwerzumachen, glaube mir. Einschließlich des Ganges zum Jugendamt.«
»Den hast du ja schon hinter dir.«
»Nein. Das Essen mit Frau Weber war nur eine freundschaftliche Zusammenkunft, kein amtlicher Schritt. Aber der kann folgen.«
Claudia starrte sie haßerfüllt an. »Wenn Mutter das wüßte«, sagte sie, und Tränen des Zorns funkelten in ihren Augen.
»Spar dir deine Tränen. Und was Margareth betrifft... Ich bin ganz sicher, daß sie meiner Meinung wäre.«

»Was macht dich denn so sicher?«
»Meine Zuneigung zu dir. Ich habe dich so lieb, als wärst du meine eigene Tochter. Auch wenn du es nicht glaubst«, erwiderte Judith und ließ Claudia stehen.

Anna Dehler griff zu einer kleinen List.
»Mir geht es gar nicht gut«, sagte sie seufzend zu ihrem Mann. »Ich fürchte, du wirst die Obstkisten selbst füllen müssen. Und auch die Bananen kann ich nicht auspacken. Mein Kreuz, weißt du?« Ihre unschuldigen blauen Augen begegneten Konrads besorgtem Blick mit größtem Bedauern.
Und so kam es, daß Konrad ein paar Tage lang nicht nur die Kundschaft zu bedienen, die Einkäufe zu erledigen und die Lieferanten abzufertigen hatte, nein, er mußte auch noch all die kleinen Handreichungen verrichten, die ihm Anna sonst immer abnahm und die Oliver so Spaß gemacht hatten, als er noch bei ihnen lebte. Regale auffüllen, Gefriertruhen überwachen, Böden fegen, Bestellungen notieren.
»Ist schon eine elende Plackerei«, seufzte Anna, als sie sah, wie Konrad sich abmühte. »Und wir werden nicht jünger.«
In Konrads Gehirn ertönte ein kleines Alarmsignal. Da war doch etwas... Ach ja! Blitzartig fiel es ihm ein. Anna wollte, daß Oliver zu ihnen kam. Als Enkelkind sozusagen. Als Erbe. Als Stütze ihres Alters. Er kratzte sich am Kopf.

»Wie geht es deinem Kreuz?« fragte er beim Abendessen sanft.
Anna betrachtete ihn von der Seite. »Es will einfach nicht besser werden.«
»Glaubst du, eine rasche Besserung würde eintreten, wenn ich dir sage, daß ich durchaus einverstanden bin, daß dieser Regierungsrat Ellert uns besucht und wir über das Problem...« Er räusperte sich. »Ich meine... über Oliver reden?«
Anna verschluckte ein Lächeln. »Ich glaube fast, ich spüre

schon eine leichte Besserung«, sagte sie und legte ihm ein besonders großes Stück Fleisch auf den Teller.

Sie fuhren mit Huberts Mercedes. Lilli, die nur sehr widerstrebend versprochen hatte, Olivers Hamster und die Katze Berta zu versorgen, winkte ihnen nach. In ihrem Gesicht stand Skepsis.
»Warum fahren Sie so langsam?« fragte Claudia.
»Ich fahre vorschriftsmäßig.«
»Ach ja, wie reizend. Glauben Sie, wir werden sie dieses Jahr noch erreichen, die österreichische Idylle?«
»Sogar schon in drei Stunden.«
»Mensch, Kellerassel. Rück zur Seite.«
»Blödes Weib.«
»Ich muß mal, Herr Regierungsrat. Hab' ich zu Hause glatt vergessen. Ach ja, und unser putziger kleiner Rasputin ist auch schon ganz grün im Gesicht. Verträgst wohl das Autofahren nicht, du armes Kerlchen?«
»Wer ist Rasputin?« Hubert wich gereizt einem Radfahrer aus.
»Das Sexmonster. Erinnern Sie sich nicht mehr?«
»Ihr schleppt euren Goldhamster mit? Na, glückliches Österreich.«
»Nicht wir. Die Kellerassel. Sie kann nicht leben ohne Rasputin.«
»Rasputin kann nicht leben ohne mich.«
»Was du dir einbildest. Kann ich nun mal aufs Töpfchen oder nicht?«
O, Gott, o, Gott, dachte Judith. Wenn das Wochenende hielt, was die ersten zehn Minuten versprachen... Sie wandte den Kopf zur Seite und tat so, als bewundere sie die Landschaft.
»Ist nur das Nonnenhölzl, das du anstaunst wie Amerika«, meinte Hubert giftig.
»Na und? Seit wann ist es verboten, aus dem Fenster zu gukken?«

»Du drückst dich wieder.«
»Ich drücke mich vor was?«
»Vor Erziehungsmaßnahmen.«
»Dafür habe ich doch dich«, sagte sie spitz.

Ein paar Stunden später lehnte sie an der Fensterbrüstung ihres Hotelzimmers und atmete tief durch. Die Berge standen dunkel und still in einem grauen Schleier aus Dunst und Nebel.
Dämmerung legte sich auf Felder und Wiesen, ein kleiner Bach versickerte im Morast, und schwarze, fette Krähen saßen mit aufgeplustertem Gefieder auf einem Heuschober.
»Ich habe für das Abendessen einen großen Tisch bestellt«, sagte Hubert zärtlich und schob seine warme, trockene Hand an ihren Nacken.
Sie hielt den Atem an. »Ich werde sehen, ob die Kinder schon fertig sind«, murmelte sie und trat einen kleinen Schritt zur Seite.

Im vornehm ländlichen Speisesaal musterte man sie verstohlen. Ein paar Hirschgeweihe grüßten drohend von den Wänden, jägergrüne Decken und Servietten zierten die Tische, der Ober trug Trachtenknöpfe an seinem Anzug, kam aber aus Neapel.
»Ich möchte Pommes und Ketchup«, sagte Oliver.
»Wie kulturvoll.« Huberts schmaler Mund verzog sich.
»Und ich will Bier.«
»Nein, junge Dame, du wirst hier nicht wie ein Müllkutscher Bier trinken. Ein Glas Wein, vielleicht ...«
»Sie haben mir gar nichts zu sagen, damit das klar ist. Also, bitte, ein Bier, Herr Ober.«
»Kein Bier.«
»Prego?« Der Ober strahlte die blonde Claudia an.
»Der ist gar nicht unser Vater, wissen Sie. Nur das Verhältnis unserer Tante ...« Die Sprachschwierigkeiten des kleinen

Mannes aus Neapel ermunterten Claudia zu wahren Geistesblitzen. »Also, dann eben ›Hubert flambiert‹. Mit gerösteten Ameisen und sehr viel Ketchup.«
»Wie kuuultuuurvoll!« Steffi lachte.
Hubert ignorierte die Kinder. »Für mich bitte Wild. Und du, Judith?«
»Das ist wieder einmal typisch für Sie. Arme kleine Hasen aufessen.«
»Ich möchte nur eine Kleinigkeit. Einen Salat vielleicht«, sagte Judith unglücklich. »Und einen herben Weißwein.«
»Warum ißt du nicht ordentlich? Du hast doch den ganzen Tag noch nichts...«
»Lassen Sie Judith doch in Ruhe. Ist denn über Nacht wieder der Faschismus ausgebrochen?«
Doch plötzlich färbten sich Claudias schmale Wangen dunkelrot. Sie stieß ihren Stuhl zurück und sprang auf: »Willi!« schrie sie. Die Leute an den Nachbartischen wandten sich um.
Tatsächlich. Er war es. Er verbeugte sich nach rechts und links, hob grinsend die verschränkten Hände, als nähme er die Ovationen begeistert tosender Zuschauer entgegen und klirrte mit den Sporen seiner Cowboystiefel, als gelte es, ganz Texas zu beweisen, daß er der Größte war.
»Hei, Alte. Wo haben sie dich denn hinverfrachtet?« rief er schon von weitem. »Ist die reinste Grufti-Höhle hier. Und der Scheintote an der Rezeption wollte mich erst gar nicht reinlassen.«
»Herr Kuschenski...«
»Sie können ruhig Willi zu mir sagen.«
»Sie werden die Güte haben und Claudia in Ruhe lassen«, sagte Judith, bebend vor Zorn. »Ich verbieten Ihnen...«
»Schau, schau, das brave Mütterchen verbietet. Hier sind wir aber nicht in Mutters niedlichem Puppenstübchen. Hier sind wir in einem öffentlichen Lokal, das jedermann betreten darf.«

Willis blaue Augen schienen völlig ausdruckslos. Nur eine kleine Ader an seiner Schläfe pochte.
»Wer ist der lederbestückte Prolet?«
Willi schielte auf Huberts sorgfältig gekämmten Scheitel. »Und wen haben wir da?« fragte er leutselig zurück. »Zwerg Nase?«
»Erlauben Sie mal.« Hubert maß Willi mit dem gleichen Blick, mit dem er im Amt renitente und äußerst hartnäckige Bittsteller abzuspeisen pflegte. Doch sein ihn deutlich überragendes Gegenüber, in offensichtlicher Unkenntnis der hohen Bedeutung eines regierungsrätlichen Ranges, zeigte sich total unbeeindruckt.
»Ich erlaube alles, Zwerg Nase. Bloß nicht, daß Sie mich einen Proleten nennen.«

Das Abendessen wurde höchst ungemütlich. Hubert bat, um weiteres Aufsehen zu vermeiden, Willi an den Tisch, bestellte ihm mit säuerlichem Gesicht ein Glas Bier und versuchte, seine Standpunkte zu erläutern.
»Was Sie ansonsten mit Claudia treiben oder nicht, ist mir gleichgültig. Ich bin, Gott sei Dank, nicht der Vater.«
»Eben. Gott sei Dank!«
»Aber ich mache hier ein paar Tage Urlaub. Und wenn Frau Uhland Ihre Anwesenheit nicht wünscht, gilt das auch für mich«, sagte er.
»Was wollen Sie denn machen, wenn ich hier ein Zimmer miete? Mich rausschmeißen lassen, Zwerg Nase?«
»Ich glaube kaum, daß Sie hier ein Zimmer bekommen.«
»Nein? Warum denn nicht? Weil ich nicht so schnieke angezogen bin wie Sie?«
»Man achtet hier sehr auf das Benehmen. Und das geht Ihnen ganz offensichtlich ab.«
Willi grunzte gelangweilt. »Gehn wir noch ein paar Schritte in die Landschaft, Alte?« fragte er.
»Nein, das tun Sie nicht!« mischte Judith sich ein. »Und jetzt

passen Sie gut auf: Sie lassen Claudia ab sofort zufrieden. Sonst gibt es Ärger!«

»Zoff? Mit Ihnen? Und Sie denken, ich fürchte mich? Was wollen Sie denn schon ausrichten gegen mich!«

»Nun...« Judith wählte ihre Worte sehr sorgfältig. »Für einen jungen Mann, der nicht arbeitet und von zu Hause sicher nur eine kleine Unterstützung bekommt, haben Sie erstaunlich viel Geld.«

Es wurde ganz ruhig am Tisch. Alle starrten sie an. Der Ausdruck in Willis blauen Augen veränderte sich; er war irritiert, wurde wachsam. »Was soll das heißen?« fragte er langsam.

»Das soll heißen, daß Sie sich vor mir in acht nehmen sollten.«

Um Willis Mund schlich ein böses Lächeln. »So, so«, meinte er und musterte Judith mit der Gründlichkeit eines Preisboxers, der seinen Gegner abschätzt. »Ich soll mich also vor Ihnen in acht nehmen. Wie wär's, wenn Sie sich vor mir in acht nähmen?«

»Ich habe keine Angst vor Ihnen«, sagte Judith und spürte, daß Claudia sie mit einem sonderbaren Ausdruck anstarrte. Wenn es nicht gar so unwahrscheinlich gewesen wäre, hätte sie sogar behauptet, so etwas wie Hochachtung läge in Claudias Blick. Sie griff nach ihrem Glas, nahm einen großen Schluck und bemühte sich sehr, das Zittern ihrer Hände zu verbergen.

In der Nacht erwachte sie. Ihr Herz klopfte bis zum Hals. Das Zimmer lag im kalten Mondlicht, die Stille wirkte lähmend, die dunkle Silhouette der Berge schien immer näher- und näherzurücken. Sie vernahm Huberts regelmäßige Atemzüge, verschränkte die Arme hinterm Kopf und starrte zu dem kleinen weißen Telefon hinüber, das an der Wand hing und matt im Mondlicht glänzte.

Ja. Sie verspürte die unsinnige Lust, Felix anzurufen, seine Stimme zu hören, sein freches Lachen, den zärtlichen ironi-

schen Ton, den er auflegte, wenn er mit ihr sprach. Sie richtete sich auf und spähte vorsichtig zur anderen Betthälfte hinüber. Selbst im Schlaf wirkte Huberts Gesicht noch beleidigt. Denn wieder einmal hatte sie ihn erzürnt, enttäuscht, gedemütigt. Sie hatte stundenlang im Bad getrödelt und, als sie merkte, daß er immer noch nicht schlief, aus der kleinen Bar einen Piccolo genommen und sich ans Fenster gesetzt, obwohl es empfindlich kalt war im Zimmer und die Kälte ihre Hände und Füße in Eiszapfen verwandelte. Doch sie hätte sich mit allen Getränken, die im Kühlschrank standen, betrinken können, Hubert hätte dennoch unerbittlich gewartet. Also war sie schnatternd ins Bett gekrochen, hatte das Licht gelöscht und den Atem angehalten. Und er – bettete sie auf seinen Arm und begann sie zu küssen. Systematisch und ordentlich, die Augen, die Ohren, den Mund. Sie bekam panische Angst. Ich schreie, wenn er mich nicht losläßt, hatte sie gedacht und dann gemurmelt: »Bitte nicht. Ich bin so entsetzlich müde.« Sein Arm war ganz steif geworden nach ihren Worten, und da sie sich auch weiterhin nicht bewegte und dalag wie eine Tote, hatte er ihn nach einiger Zeit unter ihrem Nacken hervorgezogen, das Federbett – nicht Stroh, hier irrte der liebe Felix – um sich herumgewickelt und böse in die Dunkelheit des Zimmers hineingeschwiegen.
Judith starrte immer noch auf das weiße Telefon. Dann stand sie leise auf, knipste die Wandlampe an und wählte Felix Trolls Nummer.
»Hallo?« Eine verschlafene Stimme. Die Stimme einer Frau. Einer ganz bestimmten Frau.
Judiths Hals wurde eng vor Enttäuschung. Sie hielt den Hörer auch dann noch ans Ohr, als längst aufgelegt worden war. Nach einer Weile, die ihr endlos erschien, kletterte sie wieder zurück ins Bett. Ihr war, als stünden die dunklen Berge nun mitten im Zimmer, und sie zog ein Kissen über ihr Gesicht und begann, zornig zu weinen.

7. KAPITEL

Ein sonniger Herbstnachmittag.
Judith war wieder zu Hause. Sie stand in ihrem Garten und atmete tief und fest die klare, kalte Luft ein, die sie umgab, blickte auf ein hauchzartes Spinnennetz, in dem Tautropfen glänzten und fühlte sich seltsam fremd. Als stünde sie neben sich, beobachtete sich und wußte doch nichts anzufangen mit dieser sonderbaren Person, die die unsinnigsten Dinge tat, nur um die Stunden totzuschlagen, wohl wissend, daß ihr diese Stunden so fremd waren wie sie sich selbst.
Dieses Gefühl beherrschte sie ganz. Sie dachte an Felix Troll und Anita, bückte sich und hob ein altes Schneckenhaus auf, das leer und hohl war, so leer und hohl wie ihr Herz, dachte sie ergriffen, denn sie war sehr sentimental dieser Tage.

Es gab seit jenem nächtlichen Telefonat wohl keinen Zweifel mehr. Felix hatte eine Affäre mit dem reizenden Pagenköpfchen. Er war eben ein Mann der Tat, er wankte und zauderte nicht, er feierte Geburtstag und beschenkte sich, der Teufel sollte ihn holen, mit einer Nacht, süßer als die göttliche Verheißung. Und erdreistete sich gleichzeitig, sie, Judith, mit Spott und Hohn zu überhäufen, weil sie gewagt hatte, einen kleinen Herbsturlaub mit Hubert und den Kindern im Gebirge zu verbringen. Wie kam er eigentlich dazu, wenn er doch Anita liebte und sie ihn? Oder liebte er sie nicht? Judiths Gedanken waren verwirrt. Gefühle auf Bedürfnisse zu beschränken, war nicht ihre Art, und auch wenn sie sich immer robust und sachlich gab, so war sie doch in gewisser Weise auch romantisch und zartfühlend. Sie hing, wie in jungen Jahren, der Idee nach, daß eine Frau wohl nur eine große Liebe in ihrem Leben hat. Daß diese Liebe nicht Hubert war, wußte sie seit langem. Natürlich hütete sie sich, etwas von diesen versponnenen Gedanken verlauten zu lassen, denn versponnen waren sie, das gab sie auch zu, und wenn sie sich vorstellte, wie schallend Felix Troll darüber lachen würde, über diese Mädchenideale, die immer noch ihre Phantasie beflügelten, dann stieg ihr die Schamröte ins Gesicht.

In diesem Moment beugte Lilli sich aus dem Fenster.
»Hättest du Lust auf eine Tasse Tee? Seit du zurück bist, konnten wir noch kein Wort miteinander sprechen.«
Judith lächelte. »Du witterst wohl Sensationen?« fragte sie und nickte dann. »Gut. Ich trinke gerne Tee mit dir.« Sie schnitt eine lange Rose ab, wohl die letzte in diesem Herbst, und wurde schon wieder furchtbar sentimental. Wenn das so weiterging, würde ihre Geschichte enden wie ein Operettenlibretto: viel zu lieblich und zu verstaubt, um ernstgenommen zu werden.

»Du meinst, dieser Willi Dingsda ist euch einfach nachgereist?« fragte Lilli eine halbe Stunde später erstaunt.
»Ja. Er hatte die Adresse von Claudia. Ich habe ihn zwar mit einer kleinen Drohung in die Flucht geschlagen, aber...« Judith zuckte mit den Achseln. »Ich weiß nicht recht. Ich habe kein gutes Gefühl bei der Sache.«
»Und sonst?«
»Was meinst du?«
»Was meine ich, was meine ich. Du weißt sehr gut, was ich meine. Ob es erfolgreich war, euer verlängertes Wochenende, will ich wissen.«
Judith sah aus dem Fenster. Herbstlicher Nebel legte sich auf die Gärten, eine Meise saß im Geäst des Pfirsichbäumchens, ihre Schwanzfedern wippten fröhlich auf und ab.
»Tja, Mutter. Zumindest für Hubert war es erfolgreich. Denn er konnte, zu seiner größten Freude, mir endgültig vor Augen führen, wie verfahren meine familiäre Situation ist. Die Kinder haben sich ihm gegenüber einfach schrecklich benommen. Als wollten sie ihn in die Flucht schlagen. Sogar Rasputin schien sich gegen ihn verschworen zu haben; denn

er zerknabberte Huberts Lieblingsschal und baute sich daraus ein wunderschönes Bett.«

Lilli kicherte. »Kluger Rasputin. Der Schal war edle Vorkriegsware und so altmodisch, daß ich jedesmal Zustände bekam, wenn der gute Hubert ihn um den Hals gewickelt hatte.«

»Aber auch er gab keinen Millimeter nach«, fuhr Judith nachdenklich fort. »Jedes zweite Wort war eine Maßregelung. Und ich hüpfte wie ein kleiner Gummiball zwischen den beiden Lagern hin und her, und je schneller und nervöser ich hüpfte, desto gereizter wurden alle. Am Ende waren wir so bösartig zerstritten wie die Vorstandschaft eines Fußballvereins. Ein gemütliches Wochenende, fürwahr!«

»Und... so ganz privat?«

»Was für eine indiskrete Frage.«

»Gar keine Aussöhnung jenseits aller Streitigkeiten wegen der Kinder?«

»Du meinst, ein hübsches Doppelzimmer mit einem hübschen Doppelbett in einem hübschen Hotel vereinen uns wieder?« Judith verzog spöttisch den Mund. »Nein. Unser Bett war so frostig wie Sibirien.« Sie lachte mißmutig. »Aber das lag natürlich nur an mir. Ich bin nicht in Form momentan. Meine Gefühle haben Schnupfen, wie mir scheint.«

Lilli setzte sich energisch auf. »Pah. Von wegen Schnupfen. Du hast dich in einen anderen verliebt, das ist es.«

»Du meinst in Felix Troll.«

»Genau das meine ich.«

»Ich habe dir schon einmal gesagt, daß er so gut wie verlobt ist.«

»Also hängt es mehr von ihm ab, daß eure... Freundschaft stagniert. Sehr interessant.« Lilli lächelte maliziös.

»Außerdem, merke dir eins, mein Kind: Solange er nicht verheiratet ist, kann er sich's immer noch überlegen. Dein Vater war auch verlobt, bevor ich ihn angelte.«

»Du warst eine bildhübsche Frau, Lilli. Ich aber...«

»Ach was. Du hast dich sehr gemausert in letzter Zeit. Das heißt aber nicht, daß dieser Felix, der da um dich herumscharwenzelt, als seist du ein besonders feines Sahnebonbon, mir deswegen besser gefällt.«

»Er scharwenzelt nicht mehr«, antwortete Judith knapp. »Wir haben uns höflich lächelnd ganz furchtbar gestritten. Und er scheint nun entdeckt zu haben, daß ich nur einfache Lakritze bin und obendrein, wie unverschämt von mir, auch noch furchtbar renitent. Während gewisse andere Mädchen ihm nach dem Munde reden und ihm sehr viel besser auf der Zunge zergehen.«

»So? Na, um so besser.«

»Wie einfühlsam du bist. Daß ich vielleicht leiden könnte, stört dich nicht im mindesten.«

»Mit Gefühlsduselei kommst du nicht weiter. Wenn dir schon so viel an ihm liegt, dann mußt du halt Phantasie beweisen. Häng ein paar Papiersterne an seinen Himmel oder färbe dir die Haare grün. Aber tu etwas!«

»Wenn er nicht selbst weiß, daß er mich mag...«

Lilli betrachtete sie mit zusammengekniffenen Augen. »Aha«, sagte sie. »Das ist ja alles noch viel trauriger, als ich dachte. Die große Liebe. Du erwartest, daß sie auch in sein Leben einschlägt wie der Blitz und er flugs zu dir eilt und sich dir zu Füßen wirft. Na, das kannst du vergessen. Den Männern muß man immer einen Schubs geben, und je mehr es sich lohnt, desto größer muß der Schubs sein.«

»Ich habe geschubst. Anfangs.«

»Und warum jetzt nicht mehr? Wegen der Sahnebonbons?«

Judith blickte sie trotzig an.

»Sahnebonbons kriegt man schnell über. Und dann ist man froh über die Lakritze, die den Magen wieder einrenkt. Denk an meine Worte«, meinte Lilli weise.

Lakritze, die den Magen wieder einrenkt, da hört sich doch alles auf! Judith stand in ihrer Küche und zerrieb zornig einen

Büschel welker Petersilie zwischen den Händen. Etwas von Lillis Temperament regte sich doch auch in ihrem Inneren. Ich müßte rundherum Ordnung schaffen, dachte sie. Ob sie Hubert mitteilen sollte, daß sie sich endgültig entschlossen hatte, allein durchs Leben zu gehen? Lieber wollte sie nämlich eine pulloverstrickende, vertrocknete alte Tante werden, als einen Mann zu heiraten, der sie wie eine Schwachsinnige behandelte und bei dem sie immer das Gefühl hatte, schon jenseits von Gut und Böse zu sein. Daß sie allerdings eine alte Tante werden sollte, gefiel ihr gar nicht. Am Ende würde sie noch so tief sinken und Felix und Anita zur Geburt des ersten Kindes ein Häubchen häkeln! Trotzdem. Lieber keinen Mann als so einen wie Hubert – notgedrungen!

»Hallo.« Steffi brachte einen Schwall frischer Luft mit ins Zimmer. Ihr blondes, kurzgeschnittenes Haar wirkte wie Seide, das schmale Gesicht war zart gerötet. Sie war gewachsen in den letzten zwei Monaten, und Judith bemerkte plötzlich, wie hübsch sie geworden war. O Gott, durchzuckte sie es, Claudia Nummer zwei! Und damit gar einen Willi Nummer zwei! Und Fragen nach Geld für die Disco. Und verrückte Beatplatten bei Tag und Nacht. Und noch eine Zimmertür, die beklebt war mit Erinnerungsfotos, flotten Sprüchen und Strohhalmen, aus denen man mit Andi oder Peter oder Markus gemeinsam getrunken hatte.

Steffi rieb sich die Hände, sie waren rot und klamm. »Ist schrecklich kalt draußen, obwohl die Sonne scheint.«

Judith warf die Petersilie in den Abfalleimer und sagte: »Gut, daß wir einmal Gelegenheit haben zu sprechen. Ich wollte dich nämlich um etwas bitten.«

Steffis Augen wurden mißtrauisch. »Ja?«

»Wollen wir eine Tasse Tee zusammen trinken? Ich habe zwar erst bei Lilli Tee getrunken, aber heute habe ich ein wenig ein englisches Gemüt. Kalt und neblig und voller Agatha-Christie-Gedanken.« Sie lächelte Steffi an.

Dann setzte sie den Wasserkessel auf. »Du weißt, wir sind

nicht gerade steinreich«, begann sie. »Und da ich immer bis zwei Uhr im Büro sitze und auch hier viel zu tun habe...«
»Aber ich helfe dir doch bei der Wäsche inzwischen.«
»Ja, ja, natürlich. Ich habe mir gedacht, du könntest mir vielleicht auch beim Einkaufen behilflich sein. Du bist so geschickt in Gelddingen. Und bist immer informiert über Sonderangebote und Räumungsverkäufe.«
»Du meinst, ich soll den Einkauf für uns alle erledigen?« Steffis Augen waren immer noch mißtrauisch. »Was ist mit Claudia? Sie ist doch älter als ich.«
Judith schüttelte den Kopf. »Nein, Claudia ist denkbar ungeeignet. Sie kann ein Suppengrün nicht von einem Blumenstrauß unterscheiden. Du bist viel tüchtiger in diesen Dingen.«
»Okay«, antwortete Steffi überraschend schnell und preßte ihre Hände an die warme Tasse. »Wenn du glaubst, daß ich das kann...«
»Ja, das glaube ich. Sag mal... Ich fand heute meine Perlenbrosche zwischen deinen Pullovern. Hattest du sie dir denn ausgeliehen?«
»Deine Brosche? Es war Margareths Brosche. Wie das Armband und der Ring.«
»Und deshalb nimmst du mir die Sachen weg?«
Steffi biß sich auf die Lippen. Ihr zartes Gesicht errötete vor Verlegenheit. »Ich halte die Sachen nur manchmal in der Hand.«
»Du brauchst nicht heimlich an die Schmuckkassette zu gehen. Du brauchst mir nur Bescheid zu sagen.«
»Es ist nicht so wichtig.«
»Aber es scheint dir doch sehr wichtig zu sein.«
»Mein Gott! Ich will keine Rechenschaft darüber ablegen. Und ich will auch nicht Tee mit dir trinken. Klar?«
»Klar«, sagte Judith müde und sah schweigend zu, wie Steffi den Rest Tee, der noch in ihrer Tasse war, in die Spüle schüttete und eilends die Küche verließ.

Als Helga Weber an einem grauen Novembermorgen Hubert Ellert begrüßte und ihm einen Stuhl anbot, war sie sehr beeindruckt; denn Hubert zeigte sich von seiner angenehmsten Seite.

Verbindlich lächelnd nahm er Platz, sein schmales, gebräuntes Gesicht mit den hellen Augen wirkte dynamisch und intelligent. Er saß aufrecht, die Füße übereinandergeschlagen, die Hände leicht verschränkt.

»Bitte entschuldigen Sie diesen Überfall. Es war äußerst freundlich von Ihnen, mir gleich einen Termin zu geben.«

»Keine Ursache. Da ich hörte, daß es sich um Frau Uhland handelt... Ich finde, Frau Uhland ist sehr nett und obendrein erstaunlich mutig.«

»Tja.« Hubert beugte sich leicht nach vorn. »Mag sein, daß sie sehr mutig ist. Aber...«

»Aber?«

»Nun, verzeihen Sie... Sie werden sich fragen, warum ich mich überhaupt einmische. Doch sehen Sie, Frau Uhland und ich wollen demnächst heiraten.«

»Ach? Wirklich? Wie schön.« Helga Weber lächelte erfreut.

»Und deshalb wende ich mich an Sie. Denn Judith würde es nie und nimmer tun. Nun, wie soll ich sagen... Es geht alles ein wenig drunter und drüber im Hause Uhland.«

»Tatsächlich? Weswegen denn?«

»Weswegen?« rief Hubert aufgebracht. »Sie wird nicht fertig mit den Kindern, das ist alles. Alles wächst ihr über den Kopf. Aber sie ist einfach zu stur, es zuzugeben.«

»Weiß Frau Uhland, daß Sie hier sind?«

»Gott bewahre. Sie weiß es nicht. Und wenn Sie vielleicht so nett sein könnten und meinen Besuch auch nicht erwähnen...«

»Und was kann ich für Sie tun?«

»Nun.« Hubert zögerte. »Mich unterstützen«, meinte er dann. »Frau Uhland ein wenig zureden.«

»Wozu?« Helga Webers Stimme wurde vorsichtig.

»Sie könnten ihr zureden, die Familiensituation neu zu regeln. Wir könnten Claudia auf ein Schweizer Spracheninstitut schicken. Ein bißchen Schliff würde ihr gar nicht schaden, ebensowenig die räumliche Entfernung. Die finanzielle Belastung würde ich gerne übernehmen. Ich bin nicht unvermögend, wissen Sie ...« Wieder lächelte er äußerst gewinnend. »Und Stephanie könnte bei uns bleiben.« Er räusperte sich. Es fiel ihm schwer, das zu sagen. Diese Stephanie war schon ein sehr, sehr dicker Brocken an Zugeständnis für ihn.

»Und Oliver?«

»Ja, nun komme ich zum Kern der Sache. Frau Uhlands Verwandte in Ulm würden Oliver gerne zu sich nehmen. Vielleicht erinnern Sie sich noch: Konrad und Anna Dehler. Die beiden besitzen ein großes Lebensmittelgeschäft. Mit separater Obstabteilung.« Die separate Obstabteilung betonte er besonders. Obst klang so vernünftig, so gesund, so vitaminhaltig. »Wenn Oliver nach Ulm zurückginge, hätte er einmal eine gesicherte Zukunft, denn er würde später das Geschäft erben«, schloß er zufrieden.

»Sie möchten die Geschwister also auseinanderreißen. Haben Sie das bedacht?«

»Geschwister.« Hubert lachte verächtlich. »Von geschwisterlicher Bindung oder gar Zuneigung ist da wenig zu spüren.«

»Geschwisterliche Zuneigung äußert sich in den seltensten Fällen im Alltag. Eher in Krisensituationen. Und ich muß Ihnen sagen, daß mich Ihre ... Intervention etwas überrascht. Ich hatte eigentlich den Eindruck, Frau Uhland käme gut zurecht. Natürlich werde ich mich der Sache annehmen, aber ... Nun, wir werden sehen. Kann ich sonst noch etwas für Sie tun?«

»Nein, danke.« Hubert erhob sich. »Ich kann mich auf Ihre Diskretion verlassen?«

»Sie können sich darauf verlassen, daß ich tätig werde, ohne vorerst Gründe zu nennen.« Helga Weber nickte ihm kurz zu.

»So«, sagte Steffi ein paar Tage später und stellte drei große Plastiktüten auf den Küchentisch. »Das habe ich alles vom Billigmarkt. Sonderangebot. Zehn Mark fünfundzwanzig.«
Judith staunte. »Das alles? Das ganze Gemüse und Obst und auch die Wurst? Kannst du zaubern?«
»Klar. Wußtest du das nicht?« Steffi lachte, und Judith drückte sie kurz an sich. »Du bist große Klasse, weißt du das?«
»Ist nicht schwer, günstig einzukaufen«, murmelte Steffi und senkte die Augen.
»Du nimmst mir viel Arbeit ab. Du hast auch einen Kuchen gebacken, wie ich gesehen habe. Ich möchte bloß wissen, von wem du all die praktische Veranlagung hast?«
Steffi musterte sie spöttisch. »Vielleicht von dir. Nichten sollen doch manches Mal auch ihren Tanten gleichen.«
Sie begann, Taschen und Tüten auszuleeren und die Lebensmittel in den Kühlschrank zu packen.
»Sag mal, Steffi...« Judith zögerte. Dann faßte sie sich ein Herz: »Du hast das letzte Mal auf Lillis alter Gitarre geklimpert. Hättest du vielleicht Lust, Stunden zu nehmen?«
»Sie sind zu teuer.«
»Es gibt aber doch auch Gruppenunterricht. Den können wir uns schon leisten. Willst du dich mal erkundigen?«
»Nein. Ich glaube nicht.«
»Warum nicht?«
Über Steffis Gesicht huschte ein geringschätziges Lächeln. »Ich will es nicht, weil ich glaube, damit willst du dich bloß bei mir einschmeicheln. Kannst du aber nicht.«
»Ich wollte dir eine Freude machen. Ist das so schlimm?«
»Du brauchst mir keine Freude machen.«
Judith schüttelte den Kopf. »Wärst du lieber in Ulm geblieben? Ist es das, was dich so aufbringt gegen mich?«
»In Ulm? Nein, danke.«
»Aber was dann...«
»Zerbrich dir nicht den Kopf. Es ist egal, wo ich wohne. Da

Margareth und Philip nicht mehr am Leben sind, ist es Jacke wie Hose, ob ich in Ulm oder in München bin.«
»Steffi. Ich kann mir vorstellen, wie schlimm es für dich ist, beide Eltern verloren zu haben. Aber deshalb darfst du dich trotzdem nicht von allem so abkapseln.«
Steffi schwieg.
»Überleg es dir noch einmal mit dem Gitarrenunterricht. Ich will dir wirklich nur eine kleine Freude machen. Ich will, daß du dich ein bißchen wohlfühlst bei mir. Wir alle sind traurig, daß Margareth und Philip nicht mehr hier sind. Aber das Leben geht weiter, so furchtbar das in deinen Ohren klingen mag.«
»Hör auf«, sagte Steffi rauh. »Hör bloß auf.«

Als Judith am nächsten Morgen erwachte, regnete es. Graue Schatten hockten in den Ecken des Zimmers, ein Korb Bügelwäsche stand auf einem alten Stuhl. Sie zog fröstelnd die Bettdecke bis zum Kinn und erschauderte leise. Was für ein gräßlicher Tag! Und was für ein gräßliches Wetter!

Am Frühstückstisch herrschte schläfrige Stille. Steffi stocherte in ihren Eiern herum, Claudia gefiel sich in ihrer Rolle mürrischer Schweigsamkeit, und Oliver schlürfte seinen Kakao. Nur Rasputin war quietschvergnügt. Er saß auf Olivers Schoß und stopfte mit beiden Pfoten das Innere einer Semmel in die unergründlich tiefen Taschen seiner Hamsterbacken.
»Wie lange hast du heute Schule?« fragte Judith, zu Claudia gewandt.
»Warum?«
»Es wäre einiges aus der Reinigung abzuholen.«
»Tut mir leid. Ich lerne noch mit einer Freundin.« Claudia würdigte Judith keines Blickes. Seit Willi sie nicht mehr besuchen durfte und seit die Discoabende so grausam beschränkt waren, revanchierte sie sich mit eisiger Feindschaft.

»Ich hole die Sachen schon«, meinte Steffi schnell. »Ich bin sowieso in der Gegend.«
»Gut.« Judith seufzte. »Dann muß ich wohl sehen, daß ich ins Büro komme. Leider. Irgendwie habe ich das Gefühl, es wird ein schrecklicher Tag werden heute!«

Am späten Vormittag, sie schrieb gerade einen von Huberts akkurat formulierten Briefen, klingelte das Telefon.
»Hallo? Hier spricht Ihr geschätzter Mitstreiter der Bürgerinitiative ›Falkenstraße 12‹. Sie wissen doch: dieser nette blonde Mensch, den Sie an seinem Geburtstag so schmählich im Stich gelassen haben, um ins Gebirge zu fahren.«
Judiths Herz begann zu holpern und zu stolpern. »Ach ja, ich erinnere mich. Welche Ehre, daß Sie sich wieder einmal melden.« Sie wurde über und über rot.
»Ich dachte, der Fortgang der Angelegenheit ›Falkenstraße‹ interessiert Sie vielleicht.«
»Ja, natürlich interessiert mich das. Wo ich schließlich deswegen sogar zum Zeitungsstar wurde ... Also, wie steht es?«
»Der Anwalt will den Stadtrat dazu bringen, eine Erhaltungssatzung zu erlassen.«
»Das bedeutet?«
»Der Stadtrat könnte feststellen, daß es sich beim Haus Falkenstraße 12 um einfache Bausubstanz handelt. Also um ein einfach gebautes und ausgestattetes Haus. Und solch einfache Bausubstanz darf unter gewissen Voraussetzungen nicht luxusrenoviert werden.«
»Und die Aussichten?«
Felix seufzte. »Schlechte«, sagte er. »Das letzte Verfahren dieser Art scheiterte an einem Formfehler. Sonderbar, nicht?«
Judith schwieg.
»Darf man fragen, wie es sonst geht? Hat man gut geruht in den strohgefüllten Betten des reizenden Berghotels?«

»Und selbst? Hatte man einen netten Geburtstag?«
»Doch. Ich kann nicht klagen.«
So, so, er konnte nicht klagen, dachte Judith böse und hörte wieder Anitas nachtwarm verschlafenes »Hallo« am Telefon.
»Ich wollte Sie eigentlich ziemlich spät anrufen, um zu gratulieren«, meinte sie mit einer Stimme, die ihr nicht gehörte und die eindeutig zu schrill war. »Aber ich hätte sicherlich gestört.«
»Das hätten Sie sicherlich nicht.«
»Nein? Wollten Sie nicht ein bißchen für sich sein? Wo Sie und Anita doch bald schon in den ehelichen Hafen segeln werden?«
Er schwieg verdutzt. Dann lachte er. Er lachte so laut und unverschämt, daß sie den Hörer ein wenig vom Ohr weghielt und eine ärgerliche Grimasse schnitt.
»O nein, Gnädigste. Ich segle nicht. Weder mit Anita noch mit einer anderen. Mein Schiff ist schon einmal gekentert, wie Sie inzwischen bestimmt vernommen haben. Und ein ertrunkener Matrose geht nie mehr an Bord.«
»Ach, Sie Ärmster. Ist eigentlich eine attraktive Masche, die Sie da reiten.« Sie versuchte, so unverschämt zu lachen wie er. »Macht sich nämlich immer gut, den einsamen Wolf zu spielen. Wir Frauen haben sehr viel übrig für einsam heulende Wölfe, die grimmig durch die Wälder streunen.«
»Es gibt aber auch Frauen, die sehr viel übrig haben für strebsame Regierungsräte. Und die schon aus mangelnder Risikofreudigkeit nicht in mein wackliges Boot steigen würden.«
»Ich dachte, das stünde gar nicht zur Debatte? Wo der ertrunkene Matrose doch im Meer treibt und die Konsequenzen gezogen hat?«
»Es steht auch nicht zur Debatte«, entgegnete er schroff. »Das ganze war nur eine Feststellung. Nun denn. Hat mich sehr amüsiert, der kleine Schlagabtausch. Bis zum nächsten Mal also.« Er legte so schnell auf, daß ihr nicht einmal Zeit blieb, eine spitze Antwort zu formulieren.

»Ich hasse die Männer«, sagte sie deshalb zu Ruth Kleinschmidt. »In Zukunft werde ich mich überhaupt nicht mehr mit ihnen abgeben.«

»Mit drei Kindern am Hals? Kein sehr großartiger Entschluß.«

»Sie reden ja schon wie meine Mutter.«

»Eine Frau mit drei Kindern braucht unbedingt einen Mann.«

»Und eine Frau ohne Kinder?«

»Auch.«

»Das Zeug zur Feministin haben Sie jedenfalls nicht.«
Ruth Kleinschmidt musterte sie amüsiert. »Sie auch nicht, wenn Sie mich fragen. Sie schreien direkt danach, geheiratet zu werden. Im übrigen: Eine Frau, die so plötzlich die Männer verabscheut, signalisiert, daß sie ein Exemplar dieser eigentümlichen Spezies besonders bevorzugt.«

»Wie kommen Sie darauf?«

»Ich habe so meine Erfahrungen. Nur solange dieser eine nicht mit dem Ehering winkt, haßt sie das männliche Geschlecht. Um dann hinterher wie eine sanftmütige Taube seine Pantoffeln anzuwärmen und ihm jeden Wunsch von den Augen abzulesen.«

»Sie haben ja doch etwas Feministisches an sich. Darf ich Ihrer tiefsinnigen Rede entnehmen, daß Sie Frauen, die Pantoffeln anwärmen, nicht leiden können?«

»Ich kann sie sehr gut leiden. Ich gehöre selbst dazu«, antwortete Ruth Kleinschmidt lakonisch und zündete sich eine Zigarette an.

Oliver saß in der Küche, als Judith nach Hause kam. Sein kleines blasses Professorengesicht war ganz rot vor Aufregung.

»Ich male ein Bild. Ist unsere Hausaufgabe. ›Was ich später werden will‹.«

Judith beugte sich über den Zeichenblock und bestaunte einen lorbeerbekränzten Helden, der mit unübersehbar gefährli-

chem Blick und strotzenden Muskeln Tiger, Löwen und Leoparden durch brennende Reifen jagte und riesige Bären in brave, braune Plüschtiere verwandelte.
»Dompteur? Das möchtest du sein?«
»Ja.« Olivers Augen glänzten. »Das sind ganz tolle Männer, Tante Judith. Keiner traut sich an sie ran. Sie haben jede Menge Kraft und können einen Tiger mit den bloßen Händen erwürgen. So, sieh mal!« Er nahm eine Küchenserviette und wrang sie in alle Richtungen. »Und die Frauen laufen ihnen nach in Scharen. Weil sie so stark sind. Frauen mögen es nämlich wahnsinnig gern, wenn ein Mann stark ist und jeden verhauen kann.«
»Meinst du?«
»Klar. Dir wäre es auch lieber gewesen, dieser Hubert hätte damals in Österreich den Willi gepackt und durch die Tür geschmissen.« Olivers rosa Zungenspitze fuhr begeistert von einem Mundwinkel zum anderen. »Dann wäre er nicht so frech geworden, und Claudia würde jetzt nicht seinetwegen die Schule schwänzen.«
»Was tut sie?« Judith bekam plötzlich wacklige Knie.
»Sie schwänzt Schule. Schon die ganze Woche. Darf sie das denn?«
Madeira, dachte Judith. Einsame Spaziergänge. Ruhe. Frieden. Ach, warum nur hatte sie das alles einmal so gering geachtet?
»Tante Judith?« Oliver zupfte sie am Jackenärmel. »Soll ich mit dir kommen, wenn du dem Willi die Meinung sagst?«
Judith bückte sich und küßte ihn auf die Stirn. »Nein. Nicht nötig, mein Lieber. Aber wenn du vielleicht hier inzwischen die Stellung hältst?«

Sie fand Adresse und Telefonnummer in Claudias Zimmer. Ihr graute davor, ihrer Nichte nachzuspionieren, und sie verspürte den unwiderstehlichen Drang, ein heißes Bad zu nehmen, sich ins Bett zu legen und die Decke über den Kopf zu ziehen. Aber was half's? Schließlich hatte sie ja unbedingt Mutter werden wollen! Und hatte, romantisch wie ein Backfisch, immer nur einen nett gedeckten Frühstückstisch vor Augen gehabt, um den die Familie sich traulich versammelte, auf dem rosa Nelken prangten und über dem der holde Zauber freundschaftlicher Eintracht schwebte. Sie lachte verächtlich. Willis Bild, das auf Claudias Nachttisch stand, lachte spöttisch zurück.

Die Kuschenskis wohnten in einem alten Mietshaus in der Innenstadt. Im Treppenhaus bröckelte die Farbe von den Wänden, auf den Stufen saß ein kleiner Junge und blies Seifenblasen durch das Geländer.
Willi öffnete selbst. Er trug einen ausgebeulten Trainingsanzug und lief barfuß. Seine Füße waren rot und groß und wirkten so brutal wie alles andere an ihm.
»Ist Claudia hier?«
»Was wollen Sie?«
Judith schob ihn zur Seite und trat ein. Ein kleiner Flur. Alte Zeitungen und Illustrierte, die auf der Garderobe lagen. In der Küche ein dampfender Topf auf dem Herd. Schmutzige Wäsche in einer großen Plastiktüte. Auf dem Tisch, gestapelt und gebündelt, eine Unmenge von Zigarettenschachteln und Silbergeld.
Claudia lümmelte auf einer alten Couch, rauchte und las in einem Comic-Heft.
»Spionierst du mir nach?« fragte sie, ohne aufzublicken.
»Darüber diskutieren wir später. Du kommst jetzt sofort mit.«
»Tue ich nicht!«
»Gut. Dann werde ich dir sagen, was folgt: Morgen gehe ich zum Jugendamt. Ich verstehe mich sehr gut mit Frau Weber, wie du weißt. Sie wird mir sagen, was zu geschehen hat. Also... du hast die Wahl.«
»Und du meinst, das macht mir angst?« Claudia musterte sie

voller Verachtung. »Was glaubst du wohl, was passieren wird? Bis diese Beamten-Tussis sich klar darüber sind, was sie mit mir anfangen sollen, bin ich volljährig. Und wenn ich volljährig bin, kann ich tun und lassen, was ich will.«

»Nicht jedoch, wenn du von mir Unterstützung erwartest. Claudia...« Judiths Stimme wurde weich. »Ich will dich nicht bevormunden. Aber das hier ist keine Alternative.«

»Wer hat heute schon Alternativen? Glaubst du, die langweilige Lernerei in der Schule ist eine Alternative? Ist doch alles tote Hose, was man dort hört. Hat gar nichts mit dem wirklichen Leben zu tun. Und irgendeine Ausbildung? Die meisten Klitschen beschäftigen nur deshalb Lehrlinge, um an billige Hilfskräfte zu kommen. Die sie hinterher, nach der Prüfung, wenn für die armen Lehrlingsschweine endlich der größere Rubel rollen würde, nicht übernehmen wollen.«

»Gefällt's dir denn, so zu leben? Am hellichten Tag auf der Couch herumzulümmeln, Kinderhefte zu lesen und Zigaretten zu rauchen? Ein so hübsches und gescheites Mädchen wie du! Du hast es doch gar nicht nötig, dich mit Willi abzugeben.«

»Willi und ich, wir ziehen zusammen.«

»Aha. Und dann? Dann kaufst du dir noch mehr Mickymaus-Hefte und wartest darauf, daß dein Willi sich bei der Fürsorge sein Geld abholt!«

»Nun halt mal die Luft an, Mütterchen«, sagte Willi, der bis jetzt geschwiegen hatte. Seine blauen Augen hatten einen trüben Schleier. Er roch nach Schweiß und Alkohol.

»Sie mischen sich da besser nicht ein«, erwiderte Judith kalt.

»Ich werde mich aber doch einmischen.« Er beugte sich so plötzlich vor, daß sie zurückwich. »Angst?« fragte er und blies ihr den Rauch seiner Zigarette ins Gesicht. Auf seinen tätowierten Armen spielten ein paar Muskeln.

»Ich habe keine Angst.« Judith fühlte, wie ihre Knie zu zittern begannen. Oh, Margareth, dachte sie. Es ist deine Tochter. Was tu' ich denn bloß? Was hättest du denn getan?

Willi verzog den Mund. »Wetten, Claudia bleibt hier?«

»Wetten, sie kommt mit?«

Er spreizte die Beine und wippte vor und zurück. Seine blauen Augen begannen zu glitzern. »Na?«

Judith spürte kalten Schweiß auf der Stirn. Ihr Blick fiel auf den Tisch. Diese Stapel von Zigaretten, die vielen Münzen, das Wechselgeld. Sehr seltsam war das alles.

»Ist das ihr Zubrot, lieber Herr Kuschenski?« fragte sie, einer plötzlichen Eingebung folgend.

»Was meinen Sie?« Willis Augen wurden wachsam.

»Sie wissen schon, was ich meine.«

»Ich? Nein. Ich verstehe null.«

»Nun. Vielleicht hat die Polizei mehr Durchblick.«

»Die Polizei?« fragte Willi lauernd.

»Ja, die Polizei. Es sei denn...«

»Ja?«

»Es sei denn, Sie sagen Claudia, daß sie mit mir nach Hause kommt.« Sie blickte ihn an, und er schien etwas in ihrem Gesicht zu entdecken, das ihn beunruhigte. Seine großen roten Zehen krümmten sich. Er kaute auf seiner Unterlippe.

»Hau ab«, sagte er nach einer langen Weile.

»Aber Willi...«

»Hau ab, sage ich. Ich habe die Nase voll. Von dir und deiner blöden Tante.«

Claudia starrte ihn an. Sie versteckte ihre Hände auf dem Rücken wie ein gescholtenes Kind. »Aber wir wollten doch eine eigene Wohnung nehmen«, flüsterte sie.

Als er nicht antwortete, nahm sie ihren Anorak und schlüpfte hinein. Um ihren Mund zuckte es. Eine Weile blieb sie stehen. Dann drehte sie sich um und ging.

Wenn Judith geglaubt hatte, der Tag hätte schon genug Unangenehmes gebracht und sie könne wenigstens auf einen ruhigen Abend hoffen, so täuschte sie sich. Denn als sie das Wohnzimmer betrat, lächelte ihr Konrad Dehler griesgrämig und leicht verschnupft entgegen, während Lilli verlegen am Fenster stand und mit ihrer Perlenkette spielte. Steffi und Oliver lagen auf dem Teppich und schoben Domino-Steine hin und her.

»Was haben wir denn da? Eine verwandtschaftliche Invasion?« fragte Judith erschöpft.

Konrad erhob sich und rieb verlegen die Hände aneinander.

»Er will mich holen«, sagte Oliver.

»Weil hier angeblich alles drunter und drüber geht«, warf Steffi dazwischen. »Und ich mich bereits zu einem vollkommen doofen Subjekt zurückentwickelt habe.«

»Und weil Claudia so schlechten Umgang hat und du mit uns nicht fertig wirst.«

»Kinder...« Lilli war die Situation sichtlich peinlich. »Wir sollten ganz vernünftig über alles reden.« Ihre eisblauen Augen wichen Judith aus.

»Also?«

»Ich wollte nach dem Rechten sehen«, sagte Konrad etwas lahm und bemerkte, einigermaßen entsetzt, wie über Judiths Zähnen sich die Lippen spannten und ihr Zorn und ihre Empörung ihn förmlich ansprangen. Sie sah überhaupt ganz anders aus, als er sie in Erinnerung hatte. Verflixt. Warum bloß war Anna nicht mitgekommen? Ja, gewiß, der Laden! Aber man hätte ja auch an einem Sonntag fahren können!

»Wieso nach dem Rechten sehen? Bei uns ist alles in Ordnung.«

»Tatsächlich? Da sind wir aber anders unterrichtet.«

»Von wem?« Judiths Augen wurden schmal. »Von wem seid ihr anders unterrichtet? Von den Kindern?«

Konrad hob die mageren Schultern. »Aber nein. Nicht von den Kindern. Herr Ellert hat ein paarmal mit uns telefoniert. Oder, besser gesagt, mit Anna. Und einmal hat er uns besucht. Als er dienstlich in Stuttgart zu tun hatte.«

»Hubert?«

»Ja. Und er hat uns erzählt...« Konrad stockte. »Könnte ich vielleicht mir dir alleine...?«

»Nein. Da es ja ganz offensichtlich um die Kinder geht, haben sie Anspruch darauf, hierzubleiben. Bitte, Claudia, zieh deinen Anorak aus und setz dich.«
»Also.« Konrad begann zu schwitzen. »Hubert meinte, hier herrsche ziemliches Chaos. Steffi lerne katastrophal schlecht, Claudia triebe sich herum und Oliver...«
»Was ist mit Oliver?«
»Er sei viel zu ruhig, meinte Hubert. Du hättest eben nicht genügend Zeit, dich um alles und jeden zu kümmern. Und deshalb...«
»Ich höre.«
»Nun setz dich doch.«
»Nein, danke, ich stehe lieber.«
»Es war Huberts Idee. Er sagte, ihr wolltet heiraten, bald schon.«
»Dem lieben Hubert scheint entgangen zu sein, daß zu einer Heirat immer noch zwei gehören.«
»Sie hat sich nämlich in einen Idealisten verliebt.« Lilli entschloß sich zum Flankenangriff.
»Hubert ist kein Idealist«, sagte Konrad ärgerlich. »Er ist ein äußerst realistischer, netter...«
»Nicht Hubert. Felix Troll.«
»Also bist du doch in meinen Pauker verliebt?« Steffi grinste.
»Ach, einen Lehrer heiratest du? Und wir dachten immer, du seist so gut wie verlobt mit diesem Hubert.«
»Neuerdings heiratet sie überhaupt nicht mehr. Neuerdings gefällt sie sich als alternative Emanze.«
Himmel, dachte Judith verzweifelt. Diese Familie! Wieso habe ich eigentlich plötzlich so eine gräßlich große Familie, die sich ständig in meine Angelegenheiten mischt?
»Wann ist Hochzeit mit diesem Lehrer, liebe Judith?« fragte Konrad freundlich, denn ihm war daran gelegen, eine freundliche Atmosphäre zu schaffen.
»Es gibt keine Hochzeit«, schrie Judith zornig.

»Aber Hubert sagte doch, du wolltest heiraten und Claudia auf ein Schweizer Internat schicken. Und Steffi behalten. Und Oliver zu uns nach Ulm geben.« Konrad war beleidigt. Er lockerte seine Krawatte und schielte nach der Cognacflasche im Schrank.
»Nun paß mal auf«, sagte Judith gefährlich leise. »Und sag es auch deinem Komplizen Hubert, der hier hinter meinem Rücken herumtelefoniert ...«
»Was heißt hier ›hinter deinem Rücken‹? Ich denke, es ist auch schon mit dem Jugendamt besprochen? Hubert sagte ...«
»Hubert sagte was?« Judith wurde vor Schreck ganz schwach. Nun setzte sie sich doch.
»Er war beim Jugendamt und hat mit dieser Frau Weber gesprochen. Du wußtest doch auch Bescheid, Lilli.«
»Ach. Anscheinend wußten alle Bescheid außer mir. Habt ihr es vielleicht auch noch im Stadtanzeiger veröffentlicht? Die familiäre Bankrotterklärung der Judith Uhland?« Judith legte ihr Gesicht in beide Hände und drückte ihre Finger fest gegen die Augen. Ihr Kopf schmerzte, als wolle er zerspringen, und ihre Hände und Füße wurden eiskalt.
»Also, wirklich, Judith!« Lillis Stimme klang weinerlich. »Wie sprichst du eigentlich mit uns?«
Judith sprang auf und lief zur Tür. »Raus! Schert euch alle raus. Und merkt euch eins: Ich gebe nicht auf. Ich lasse mich nicht von Hubert hintergehen und von dir, Mutter, beschwatzen und von Willi Kuschenski bedrohen. Und wenn gewisse Leute in Ulm unbedingt einen Erben für ihre Essiggurken und Zuckertüten suchen, sollen sie gefälligst woanders Ausschau halten. Ist das klar?«
Es war klar. Konrad schlüpfte in seinen Mantel und nahm die Flasche Sekt wieder an sich, die er, bei erfolgreichem Abschluß der Gespräche, hatte entkorken wollen.
Lilli aber rauschte beleidigt durch die geöffnete Tür. Und stieß mit Hubert zusammen.

»Hallo, Lilli, warum so stürmisch?« fragte er lächelnd. Er stand, glänzend vom Scheitel bis zur Sohle, auf der Treppe und war sichtlich guter Laune.
»Weil meine Tochter verrückt geworden ist. Und auch noch stolz ist, auf den Scherben ihres Glückes zu sitzen.« Lillis theatralischen Anwandlungen waren keine Grenzen gesetzt, wenn sie, was selten vorkam, eine Niederlage erlitt.
»Dann störe ich wohl ...« Hubert verstummte, da er Konrad bemerkte und warf einen vorsichtigen Blick auf Judiths Gesicht.
»Ich gehe nicht nach Ulm.« Oliver blitzte Hubert böse an.
»Und ich nicht in die Schweiz.«
»Und ich, mein lieber Hubert«, sagte Judith und steckte ihre Hände ganz tief in die Taschen ihrer Jacke, »ich werde lieber eine alte, häubchenstrickende Tante, die sich nur noch Ausflüge mit der S-Bahn leisten kann, bevor ich dich heirate. Und wenn du der letzte Mann auf diesem Erdball wärst ... dich würde ich um keinen Preis mehr haben wollen.«

8. KAPITEL

Judiths Auftritt, einer zürnenden Rachegöttin gleich, war äußerst wirkungsvoll und, wie Steffi anschließend bewundernd bemerkt hatte, bärenstark gewesen. Verbale Explosionen wirkten immer und hatten in diesem speziellen Fall Konrad und Hubert so schnell aus dem Haus getrieben, als sei der Leibhaftige hinter ihnen her. »Wie eine Furie war sie«, erzählte Konrad später seiner Frau, heilfroh, sich wieder in heimatlichen Gefilden zu befinden.

Doch nun, ein paar Tage später, dicker Novembernebel vor den Fenstern und eisige Kälte im Gemüt, fühlte sich Judith kleinlaut und niedergeschlagen. Sie kam, gleich einem zerknirschten Buchhalter, zu dem deprimierenden Ergebnis, daß ihre Haben-Seite beängstigend starke Verluste aufwies: Aus einer kinderlos glücklichen Frau war eine kinderreich unglückliche geworden, aus einem ihre reizende Hand in Erwägung ziehenden verbeamteten Bewerber ein erschrocken bekehrter Junggeselle und aus dem fröhlich streunenden Berglöwen Felix ein mürrisch knurrender Igel, der sofort Stacheln zeigte, wenn sie sich ihm auch nur mehr als zehn Schritte näherte. Und, last not least, hatte sie sich auch selbst irgendwo zwischen Kopf und Herz verloren und in ein Wesen verwandelt, das weder aus noch ein wußte und ein Gebaren an den Tag legte, das jeden einigermaßen neugierigen Verhaltensforscher sofort auf ihre Fährte gesetzt hätte, sollte er sie zufällig aufgespürt haben.
Es war ein frostig grauer Samstag. Judith schlich müde und von düsteren Gedanken gequält durch den Flur und öffnete den Briefkasten. Seit Tagen schon war sie erkältet. Ihre Nase leuchtete rot aus dem blassen Gesicht, die Augen tränten, und ihre Stimme hatte die interessante Klangbreite einer kettenrauchenden Nachtclubsängerin. Zum ersten Mal erfüllte nicht die unstillbare Sehnsucht nach einem fröhlichen Früh-

stück zu viert ihre von Hustenanfällen geschüttelte, einsame Brust. Ohne jegliche Gewissensbisse begrüßte sie es, keines der Kinder zu Gesicht zu kriegen.

Die Post, die sie erreichte, war ebenso trostlos wie alles andere. Rechnungen, Mahnungen, ein Brief von Anna Dehler aus Ulm, der die verwandtschaftlichen Beziehungen auf den Nullpunkt sinken ließ, zwei Spendenaufrufe und das Schreiben eines Ministers, der auf bevorstehende Wahlen verwies und entgegen seinen sonstigen Gepflogenheiten überraschend mitteilsam wurde. Und ein undefinierbares Kuvert, dem Judith lediglich ein kleines Blatt Papier entnahm, bestückt mit aufgeklebten Zeitungslettern: *Stecken Sie Ihre Nase nicht in Dinge, die Sie nichts angehen.* Ei, ei, wie zeitgemäß. Sie schniefte, und große Lust zu kichern überkam sie. Doch ihr Kichern erstarb sofort, als ihr klar wurde, daß es sich hier eindeutig um einen Drohbrief handelte. Und Drohbriefe gaben gewöhnlich keinerlei Veranlassung, albern grinsend im Flur herumzustehen und das Leben für einen Sonntagsspaziergang zu halten.
Sie nahm den Brief und Schlüssel, hüllte sich in ihren dicken Morgenrock und lief zu Lilli.
»Ich habe einen Drohbrief bekommen«, rief sie schon von weitem.
Lilli lachte. »Wer sollte dir Hühnchen schon einen Drohbrief schicken.«
»Von wegen Hühnchen.« Judith war beleidigt. »Ich habe sehr viele Feinde momentan, glaube mir.«
»So. Und welche?«
Ja, welche?
»Hubert zum Beispiel. Ich habe ihn vor Konrad und den Kindern blamiert. Er muß mich hassen wie die Pest.«
»Du hast ihn nicht blamiert. Du hast ihn wie ein kleiner erboster Dackel angegeifert. Einen Mann wie ihn!«
»Einen Mann wie ihn! Schleicht sich zum Jugendamt und

verrät mich. Und konspiriert mit meinen knickrigen Verwandten in Ulm. Ein toller Mann.«
»Und was hast du noch für Feinde?«
»Nun... Felix Troll.«
»Wieso Felix Troll?«
»Weil er meint, ich wolle ihn unbedingt heiraten. Lächerlich, nicht wahr?«
»Willst du ihn denn nicht heiraten?«
»Nein.«
»Na, dann kann er ja nicht dein Feind sein. Wer sonst?«
»Reicht das nicht? Ach ja... Anita noch. Anita will Felix auch heiraten.«
»Dann ist sie ja seine Feindin, nicht die deine.«
»Doch, meine auch.«
»Wieso?«
»Weil Felix diese dumme Anita vielleicht schon heiraten will«, antwortete Judith, und das war sogar für ihre bescheidenen Verhältnisse äußerst unlogisch. Sie schnupfte in ihr Taschentuch.
Lilli schüttelte den Kopf. »Pardon. Das geht über meinen Horizont.«
»Dein weiblicher Horizont ist doch sonst so grenzenlos? Einerlei. Meinetwegen heiratet er ein Dutzend Anitas. Wenn ihm durchaus danach ist, ständig ein schnurrendes Kätzchen um sich zu haben, anstatt...« Judith schwieg abrupt.
»Anstatt?«
»Anstatt einer Frau mit Verstand.«
»Die Frau mit Verstand bist wohl du?«
»Werde bloß nicht frech.«
»War nur eine Frage. Ich finde nämlich, daß du im Moment alles andere zu sein scheinst, als eine Frau mit Verstand.«
»Ach. Und warum, liebste Lilli, findest du das?«
»Weil du nicht zu Ende führst, was du begonnen hast. Wenn du dir schon ein neues Aussehen, neue Kleidung und neue Energien angeeignet hast, dann setze diese Schätze doch auch

ein. Arbeite damit. Und pack sie nicht in eine Eichentruhe, auf daß sie darin verrotten.«

»Du bist ja so lyrisch. Ein ganz neuer Zug an dir.«

»Und was machst du jetzt mit diesem Brief?« fragte Lilli, ohne auf Judiths Spott zu achten.

»Nichts. Ich lege ihn zu Huberts Bild zwischen meine Unterwäsche. Nachdem ich nun ja vom Schicksal dazu auserkoren wurde, eine vertrocknete Jungfer zu werden, brauche ich Erinnerungen für meine alten Tage. Ich werde also später einmal, als Insassin eines gemütlichen Altersheimes, meine sündigen Dessous betrachten, zwischen denen die Bilder meiner diversen Liebhaber liegen...«

»Welcher diversen Liebhaber?«

»Unterbrich mich doch nicht ständig. Es waren immerhin eineinhalb Stück, wenn ich mich recht erinnere.« Judith blickte Lilli strafend an und fuhr fort: »Nein, nicht zwischen die Unterwäsche. Ich werde die Drohbriefe, die Fotos und die Liebesbriefe als Jagdtrophäen an die kahlen Wände meiner Altersheim-Kemenate nageln und furchtbar damit protzen. Jawohl, das werde ich!«

»Liebesbriefe? Ich kann mich nicht erinnern, daß du je...«

»Da muß irgendwo einer sein, glaube mir. Von Walter. Du weißt schon, der mit den Pickeln und der ewigen Fünf in Chemie. ›Wenn ich den Schuttberg sehe, denke ich an dich‹, hatte er mir eines schönen Frühlingstages geschrieben.«

»Was für ein romantischer Brief.«

»Wir wohnten damals neben dieser bepflanzten Schutthalde, erinnnerst du dich?«

»Ja. Und auch an diesen Walter. Er war ein Trottel.«

»Life is Life«, sagte Judith. »Und was den Drohbrief betrifft: Deswegen werde ich mir keine grauen Haare wachsen lassen. Das ist sicherlich ein dummer Jungenstreich. Vor einem Jahr lag mal ein Zettel im Briefkasten: ›Ich bin der Haß und komme auch zu Dir.‹ Das hatte der kleine Benni geschrieben, weil ich ihm verboten hatte, unser Wohnzimmer mit Fingerfarben zu bemalen. Zu Hause durfte er das nämlich. Da war man antiautoritär. Und nun soll ich also meine Schnupfennase nicht in fremde Angelegenheiten stecken. Sprich: Ich soll Anita und Felix in Ruhe lassen oder Willi Kuschenski und Claudia oder Steffi oder Hubert oder den Mann im Mond.« Sie lachte und hustete.

Lilli betrachtete sie irritiert. »Du redest wirr, mein liebes Kind. Manche Frauen macht die Liebe äußerst scharfsinnig. Aber zu der Sorte scheinst du nicht zu gehören. Hast du etwa Fieber?«

»I wo! Ich fühle mich nur wie ein altes Sofa, dem sämtliche Eingeweide durch die alte Plüschhaut pieksen. So. Und jetzt braue ich mir einen Kübel Grog und pflege meinen Schnupfen. Und versuche, das ganze Wochenende an gar nichts zu denken: nicht an Hubert, nicht an die Kinder, nicht an mein Bankkonto und schon gar nicht an Felix Troll.«

Am Nachmittag trödelte sie immer noch im Morgenrock herum und schaute wäßrigen Auges einen unterhaltsamen Fernsehfilm an, der Anglern zeigte, welche Köder sie für welche Fische und welche Angeln sie für welche Gelegenheiten zu benutzen hatten. Über diesem spannenden Thema entschlummerte sie. Doch plötzlich fuhr sie hoch.

»Natürlich«, sagte sie laut und deutlich zur dicken Katze Berta, die auf ihrem Schoß saß und schnurrte. »Will man etwas fangen, muß man einen Köder legen.« Gesetzt den Fall, sie war der Köder – ein schöner dicker Käse-Köder namens Judith in einer schönen dicken Mausefalle namens Ehe. Und Felix, der alberne Mäuserich, gierig lechzend nach des Lebens Delikatessen, schlich lüsternen Blickes um die Falle, da es ihn just in diesem Augenblick nach fettem Käse gelüstete ... Was tat er also, wenn auch die Konkurrenz nicht schlief und sich zitternden Barthaares der Falle näherte? Judith schneuzte sich kräftig. Ganz richtig. Er wurde unvorsichtig in seiner Gier, der erste zu sein, der dumme kleine Mäuserich. Angelte nach dem Käse und – schwapp! Schon übersah er die scharfen Kanten des ehelichen Fallbeils, und als Fazit kann man sagen, daß der Käse zwar nun der Maus gehörte, doch die Maus auch der Katze.

»Hast du das kapiert, Berta?«

Nein. Berta hatte nichts kapiert. Sie sprang gelangweilt von Judiths Schoß und gähnte. Judith schaltete den Fernsehapparat aus und vergaß ihren Vorsatz, an nichts zu denken und schon gleich gar nicht an Felix Troll. Sie lief zum Telefon. Irgendwo mußte doch noch die Nummer dieses netten Griechengottes Balthasar aus der Mieterinitiative sein. Der war genau der Richtige. Der Richtige, um Felix das zu erzählen, was sie, Judith, ihm zukommen lassen wollte, um endlich Bewegung in die Angelegenheit zu bringen. Judiths Gesicht mit der roten Nase und den tränenden Augen bekam verschnupfte Grübchen, so sehr entzückte sie ihre neue Idee.

»Balthasar, o Balthasar!« rief sie vergnügt und lachte. Er wurde zum reitenden Boten, der gute Balthasar. Er überbrachte, gebeugten Hauptes, dem König die schlechte Nachricht und wurde geköpft. Reitende Boten wurden immer geköpft. Jedes Leben, fand Judith ohne eine Spur von Mitleid, schrie nach einem reitenden Boten, der treu und brav seinem dramaturgischen Einsatz gerecht wurde und die Handlung voran- und ihrem Ende zutrieb.

»Ich bin ein Köder, Köder, Köder«, summte sie mit krächzender Nachtclubstimme vor sich hin, als sie den Hörer ans Ohr hielt und wartete.

»Hallo, Balthasar? Hier ist Judith.«

»Oh. Ist aber nett, daß du anrufst.«

»Ich habe große Lust auf ein Bier heute abend. Oder hast du schon etwas vor?«

»Nein, eigentlich nicht. Ich wollte in meine Stammkneipe hatschen. Komm doch auch. Ich würde mich freuen.«

»Aber gerne«, antwortete Judith. Ihre Euphorie wuchs.

Balthasar war nicht allein. Auch Anita stand am Tresen und sah Judith an. Ihre flinken Eichhörnchenaugen glänzten so kalt und schadenfroh wie eh und je.
»Hallo. Sie sehen ja aus wie ein triefäugiger Alkoholiker. Sind Sie verschnupft?«
»Bin ich, bin ich. Aber nur äußerlich. Wollen wir uns nicht duzen? Balthasar und ich haben schon vor Wochen Brüderschaft getrunken. Mit sehr viel Whisky und der Essigsoße aus meinem phänomenalen Käsesalat.«
»Ach.« Anita taxierte sie. »Haben Sie Felix in letzter Zeit gesehen?«
»Aber ja, jeden Tag.« Zwei Tische weiter in der Kantine, dachte Judith hämisch.
Anita blickte sie nachdenklich an. Sie hatte einen kleinen verdrossenen Zug um den Mund und eine scharfe Falte zwischen den Augenbrauen. »Wie geht's sonst?«
»Eigentlich ganz gut. Nur die Entscheidungskonflikte machen mir zu schaffen.«
»Das klingt so schicksalsträchtig.«
»Ich habe einen unerledigten Heiratsantrag auf dem Tisch liegen«, sagte Judith mit einer Lässigkeit, als müsse sie die Anträge inzwischen bereits alphabetisiert abheften. »Und ich weiß noch nicht, was ich damit anfangen soll.«
»Wie schön. Der Regierungsrat?«
»Ja. Plötzlich will er mich sogar mit drei Kindern haben. Und jeden Tag schickt er Rosen, Geschenke...«
»Toll. Und was machst du nun?«
»Tja. Das ist die Frage. Ich kenne da nämlich noch jemanden«, trompetete sie so laut, daß Balthasar zusammenzuckte.
»Einen Jugendfreund, der wieder aufgetaucht ist. Sehr sensibel und aufregend. Das pure Gegenteil meines Regierungsrates.«
»Tatsächlich?« Anitas Stimme war ein kleiner Diamant, der das Glas anritzte. »So viele Alternativen in deinem Alter...«

Judith kräuselte ihre blassen Lippen und prüfte aus den Augenwinkeln, ob Balthasar all die Heiratsanträge mitgekriegt und in seinem schönen Griechenköpfchen gespeichert hatte. Schließlich beruhte ihr ganzer Plan auf der uralten Weisheit, daß Männer noch größere Klatschtanten waren als Frauen.

»Aber Judith. Eigentlich wollte ich dich doch heiraten. Wegen deiner Kochkünste«, sagte er in diesem Moment und blickte sie mit neuer Hochachtung an.

»O nein. An dir werde ich mich nicht vergreifen. Verführung Minderjähriger liegt mir nicht.«

»Schade. Ich hatte schon immer ein Faible für reifere Frauen. Na ja, vielleicht ganz gut so. Sonst würde Felix mich am Tage der Hochzeit glatt erdolchen. Er wird immer gleich gewalttätig, wenn es um dich geht.« Er grinste.

»Felix?« sagte Anita gedehnt.

»Ich glaube, er hat viel übrig für unsere reizende Judith.«

»Felix ist doch mit Anita...«, sagte Judith leichthin.

»Mit Anita? Echt?« Balthasar staunte.

»Wieso guckst du so bescheuert? Warum sollte Felix nicht mit mir?«

»Ich gucke immer bescheuert, wenn ich mich wundere«, gab Balthasar umunwunden zurück. »Wenn ich schon mal glaube, ich hätte Zusammenhänge kapiert...« Er seufzte und bestellte sich noch ein Bier.

Als Judith am Montagmorgen Hubert gegenübersaß und die Tagespost in Empfang nahm, verschluckte sie ein kleines erinnerungsträchtiges Lächeln. Bloß gut, daß er nicht wußte, wie viele Rosen und Anträge sie ihm angedichtet hatte. Nach jedem Pils waren seine Geschenke umfangreicher und die Liebesschwüre dringlicher geworden. Anitas Gesicht hatte vor Neid die Farbe reifer Zitronen angenommen, und sie hatte in ihrer Verzweiflung einiges preisgegeben, was Felix' Charakter betraf und seine fast schon krankhafte Angst, sich zu binden.

»Wenn du bitte die Rundschreiben zuerst tippen könntest. Sie sind sehr eilig«, sagte Hubert in ihre Gedanken hinein und vermied es, sie anzusehen.
»In Ordnung. Sonst noch etwas?«
»Nein ... Oder doch, eine Kleinigkeit. Etwas Privates.« Er hob die Augen und sah sie an. Ernst und durchdringend. Judith verspürte ein bedenkliches Kribbeln im Bauch und ein ängstlich zitterndes Erschrecken. Wie einfach war es doch, das Ende einer Beziehung theoretisch zu beschließen. Und wie schwer, das auch praktisch durchzuführen.
»Ich habe nachgedacht«, meinte er. »Und ich weiß nun, daß es nicht richtig war, zu dieser Sozialarbeiterin zu gehen und hinter deinem Rücken mit der Verwandtschaft in Ulm zu paktieren. Ich redete mir ein, ich täte es in edler Absicht. Aber das stimmte nicht. Ich tat es aus egoistischen Gründen. Ich wollte die Kinder loswerden und höchstens Steffi als Zeichen meiner fragwürdigen Toleranz behalten. Nun ... Wenn du mich inzwischen tatsächlich nicht schon so satt hast, wie du es das letzte Mal lautstark zum Ausdruck brachtest ...«
Judith schlug die Augen nieder und begann, kleine Mäuseriche auf ihren Stenoblock zu malen.
»Vielleicht denkst du noch mal über alles nach«, fuhr Hubert fort, nachdem er sie mit schmalem Mund betrachtet hatte. »Ich möchte dich nämlich wirklich herzlich gerne heiraten. Auch mit den Kindern. Mir ist klar geworden, wie gut wir zueinander passen und daß ich mir ein Leben ohne dich sehr schlecht vorstellen kann.«
»Auch mit den Kindern?« Judith starrte ihn erschrocken an. Einem ihrer Mäuseriche fehlte das zweite Auge, so erschrokken war sie.
»Ja. Aber ich will nicht verhehlen, daß auch sachliche Argumente eine Rolle spielten bei meinen Überlegungen. Claudia ist siebzehn, sie wird über kurz oder lang aus dem Haus gehen. Auch Steffi wird sicherlich nur mehr einige Jahre bei uns leben. Heutzutage werden die Kinder ja so schnell flügge.«

»Wie nüchtern du immer alles betrachtest.« Judith zog die Schultern hoch. Ihr war unbehaglich zumute. Nun hatte sie Anita doch nicht belogen, als sie von einem unerledigten Antrag sprach. Ach, wäre die Lüge von gestern bloß nicht über Nacht plötzlich Wahrheit geworden! dachte sie und erschrak noch mehr.
»Du kennst die Aversionen der Kinder gegen dich«, sagte sie lahm.
»Ich werde mit den Kindern reden. Nun?«
»Nun?«
»Was meinst du dazu?« rief er ungeduldig.
»Ich werde nachdenken. Einverstanden?«
Wenn er enttäuscht war, so zeigte er es nicht. Er lächelte sie an. Er lächelte sehr zärtlich und sehr nett. Plötzlich waren sie wieder auf Madeira, er kaufte einen Strauß Narzissen und kam auf sie zu. Auf seinem Gesicht lag das wirre Gesprenkel sich brechender Sonnenstrahlen, seine hellen Augen hatten einen fast kindlichen Ausdruck. Sie ging ihm entgegen und dachte nur an ihn. Wie schön und einfach war doch jene Zeit gewesen, da sie nur an ihn dachte und daran, wie froh sie sein mußte, ihn zu kennen.
»Was ist mit dir?«
»Oh. Nichts.« Sie raffte Stenoblock und Unterlagen zusammen und verließ den Raum.

Willi Kuschenski saß indessen in seinem ausgebeulten Trainingsanzug am Küchentisch und spießte mit seinem Taschenmesser kleine Wurstscheiben auf. Er langweilte sich. Mit mürrischem Gesicht öffnete er eine Flasche Bier und warf den Öffner auf die Couch. Das Comic-Heft, in dem Claudia noch vor kurzem geblättert hatte, fiel zu Boden. Claudia. Willi runzelte die Stirn. Wie hieß diese provisorische Mutter gleich, die sich so sehr dafür interessierte, wie er zu Geld kam? Judith? Eine dumme Pute. Wenn er, Willi, etwas haßte, waren es Weiber wie diese Judith. Die nie die Fassung verloren. Die redeten, als seien sie als achthundert Seiten starke Sprachführer zur Welt gekommen. Und die keine Angst hatten. Das war der springende Punkt. Sie hatten keine Angst. Auch nicht vor ihm. Oder doch? Er öffnete eine neue Flasche. Nun, vielleicht gab es Dinge, die sie ängstigten. Wenn, zum Beispiel, die Küken nicht vollzählig nach Hause kamen am Abend. Ja, das war's. Ein Küken, das einmal über Nacht ausblieb, war ein viel größerer Spaß als alberne Drohbriefe zusammenzuschnipseln und im Morgengrauen in den Briefkasten zu stecken. Willi bückte sich und spießte nun Claudias Comic-Heft auf sein Messer. Wieso ein Küken, schoß es ihm durch den Kopf, wo doch jede Menge Küken herumflatterten in der Uhlandschen Wohnung. Der kleine, ernste Professor beispielsweise und eine irre Sahneschnitte namens Claudia. Mit langem blonden Haar und einer bezaubernden Frische, die prickelnder war als Sekt und süßer als alles, was er kannte. Er grinste.

Ein milchig weißer Mittag, die Luft feucht und schwer. Oliver zog seine Mütze fest über die Ohren und schlich aus der Schule. Er war Robin Hood, die Häscher folgten ihm dicht auf den Fersen, er trug die Verantwortung für eine Schar tapferer Männer, die ihm schweigend in die dunklen Wälder des bösen Herzogs folgten. Als Willi ihm seine große, grobe Hand auf die Schulter legte, erschrak er zu Tode.
»Hei, Kumpel.«
»Hallo. Was 'n los?«
»Judith schickt mich.«
»Judith?« Oliver kehrte wieder in die Realität zurück und wurde gleich mißtrauisch. »Wieso?«
»Meine Alte... Also... meine Mutter hat in unserem Gartenhaus einen Sack Winteräpfel stehen. Sollen für euch sein. Und ich soll sie holen, zusammen mit dir.«
»Mit mir? Wieso fährt Tante Judith nicht mit dem Auto hin?«

»Kann nicht. Hat keine Zeit.«
»Ich denke, sie will nichts mehr mit dir zu tun haben?«
»Ist wieder alles okay. Ich hab' mit ihr gesprochen. Also, kommst du? Ich hab' das Auto von 'nem Freund da.«
Olivers Mißtrauen schwand. Klar doch. Klar half Robin Hood seiner treuen Freundin Judith und schlich sich für sie in die Gärten des Herzogs, Proviant zu holen für den kalten Winter.
Er stapfte neben Willi zum Auto und stieg ein.

Am Nachmittag lag bereits die ganze Stadt unter milchig weißen Nebelschwaden, die Autos schlichen mit stinkendem Auspuff durch die Straßen, und Judith sah aus dem Fenster und seufzte.
»Ein Tag wie im englischen Krimi«, sagte sie zu Ruth Kleinschmidt. »Fehlen bloß noch dumpfe Kirchturmschläge und die schlurfenden Schritte von Jack the Ripper.«
»Hören Sie auf, das klingt ja entsetzlich. Außerdem muß ich jetzt zum Diktat und habe gar keine Zeit für meine Gänsehaut.« Ruth Kleinschmidt spitzte ihren Bleistift. »Ich möchte bloß wissen, wann unser Regierungsrat einmal zur Kenntnis nimmt, daß es Tonband und Cassette gibt. Und daß es vollkommen antiquiert ist, auf Block zu diktieren.«
»Darf man reinkommen?« Felix Troll steckte den Kopf durch die Tür und lächelte. Er trug ein weißes Hemd, einen dicken Pullover mit Lederflicken an den Ärmeln, Cordsamt-Jeans und Turnschuhe. Grüne Turnschuhe. Judith wurde rot.
Als Ruth Kleinschmidt das Zimmer verließ, hockte er sich auf eine Schreibtischkante und schwieg.
»Sie sprudeln ja förmlich über vor Mitteilsamkeit«, sagte Judith nervös.
»Schöne Grüße von Balthasar.«
»Ach.« Judith wurde plötzlich sehr munter. »Wir hatten einen netten Abend in der Pilskneipe.«
»Ich habe davon gehört.« Sein Gesicht war glatt und undurchdringlich.

»Wollen Sie eine Tasse Kaffee? In der regierungsrätlichen Kanne ist noch ein Schluck.«

»Oh, danke. Welche Ehre! Wie geht es denn Hubert, dem Einsichtigen?«

»Wieso einsichtig?«

»Ist er nicht der unerledigte Heiratsantrag, der auf Ihrem Schreibtisch vergammelt?«

»Ah.« Judith tat sehr erstaunt. »Ich hätte nicht geglaubt, daß Balthasar so eine Klatschtante ist.«

»Nicht nur Balthasar. Auch Anita.«

Judith lächelte zuckersüß. »Sie vergessen den wiederaufgetauchten Jugendfreund.«

»O nein. Ich vergesse ihn nicht. Woher kommt er so plötzlich, dieser strahlende Held?«

Judith überlegte. »Aus Melbourne«, sagte sie dann. »Er lebt dort. Und er wünscht sich dringend eine deutsche Frau.«

»Ja, ja, die deutschen Frauen, ihre Biederkeit und der Napfkuchen. Begehrt und beliebt auf der ganzen Welt.« Felix Troll lachte in sich hinein. »Wie heißt er?«

»Wie er...« Judith begann zu stottern. »Ha... Hans.«

»Hans, natürlich. Hans, der deutsche Mann, der in die Ferne zog und ein Vermögen machte. Und nun Sehnsucht verspürt nach Heim und Kindern. Na, mit Kindern können Sie ja reichlich dienen.«

»Ich hoffe, ich kann auch noch mit anderem dienen.«

Er maß sie mit einem spöttischen Blick, in dessen Tiefe noch etwas mehr lag als nur Spott.

»Was meint unser allseits geschätzter Regierungsrat denn zu dem australischen Kaninchenzüchter?«

»Er ist kein Kaninchenzüchter. Er ist ... er ist Kaufmann. Und Hubert weiß nichts von ihm.«

»Sie kleine untreue Seele, Sie. Hintergehen Ihren Fastverlobten und stürzen sich kopfüber in neue Abenteuer. Und wissen jetzt nicht, welcher der beiden Männer nun mehr Sicherheit bietet für Ihr grenzenloses Sicherheitsbedürfnis.«

»Ich habe kein grenzenloses Sicherheitsbedürfnis.« Judith lächelte ihn an. »Nun? Wie würden Sie entscheiden? Australien reizt mich ungeheuer.«
»Ich sehe Sie deutlich vor mir im australischen Busch, unter sengender Sonne, einen Tropenhelm auf dem kurzgeschorenen Haar, den Pioniergeist zahlreicher Ahnen im Blut.«
»Nicht im Busch. In Melbourne. In... einer eleganten Dachterrassenwohnung. Braungebrannt und sehr vergnügt.«
»Und neben Ihnen der blonde Hans, der Ihnen die Stadt zu Füßen legt.«
»Warum sind Sie eigentlich so ärgerlich? Ihnen kann es doch gleichgültig sein, wen ich heirate?«
»Es ist mir aber nicht gleichgültig. Ich habe so viel kameradschaftliches Gefühl in Sie investiert. Ich will, daß Sie glücklich werden bis zum Ende Ihrer Tage.«
»Danke, danke. Was für ein edler Charakter Sie doch sind.« Judith erhob sich und setzte sich ebenfalls auf eine Schreibtischkante. Sie wußte, daß sie hübsch aussah heute und dankte Gott auf den Knien, daß sie am Morgen ihr Haar gewaschen und Puder und Lippenstift aufgelegt hatte.
»Wie gut, daß ich niemals in solche Gewissenskonflikte gerate«, sagte Felix spöttisch. »Denn ich für meinen Teil ziehe, wie Sie ja wissen, das Alleinsein vor.«
»Und um mir diese wichtige Lebenserkenntnis mitzuteilen, klettern Sie bis in den vierten Stock?«
»Aber nein, Gnädigste. Ich kam nur zufällig an Ihrer Tür vorbei.« Er angelte ein Stück Würfelzucker und ließ es fallen. Als beide sich gleichzeitig bückten, stießen sie mit den Köpfen zusammen.
Judith fuhr zurück. »Pardon«, murmelte sie.
Er betrachtete sie mit herabgezogenen Mundwinkeln. »Für eine neuerdings so umworbene Frau sind Sie immer noch wahnsinnig schüchtern, finden Sie nicht?« Er trank einen Schluck Kaffee und stand dann auf. »Vielleicht sollten Sie doch bei Ihrem Regierungsrat bleiben. Dann hätte ich Sie

noch ein wenig in meiner Nähe und könnte mich erfreuen an dem zarten Glück, das unter meinen Augen erblüht.«

»Wissen Sie was, Felix Troll? Es ist bereits nach zwei Uhr, und ich muß mich sputen. Ich bin nämlich verabredet. Mit zwei männlichen Verehrern im Schlepptau werden die Tage verdammt kurz.«

»Und die Nächte.«

»Und die Nächte«, antwortete Judith und lächelte gemächlich. Dann zog sie die Haube über ihre Schreibmaschine, warf Geldbörse und Schlüssel in ihre Tasche und ging zum Schrank. Er war vor ihr da. Er holte ihren Mantel heraus und half ihr hinein. Er stand verdammt nah bei ihr und ihr Herz klopfte bis zum Hals. Sie sah seine Augen vor Spott funkeln. Er durchschaut mich, dachte sie. Er weiß, daß es gar keinen Freund in Australien gibt. Und er ahnt schon lange, daß ich Hubert nicht mehr mag.

»Wenn Sie sich den Kopf über mich zerbrechen, sind Sie besonders hübsch.«

»Ich zerbreche mir nicht den Kopf über Sie. Warum auch?«

»Vielleicht, weil ich nicht so tief beeindruckt bin von Ihren Heiratsplänen, wie Sie dachten?« Schon wieder funkelten seine Augen voll boshafter Freude. Und wieder glänzte in ihren Tiefen ein wenig mehr als Spott.

Die Stille im Auto war ziemlich deprimierend, fand Oliver.

»Ist weit draußen, dein Garten«, sagte er kläglich.

»Hm.« Willi spähte durch die Nebelschwaden und hielt mit quietschenden Reifen am Bürgersteig. »Ich muß mal schnell telefonieren.«

Er ging zur Telefonzelle, warf Münzen ein und wartete.

»Hallo, Claudia? Hier ist der liebe Willi.« Er grinste albern. »Ich hab' mir das überlegt mit uns beiden. Ich bin doch für 'ne gemeinsame Wohnung. Tut mir leid, daß ich dich so angeschnauzt habe das letzte Mal. Was meinst du – hättest du ein Stündchen Zeit für mich? Hab' echt ein bißchen Lust, mit dir

zu reden.« Er lauschte. »Okay«, sagte er dann. »Um vier bei mir in der Wohnung. Ich köpf' 'ne Pulle Sekt dir zu Ehren.« Er legte auf und rieb sich am Ohr. Hätte er den blöden Bengel nicht im Auto, könnte er vorher noch ein bißchen saubermachen zu Hause. Weiber standen unheimlich auf Details, wenn man versuchte, sie zu verführen. Na, auch egal. Er kehrte zum Auto zurück.
»Hab' nur Bescheid gestoßen, daß du später kommst«, sagte er zu Oliver.
»Aber nicht arg viel später, oder?« Olivers Stimme war ganz leise. Eine spärliche Gegend hier, nichts als Acker und graues Feld und ein paar dunkle Raben, die unheilschwanger ihr schwarzes Gefieder sträubten.
»Mach dir bloß nicht in die Hosen, Kleiner. Der gute Onkel Kuschenski paßt schon auf dich auf«, sagte Willi und lachte laut.

Als Judith nach Hause fuhr, hatten Nebel und Feuchtigkeit sich plötzlich verzogen. Der Himmel war grau und löchrig wie ein Laken, das zu oft gewaschen worden war. Mein Gott, in einem knappen Monat war Weihnachten! Und sie hatte noch keinerlei Vorbereitungen getroffen. Und Huberts Antrag... er schwebte wie ein Damoklesschwert über ihrem gequälten Schädel. Sie bremste. Ein paar Spatzen folgen hoch und setzten sich auf Herrn Petersens Gartenzaun. Im Westen wurde es fahl, und über dem Nonnenhölzl hingen dunkle Schneewolken.
»Hallo!« Lilli öffnete ihr Fenster. »Hast du einen Moment Zeit?«
Judith seufzte. Sie wußte sehr wohl, was nun folgte. Die mütterlich pragmatische Standpauke. Und ein Hinweis darauf, daß ein korrekter Regierungsrat in der Hand tausendmal besser war als ein streunender Berglöwe auf dem Dach
»Na, was gibt's denn? Ich habe wenig Zeit, weißt du.«
»Setz dich. Ich habe Tee gekocht.«

»Meine Güte. Das hört sich ja richtig bedrohlich an. Wenn du freiwillig der Küchenarbeit frönst ...«

Lilli legte ihr Gesicht in salbungsvoll missionarische Fältchen. »Ich wollte dir ins Gewissen reden. Nein, nun plustere dich nicht auf wie ein Zaunkönig im Regen.«

»Ich plustere mich nicht auf, und mein Gewissen ist rein wie frisch gefallener Schnee.«

»Um so schlimmer. Ich ... ich habe gerade mit Hubert telefoniert. Zufällig«, setzte sie beschwichtigend hinzu, als Judith schon wieder auffuhr und an Cäsars goldenen Käfig stieß. »Es ging lediglich um Theaterkarten. Doch dann erzählte er mir von seinem Antrag. Und daß er dich sogar mit den Kindern heiraten würde. Also, wirklich, Judith! Besser konnte es doch gar nicht kommen. Ich finde es bemerkenswert, wie du ihn neuerdings um den Finger wickelst. Ich hatte nie zu hoffen gewagt ...«

»Stopp, Mutter! Bitte misch' dich nicht in meine Angelegenheiten. Ich frage dich ja auch nicht, was du mit deinem Gregor machst, nicht wahr?«

»Mit Gregor?« Lillis missionarische Fältchen wurden streng. »Der Vergleich hinkt. Sicher, Gregor will ebenfalls heiraten und ich nicht. Aber das dürfte ja wohl etwas anderes sein. Ich brauche keinen Vater für drei unmündige Kinder. Ich kann es mir leisten, unabhängig zu bleiben.«

»Ich kann es mir auch leisten. Und ich will meine Unabhängigkeit nicht aufgeben.«

»Daß ich nicht lache. Du wartest nur darauf, bis gewisse grüne Turnschuhe um dieses Haus schleichen und dir einen Ehering unter die Nase halten. Wahrscheinlich schreist du schon ja, bevor der Typ überhaupt den Mund auftut, um dich zu fragen.«

»Ich warte überhaupt nicht. Und jetzt entschuldige mich bitte. Ich habe zu tun.« Judith erhob sich hoheitsvoll.

»Bleib gefälligst sitzen. Auf mich machst du gar keinen Eindruck mit deinen Primadonna-Manieren. Was ist bloß in dich gefahren! Du mußt verrückt sein. Jahrelang war Hubert recht und gut. Und nun, da du ihn weichgekocht hast, daß er dich sogar mit drei Kindern nimmt...«

»Ich habe ihn nicht weichgekocht. Und schließlich kann man seine Meinung doch ändern. Nicht, daß ich sie schon geändert hätte«, sagte Judith hastig, als sie Lillis empörtes Gesicht sah. »Aber ich bin am Zweifeln. Das wird ja wohl erlaubt sein.«

»Und ich bin am Verzweifeln! Was der Mann dir alles bieten kann. Er hat Vermögen, er liebt dich, er nimmt die Kinder, er garantiert ein schönes Leben...«

»Ich komme notfalls auch ohne Hubert aus. Ich komme überhaupt ohne die ganzen verdammten Männer aus, verstehst du?« Judith wurde es ganz heiß vor Zorn. »Nimm bitte zur Kenntnis, daß ich kein kleines Kind mehr bin.«

»Dann benimm dich auch nicht wie ein solches«, erwiderte Lilli, aber sie wirkte äußerst irritiert. Bis jetzt war es ihr immer gelungen, Judith zu beeinflussen, und es wollte ihr nicht in den Kopf, warum es dieses Mal plötzlich unmöglich schien.

»Wo ist eigentlich Oliver?« fragte Judith kurz vor dem Abendessen. Sie dachte immer noch an Lillis Worte. Sie würde schon ›ja‹ schreien, bevor Felix überhaupt den Mund aufmachte. So eine Unverschämtheit!

»Ich weiß nicht. Vielleicht bei einem Freund?«

»Aber Steffi. Er hat doch gar keine Freunde.«

Steffi sah sie ratlos an. »Ja, dann...«

»Ja, um Himmels willen, er ist doch sonst immer so korrekt. Wann ging er denn fort?«

»Aber... er ist nach der Schule gar nicht nach Hause gekommen! Ich dachte, du wüßtest Bescheid!«

»Du meinst, er kam gar nicht heim?« Judith wurde ganz kalt vor Schreck. Sie sah Olivers kleines, ernstes Gesicht vor sich und seine sorgenvoll zerfurchte Stirn. »Oh, Steffi, es wird ihm doch nichts passiert sein«, flüsterte sie.

»Nun mach dir nicht gleich solche Sorgen.« Steffi legte schüchtern ihre Hand auf Judiths Schultern. »Er kommt schon wieder. Der Oliver ist unheimlich selbständig. Und clever, glaube mir.«
»Und Claudia? Wo ist sie?«
Steffi zuckte die Achseln. »Ich glaube, sie ist bei Willi. Zumindest hat er hier angerufen. Und kurz danach ging Claudia fort.«
»Ein reizender Tag. Wenn Oliver jetzt auch schon anfängt, herumzustreunen und Claudia wieder mit diesem Muskelprotz zusammensteckt...«

Als Oliver bemerkte, daß er dem Feind in die Falle und statt in die königlichen Gärten in dessen dunkles Verließ geraten war, begann er fieberhaft zu überlegen. Das alte Gartenhäuschen, umgeben von kleinen, hartgefrorenen Komposthaufen, lag versteckt zwischen verdorrten Obst- und Rosensträuchern auf einem freien Feld, in dessen Furchen verfaultes Gemüse, vergammelte Büchsen und ein verrostetes Bügeleisen lagen. Willi verschloß die Tür von innen und verstaute den Schlüssel sorgsam in der Tasche seiner gesteppten Lederjacke. Oliver wußte endgültig Bescheid.
»Ich gehe zur Polizei und zeige dich an«, sagte er und stand sehr tapfer auf seinen festen, kleinen Beinen.
»Das wirst du nicht.« Willis grobes Gesicht mit der allzu breiten Stirn wirkte wie ein mehliger, weißer Ballon in dem dämmerigen Raum. Oliver hatte Angst, die langsam vom Bauch in Richtung Magengrube kroch, und sein Herz pochte so heftig, daß er es im Hals spürte. »Ich tue es doch«, sagte er trotzig.
Willi zog ein kleines Messer aus der Jackentasche. Klick. Die Schneide glänzte. Böse lächelnd säuberte er seine Nägel. »Hör mal zu, Kleiner.« Seine Stimme klang tückisch. »Damit das klar ist. Ich will lediglich deiner arroganten Judith einen Schreck einjagen. Mehr nicht. Wenn du vernünftig bist, geschieht dir nichts. Ansonsten aber...«

»Ja?« Oliver zwickte sich ganz schnell mit den Fingernägeln in die Handballen, damit Willi nicht bemerkte, wie sehr er sich fürchtete.
»Du wirst hinterher sagen, du hast dich mit einem Freund verbummelt. Oder warst irgendwo vagabundieren. Und keine Silbe mehr. Sonst zahl' ich dir's heim.« Er starrte Oliver mit seinen kalten, blauen Augen an und hielt das Messer dicht an seine Kehle.
Oliver schluckte. Sein Hals war trocken und rauh, und er versuchte, Willi bewegungslos anzustarren. Wenn man furchtlos zurückstarrte, wurde der Feind unsicher. Manchmal konnte man ihn sogar hypnotisieren.
»Wenn du den Mund nicht hältst... ich weiß ja, wo deine Schule ist. Und Claudia kann auch etwas erleben.«
Oliver erschrak. »Claudia?«
»Ja. Claudia.«
»Wenn ich nichts sage... läßt du Claudia dann in Ruhe und kommst nie, nie wieder?«
Willi grinste. »Okay. Ist ein Geschäft. Wir lassen dein liebes Mütterlein noch ein wenig braten. Dann erzählst du eine kluge Story. Und ich lasse dafür Claudia in Ruhe.«
»Gut.« Oliver atmete auf. In seinen Büchern taten die Helden zwar selten etwas für ihre faden Schwestern. Aber er wollte mal nicht so sein. Er setzte sich auf einen alten Gartenstuhl, die Hände tief in den Hosentaschen vergraben und sah aus wie ein zu klein geratener Erwachsener, der einen wichtigen Entschluß gefaßt hat.

Dunkelheit kroch vom Nonnenhölzl direkt hinüber zu Judiths Haus, dicke Schneeflocken wirbelten wie dumme kleine Mücken um die Straßenlaternen und legten sich auf Büsche und Bäume.
Judith telefonierte mit dem Sekretariat der Schule, mit ein paar Schülern und mit der Polizei.
»Warten Sie noch etwas«, riet der Beamte. »Kleine Jungs ha-

ben oft einen plötzlichen Abenteurertrieb. In den meisten Fällen tauchen sie zum Abendessen wieder auf. Vielleicht hat Ihr Kleiner auch Angst vor Schelte wegen einer schlechten Note.«

»Nein, nein. So ist Oliver nicht. Er hat auch keine schlechten Noten. Und keinen Abenteurertrieb. Zumindest nicht in der Praxis.«

Der Beamte seufzte. Mütter! Wenn die nur endlich lernen würden, ihre Söhne richtig einzuschätzen. »Gut«, meinte er geduldig. »Wenn er in zwei Stunden noch nicht zurück ist, kommen Sie bei uns vorbei und bringen ein Foto mit und eine Aufstellung, was für Kleidung er trug und was für Gegenstände er bei sich hatte.«

Mein Gott, das klang ja ganz und gar entsetzlich! Judith sah Olivers Bild bereits in der Zeitung, ein ernster Nachrichtensprecher gab eine Suchmeldung durch, lästige Reporter lungerten vor ihrem Haus herum. »Wenn Sie meinen«, sagte sie mit einer kleinlauten, furchtsamen Stimme. Dann ging sie zum Fenster, starrte das löcherige Laken an, das sich Himmel nannte und dunkler wurde und hoffte, auch Oliver konnte diesen Himmel sehen und spüren, welche Sorgen sie sich machte.

Als Willi das Gartenhäuschen verließ, hatte er die ganze Sache schon gründlich über. In ein paar Stunden würde er diesen ernsten, blassen Professor wieder laufen lassen. War überhaupt eine Schnapsidee gewesen, das Ganze. Wenn er nicht soviel Bier getrunken hätte schon am Vormittag... Er blieb an der alten Dachrinne hängen und fluchte.

Dann fuhr er nach Hause. Unterwegs besorgte er zwei Flaschen Sekt, Erdnüsse und Schokolade. Der Gedanke an Claudia, die sicher schon im Bus saß und sich auf ihn freute, erheiterte ihn. Er räumte sein Zimmer auf, stopfte seine gebrauchte Kleidung in einen Schrank, schaltete eine kleine Wandlampe an und grinste. Er würde sich ein paar schöne

Stunden machen mit dieser reizenden Uhland-Nichte. Und dann wieder zu Oliver fahren und ihn freilassen. Und die ganze Zeit, während er seinen Spaß am Dasein hatte, saß Mama Judith ängstlich zu Hause und blökte nach ihren Schäfchen, nicht ahnend, daß er sich gerächt hatte für ihre Arroganz und dafür, daß sie in seinem Leben herumschnüffelte. Er zog das Bettlaken glatt und öffnete gerade die erste Flasche Sekt, als Claudia klingelte.

Sie sah irre aus. Sauber, glänzend und taufrisch.

»Hallo, Alte, mach dir's bequem. Ich hab' Schampus für dich mitgebracht.« Er zog sie aufs Bett.

Claudia schlüpfte aus ihren Schuhen. »Ich hab' wenig Zeit. Ich will auch nicht, daß Judith merkt, daß ich bei dir bin.«

»Wieso?« Er fuhr ihr mit der Hand durchs Haar. »Du bist doch erwachsen, oder nicht?«

Claudia sah ihn an. Er trug ein T-Shirt, das nach Seife schrie und dreckige Jeans. Sie nippte an dem lauwarmen Sekt. Er schmeckte fad. So fad und abscheulich wie die ganze Situation hier.

»Ich glaube, ich muß ziemlich schnell wieder heim«, meinte sie besorgt.

Willi schob seinen Mund an ihr Ohr; der Sekt begann seinen vorherigen, bierseligen Zustand wieder zum Leben zu erwekken, und er freute sich darauf, dieser sauberen und taufrischen Claudia zu zeigen, was ein wirklicher Mann war. Kein Bubi von der Schule. Kein Milchgesicht. »Na, komm schon, Baby«, murmelte er und versuchte, sie zu küssen.

Claudia schlüpfte unter seinem starken Arm durch und sprang auf. »Ich möchte gerade heute keinen Ärger zu Hause. Es war blöd von mir, überhaupt zu kommen.«

»Du kriegst keinen Ärger. Dein Mütterchen hat andere Sorgen momentan.«

»Was meinst du damit?«

Willi versuchte, sie wieder aufs Bett zu ziehen. »Wenn ich dir's sage. Sie wird dich gar nicht vermissen. Ehrenwort.«

»Ich gehe trotzdem.« Claudia packte ihren Anorak.
Willi stand auf. Seine massige Gestalt warf einen bedrohlichen Schatten an die Wand. »Mach mich bloß nicht sauer, Alte.« Er packte sie bei den Schultern und versuchte, sie an sich zu ziehen.
Claudia lächelte plötzlich. »Sei nicht böse, Willi. Wirklich, ich fühl' mich miserabel heute. Mir ist so übel und... du weißt ja. Ein schlechter Tag, dieser Tag.«
Weiber! In Willis Kopf drehte sich alles, einen Moment lang war er unschlüssig.
»Ich komme morgen. Ehrlich.« Sie schenkte ihm nochmals ein liebreizendes Lächeln und ging zur Tür.
Er stand immer noch in der Mitte seines Zimmers. Sie hatte plötzlich das Gefühl, daß sie ihn, egal, wie oft sie ihn noch sähe, immer so in Erinnerung behalten würde: einen bedrohlich schwankenden Schatten, der nach Alkohol und Schweiß roch und mit dem sie eigentlich nichts zu tun haben wollte.

Inzwischen sprach Judith mit Hubert. »Es ist ihm etwas passiert, ich weiß es«, schluchzte sie ins Telefon.
»Nun beruhige dich doch. Ich habe noch einen Termin bei Dr. Wallner, dann komme ich sofort bei dir vorbei.«
»Kannst du nicht gleich...«
»Ich komme, sobald ich kann«, antwortete er streng.
Nachdem sie fünfmal um das Telefon geschlichen war wie die Katze um den heißen Brei, wählte sie Felix' Nummer.
»Ich bin so verzweifelt. Zuerst erhielt ich einen Drohbrief und nun ist der Junge weg. Mein Gott, Felix. Wenn ihm etwas passiert ist.«
»Dieser Drohbrief... Haben Sie denn gar keine Ahnung, von wem er sein könnte?«
»Ich hielt ihn für einen harmlosen Jungenstreich. Aber so harmlos ist der Junge vielleicht gar nicht, an den ich denke.«
»Sie denken an Claudias Freund?«
»Ja. Aber er kann es nicht sein. Denn Claudia ist heute nach-

mittag bei ihm. Also...« Judith schluckte. »Diese Warterei ist furchtbar. Man kommt sich so ausgeliefert vor, so hilflos.«
»Ist Herr Ellert nicht bei Ihnen?«
»Er will später kommen. Er... hat noch zu tun. Ich weiß, es ist unverschämt. Aber könnten Sie vielleicht...?«
»Ich bin schon unterwegs.« Felix' Stimme klang warm und tröstlich, und Judith fühlte sich gleich etwas besser.

Oliver lauschte angestrengt mit angehaltenem Atem, ob Willis Schritte sich vielleicht wieder näherten oder ob sein Gesicht am Fenster erschien, um ihn zu erschrecken. Als sich nichts regte, begann er, sich vorsichtig umzublicken. Auch Robin hatte immer die Mauern seiner Kerker abgeklopft und an den verrosteten Gittern der Fenster gerüttelt. Und manchmal hatte die Prinzessin ihm eine Feile gesandt, eingebacken in einen Laib Brot. Aber leider kannte er, Oliver, keine Prinzessinnen. Und seine Schwestern waren so dußlig, daß er sie getrost ausklammern konnte in seinem fieberhaften Bemühen, einen Ausweg im wörtlichsten Sinne zu finden.
Er zwickte die Augen zusammen. Es dunkelte, und die Angst lag wie Blei auf seiner Brust. Er traute Willi nicht. Wenn er ihn nun vergaß? Wenn er hier elendiglich zugrunde ging und nur noch sein Gerippe übrig blieb, das man, irgendwann einmal, im nächsten Jahr zur Obsternte vielleicht, entdecken würde? Sein Blick fiel auf verstaubte Marmeladengläser, leere Bierflaschen und eine Sardinenbüchse, neben der ein Schraubenzieher lag. Ein Schraubenzieher! Oliver wurde sofort hellwach. Schraubenzieher hatten die Eigenschaft, Schrauben zu bewegen. Und vier starke, verrostete Schrauben hielten das Gitter, das zum Schutz vor Einbrechern am inneren Fensterrahmen angebracht war. Sehr leichtsinnig vom bösen Herzog, das zu übersehen und Robin so zu einer reellen Chance zu verhelfen! Oliver schob die Marmeladengläser beiseite, stieg auf den Tisch und machte sich an die Arbeit.

»Ich gehe jetzt zur Polizei«, sagte Judith kurzentschlossen zu Felix. »Es ist gleich sieben Uhr und ...«

»Hörst du nicht? Es hat geklingelt.« Claudia saß am Küchentisch. Sie hatte, als sie nach Hause kam, mit verschlossenem Gesicht Judiths atemlosem Bericht gelauscht und sich nicht weiter geäußert. Aber sie wirkte blaß und verstört, stand unentwegt am Fenster und starrte hinaus in die Dunkelheit.

Wieder zerriß ein schrilles Klingeln die Stille.

Er ist es, dachte Judith und krampfte die Hände zusammen. Er muß es sein! Sie lief, gefolgt von Steffi, zur Tür, öffnete und erstarrte voll düsterer Vorahnungen, als ein älterer Herr mit mürrischem Gesicht und rotgefrorener Nase lässig mit einem Finger an den Hutrand tippte und sagte: »Frau Uhland?«

Neben ihm stand ein hochaufgeschossener, sommersprossiger Junge, der eine Pudelmütze trug und sich sichtlich unwohl fühlte. Wellen der Angst trieben Judiths Herz zu immer rascheren Schlägen.

»Ja?« murmelte sie schwach.

»Bitte entschuldigen Sie die Störung. Ich komme vom Billigmarkt, vorne an der Ecke. Ich bin dort Filialleiter.«

»Sie kommen nicht von Oliver?«

»Ich kenne keinen Oliver. Ich muß Sie sprechen. Wegen Stephanie.«

»Ich habe keine Zeit momentan.«

»Sie werden sich Zeit nehmen müssen.« Das Gesicht des Mannes verschob sich wie ein Puzzle, das falsch zusammengesetzt war. »Stephanie hat sich nämlich widerrechtlich und in Gemeinschaft mit einem unserer Lehrlinge ... nun, sagen wir, sie hat sich bereichert. An Obst und Gemüse.«

Judith griff nach Steffis Hand und preßte sie so fest, daß Steffi aufschrie. »Das stimmt nicht«, sagte sie kalt. »Stephanie stiehlt nicht.«

»So?« Der Filialleiter warf die Lippen auf. Er musterte Judith mit einem solchen Widerwillen, als begebe sie sich ebenfalls

auf Raubzüge irgendwelcher Art und staple aller Wahrscheinlichkeit nach die gesamte Beute im Keller. Sein Gesicht arbeitete, und in seinen Augen stand der selbstgerechte Ausdruck eines Menschen, dessen Welt an der eigenen Haustür endete.
»Ich hätte die Sache vielleicht nicht weiter verfolgt. Aber eine Verkäuferin hat Ihre Tochter beobachtet. Sie hat unserem Lehrling Lügen aufgetischt, bis er ihr aus Mitleid all das Obst und Gemüse... Sie verstehen?«
»Das ist nicht wahr!« rief Steffi.
Judith legte einen Arm um Steffis Schultern. »Bitte entschuldigen Sie. Aber ich habe...« Sie stockte. »Ich habe eine sehr dringende familiäre Angelegenheit zu erledigen. Ich verspreche, ich komme morgen bei Ihnen vorbei, um die Sache zu klären.«
»Was heißt hier...«
»Es tut mir leid. Wirklich. Guten Abend.« Sie schloß die Tür.
»Er lügt. Ich habe immer bezahlt«, rief Steffi mit einer so hellen, aufgeregten Kinderstimme, daß Judiths Herz sich schmerzhaft zusammenzog.
»Natürlich nicht. Wir reden später darüber, ja?«
Steffi nickte.

Claudia hörte nur mit halbem Ohr zu bei der leisen Unterredung, die Judith und Felix führten. Ihre Gedanken überstürzten sich. Ob Willi etwas mit der Sache zu tun hatte? Seine Andeutungen am Nachmittag. Sein schlaues Grinsen. Und außerdem – sie wußte, daß er Judith haßte und verabscheute. Und daß er unberechenbar war. Aber einen kleinen Jungen entführen? Nein. So dumm und gemein konnte er nicht sein. Oder doch?
»Claudia? Du warst doch heute nachmittag mit Willi zusammen.«
Claudia runzelte ärgerlich die Stirn. Es war eine Sache, selbst

zu verdächtigen und eine andere, es aus fremdem Mund zu hören. »Natürlich war ich mit ihm zusammen. Ist wieder typisch, daß du ihn verdächtigst. Als ob er nichts anderes im Sinne hätte, als dich zu schikanieren.«
»Einen kleinen Jungen zu entführen, ist wohl etwas mehr als reine Schikane, findest du nicht?«
»Ich war in Willis Wohnung. Und da sah ich keinen Oliver, kapiert?«
»Es ist alles so seltsam.« Judith begann zu weinen. Sie preßte die Hand auf den Mund und nahm das Taschentuch, das Felix ihr reichte.
Claudia starrte lange auf ihre Hände. Dann gab sie sich einen Ruck. »Warte noch ein wenig mit der Polizei«, meinte sie leise und nahm ihren Mantel.
»Wohin gehst du?«
»Ich habe eine Idee. Ich rufe sofort an, wenn ich mich geirrt habe, ja?«
»Also doch Willi?«
»Ich sagte, ich habe da eine Idee; kein Wort über Willi.«
Sie wartete nicht Judiths Antwort ab, sondern lief eilig aus dem Zimmer.

9. Kapitel

Oliver brauchte lange, bis er die Schrauben aufgemacht, entfernt und das rostige Gitter gelockert hatte. Immer wieder lauschte er, ob Willi vielleicht zurückkehren oder sich gar von Busch zu Busch schleichen würde, um ihn zu beobachten. Doch nichts regte sich. Die Welt um ihn herum war so schweigsam, als sei sie gänzlich ausgestorben und tot. Kein Vogellaut, kein Hund, der in der Ferne bellte, keine menschliche Stimme.
Oliver drückte das Gitter nach außen. Es fiel polternd zur Erde. Einen Moment lang hielt er den Atem an. Aber die lähmende Stille umschloß ihn weiterhin so fest und so endgültig, als sei er bereits vergessen. Er nahm seine Schultasche, kletterte ins Freie und schaute sich um. In der Ferne eine Hochhaussilhouette, deren grauen Fassaden die Dunkelheit zerschnitten. Eine Landstraße, kahle Bäume, ein Wartehäuschen der Verkehrsbetriebe. Dann ein Taxi, das anhielt. Ein Mädchen stieg aus, ein Mädchen, das er kannte.
Olivers Freude, seine große Schwester zu sehen, hielt sich unter normalen Umständen in Grenzen. Große Schwestern waren recht nutzlose Geschöpfe, die nur herumkommandierten, sich die Fingernägel lackierten und den Meerschweinchen und Goldhamstern auf die Nerven fielen mit ihrem parfümierten »Ach, wie süß«, und »Sieh doch mal, wie putzig...« Aber, bei Gott, in diesem Moment, da Dunkelheit und Kälte schon richtig beklemmend wirkten und die Zweige der Bäume sich wie drohende Finger in den Himmel reckten, da freute er sich sehr, nicht mehr alleine zu sein. Er steckte seine Hände in die Anoraktaschen und grinste verlegen.
»Hallo, Kleiner.« Claudia bückte sich und drückte ihn kurz an sich. »Alles okay?«
»Ja.« Er nahm ihre Hand. Sie war wunderbar weich und warm.
»Wir dürfen Tante Judith aber nichts sagen«, wisperte er. »Sonst macht er uns fertig. Er hat sogar ein Messer.«

Claudia schwieg.
»Bitte, Claudia!« Olivers Stimme bettelte. »Ich habe es versprochen.«
»Was hast du versprochen?«
»Ich sage niemandem, daß er mich eingeschlossen hat, und dafür läßt er dich in Ruhe. Für immer und ewig.«
»Für immer und ewig«, wiederholte Claudia bitter. »Ich frage mich, warum er das getan hat. Warum hat er ausgerechnet dich in dieses blöde Gartenhäuschen verschleppt?«
»Er wollte Tante Judith erschrecken.«
Claudia blieb stehen. »Sonderbar, daß er Judith so haßt.«
»Das kommt daher, weil sie so tapfer ist. Sie ist fast so tapfer wie Papa es war. Findest du nicht?«
Claudia lächelte ein kleines, schwieriges Lächeln. »Ja. Und so zäh wie Rindsleder. Viel zäher, als ich je geglaubt habe.«

In der Uhlandschen Küche verstrich die Zeit im Schneckentempo.
»Ich habe noch mit einem Schulkameraden telefoniert«, sagte Judith erschöpft. »Er meinte, Oliver hätte am Nachmittag vorgehabt, ein Mädchen zu besuchen, das ebenfalls Goldhamster züchtet. Doch die Leute besitzen kein Telefon. Ob wir dort einmal vorbeischauen?«
Felix nickte. »Wir erledigen es, bevor wir zur Polizei fahren. Haben Sie die Aufstellung mit den Sachen, die Oliver trug?«
»Ich habe die Aufstellung.« Judith blickte krampfhaft an ihm vorbei. Sie hatte das Gefühl, beim ersten Wort des Mitleids, das ihm über die Lippen kam, würde sie in Tränen ausbrechen.
Doch er blieb sachlich wie immer. »Wo ist eigentlich Ihre Mutter?«
»Lilli? Sie kommt erst morgen zurück. Sie ist mit einem Bekannten in Meran. Und ich bin heilfroh, daß sie nicht da ist. Sie wäre keine Hilfe. Lilli hat nicht das Geringste übrig für Katastrophen. Sie...«

Plötzlich Motorgeräusche, Wagentüren wurden aufgestoßen und zugeschlagen. Das Gartentor quietschte. Steffi stürmte zur Eingangstür und riß sie auf. »Mensch, Kellerassel!« schrie sie überglücklich.
Judith stand ganz ruhig da und blickte Oliver an, der, verlegen blinzelnd, ins Zimmer trat, die Nase hochzog und seine Tante unbehaglich musterte. Herrjemineh! Dieses blasse, unheilschwangere Gesicht! Und die Augen so rund wie fliegende Untertassen und so vorwurfsvoll! Ein hartes Stück Arbeit lag vor ihm, ihr klarzumachen, daß er Winnetou, der große Schweiger, war.
»Wo warst du denn nur?« fragte sie leise.
Oliver biß sich auf die Lippen. »In einem Garten vor der Stadt.«
»Wie bist du dort hingekommen? Und warum?« Sie kniete sich nieder und schälte ihn behutsam aus seinem Anorak.
»Es war... Mit einem Auto. Tante Judith, könnte ich vielleicht etwas zu essen kriegen? Ich habe riesigen Hunger«, fragte er hastig und zog die Backen ein. Schließlich hatte er einige dramatische Stunden hinter sich, und nur einem glücklichen Umstand war es zu verdanken, daß heute abend ein bißchen mehr als tote Käfer und harte Baumrinde in seinen Magen wandern sollten.
Doch Judith ließ sich nicht ablenken. »Wer hat dich in diesen Garten gebracht?« fragte sie streng.
»Ich wollte nur Äpfel holen. Ehrenwort. Weil du Äpfel doch so gerne magst. Und weil sie gesund sind. Wir haben gelernt, daß Äpfel überhaupt...«
»Oliver!«
Er senkte den Kopf und malte mit seiner Schuhspitze kleine Kreise auf die Küchenfliesen.
»Er ist doch wieder da.« Claudia zupfte nervös an den Fransen ihres Schals. »Können wir es nicht dabei belassen?«
»Nein. Dabei will ich es ganz und gar nicht belassen. Denn wenn tatsächlich vorgefallen ist, was ich vermute, dann muß ich etwas unternehmen.«

Das schrille Klingeln des Telefons zerriß das eisige Schweigen, das Judiths Worten gefolgt war. »Unsere Unterhaltung ist keinesfalls beendet«, rief sie böse, bevor sie die Küche verließ.

Schon als sie den Hörer abnahm, wußte sie, daß es Hubert war.

»Hallo, Judith. Bitte entschuldige, daß ich erst jetzt anrufe. Aber die Besprechung mit Dr. Wallner ...« Er hielt inne.

»Natürlich. Dr. Wallner ist auch viel, viel wichtiger als ein kleiner Junge, der verschwindet.«

»Judith!«

»Nein, laß nur.« Judiths Finger berührten den goldenen Anhänger, den Hubert ihr zum Geburtstag geschenkt hatte.

»Außerdem ist Oliver bereits wieder da«, sagte sie. »Und Felix Troll war hier, um mir beizustehen.«

»Ah. Sieh mal an. Der edle Ritter mit dem Schwert. Immer zur Stelle, wenn schwache Frauen nach ihm rufen.«

»Ganz richtig. Im Gegensatz zu gewissen anderen Leuten.« Es entstand eine dumpfe, schwere Pause. »Der Fehler lag bei mir«, fuhr Judith dann seelenruhig fort. »Ich dachte immer, wir passen nicht zusammen, weil du die Kinder nicht magst. Aber das war nicht richtig. Wir passen nicht zusammen, weil wir völlig unterschiedliche Charaktere sind und völlig verschiedene Dinge vom Leben erwarten. Daß du heute wieder einmal nicht da warst, als ich dich dringend brauchte, war nur die logische Konsequenz aus all dem, was in den letzten Monaten geschehen ist und die Situation klargelegt hat.«

»Mein Gott! Nun dramatisiere doch nicht immer alles. Ich bin durch eine Besprechung aufgehalten worden, und dein teurer Oliver ist auch ohne meine werte Hilfe wieder zurückgekommen.«

»Ach. Was muß deiner Meinung nach denn passieren, damit du auf Trab kommst? Muß erst mein Haus abbrennen?« Sie lachte verächtlich. »Aber selbst dann würdest du mir höchstwahrscheinlich empfehlen, das Löschgerät aus dem Keller zu holen und um Himmels willen nicht die ganze Straße unter Wasser zu setzen.« Zornig zerbröselte sie ein Marzipanschweinchen, das dumm glotzend neben dem Telefon stand, und stopfte sich die Krümel in den Mund.

»Was ist los?« fragte Hubert gereizt. »Du klingst so sonderbar. Weinst du?«

»Nein. Ich weine nicht. Ich esse gerade eine Erinnerung auf. Eine aus Marzipan zu vier Mark sechzig. Du hast damals vergessen, den Preis abzuziehen.«

»Nun. Den Appetit scheint dir meine Herzlosigkeit, Gott sei Dank, noch nicht verdorben zu haben. Wenigstens etwas. Außerdem weiß ich genau, woher der Wind weht. Du bist ein bißchen alternativ geworden in letzter Zeit. Bevorzugst neuerdings den maskulinen Typ mit dem sozialen Tick. Übrigens...« Er räusperte sich. »Ich habe schon vor ein paar Tagen diese Sozialarbeiterin angerufen und ihr gesagt, du würdest inzwischen ganz gut mit den Kindern zurechtkommen. Du siehst also, ich bin durchaus lernfähig.«

»Danke. Das war wenigstens fair von dir. Aber es ändert nichts mehr an der Tatsache, Hubert. Tja, wenn du heute gleich gekommen wärst...«

»Ach ja? Hättest du dann tatsächlich diesen edlen Ritter in seiner karierten Rüstung weniger interessant gefunden?«

Judith schwieg und sah durch die geöffnete Küchentür Felix Troll am Herd stehen und Eier in eine Pfanne schlagen. Sein Anblick war ihr so vertraut, als würden sie sich schon Jahre kennen, während Huberts Bild in ihrem Kopf immer mehr verblaßte. Gab es das überhaupt, daß das Bild eines Menschen so schnell verschwand, obwohl man ihn täglich sah?

»Es ist ganz einfach so, daß ich lauwarmen Haferbrei nicht mehr mag, weißt du...« sagte sie, scheinbar ohne jeden Zusammenhang. Und als Hubert sehr beleidigt durch die vielen komplizierten Telefondrähte schwieg, fuhr sie tapfer fort: »Es kann schon sein, daß mir allzu große Ansprüche nicht zustehen, und ich weiß auch, daß ich eine ziemlich mittelmäßige Person bin. Aber auch mittelmäßige Personen mögen heiße Suppen lieber. Und wir beide, Hubert, wenn du ganz ehrlich bist, wir waren immer nur lauwarmer Haferbrei.«

»So. Dann paß nur auf, daß du dir nicht den Mund verbrennst an dem Süppchen, das du dir zu kochen gedenkst«, antwortete er mit so flacher Stimme, daß sie zusammenzuckte. Dann legte er auf.

Unschlüssig blieb sie im Flur stehen und betrachtete nachdenklich einen plötzlich sehr hellhörig gewordenen Felix, der sich staunend umblickte und so enorm viel Familie um sich herum entdeckte, daß ihm offensichtlich ganz heiß und kalt wurde. Er legte den Kochlöffel in die Spüle und kratzte sich am Kinn.

»Nun. Da alles ein so glückliches Ende fand...«, meinte er ziemlich lahm. Er wickelte sich einen langen Wollschal um den Hals, zwickte Oliver ins Ohr und verabschiedete sich hastig. Als er die Tür ins Schloß zog und seine Schritte sich rasch entfernten, drängte es Judith, ihm einfach nachzulaufen und ihn festzuhalten. Doch wozu? Daß er sich wieder am Kinn kratzte und ängstlich nach Fluchtmöglichkeiten Ausschau hielt genau wie Rasputin, wenn man ihn in den Schuhkarton setzte? Nein. Sie würde jetzt ein heißes Bad nehmen, sich ins Bett legen und ruhig und gelassen über ihre Zukunft nachdenken. Und über Felix' Zukunft natürlich auch, da er ja ganz offensichtlich zu einfältig war, es selbst zu tun.

Am nächsten Morgen bat sie bei ihrer Dienststelle um zwei Tage Urlaub. »Wegen dringender familiärer Angelegenheiten«, erklärte sie.

»Gut, daß ich euch alle drei beisammen habe«, meinte sie beim Frühstück grimmig. »Ich bin der Meinung, meine liebe Claudia, du solltest wieder die Schulbank drücken. Oder bist du anderer Ansicht?«

»Nein. Ich habe keine Pläne. Ich gehe wieder zur Schule.« Claudia wurde rot.

»Und was ist nun mit diesem Filialleiter vom Billigmarkt?« Judith wandte sich an Steffi.
»Der Lehrling... Er heißt Heinz. Er meinte, wenn ich abends käme, zu einer Zeit, da er bereits den Laden saubermacht, könnte ich das Obst und Gemüse, das übrigbleibt, billiger haben. Weil es sowieso weggeworfen wird. Also habe ich es immer bei ihm gekauft. Und jedes Mal bezahlt. Jedes Mal!«
»Und jetzt behauptet er, er hätte es dir umsonst gegeben. Ein schönes Früchtchen.«
»Muß Steffi nun ins Gefängnis?« Oliver, der bis jetzt über seiner Kakaotasse geträumt hatte, wurde quicklebendig. Er sah sich bereits Feilen ins Brot backen und Kassiber schmuggeln.
»Nein. Ich glaube nicht. Außerdem ist mein Bedarf an Kriminalgeschichten momentan gedeckt«, sagte Judith und warf ihm einen kurzen Blick zu. Einen, der durch Mark und Knochen ging, wie er voller Unbehagen registrierte.

Der Filialleiter stand mit freudlosem Gesicht zwischen Zukker- und Mehlkartons und hörte schweigend zu.
»Ihr Lehrling hat Sie bestohlen, fürchte ich«, sagte Judith. »Oder aber Dinge weiterverkauft, die Sie nicht mehr losgebracht und ihm geschenkt haben. Ich kenne die Gepflogenheiten Ihres Ladens nicht. Aber eines steht fest: Stephanie hat jedes Mal bezahlt.«
»Und Sie wollen mir weismachen, Ihre Tochter hätte keine Ahnung gehabt, daß da nicht alles mit rechten Dingen zuging?«
»Sie ist dreizehn und hat diesem Heinz geglaubt. Aber wenn Sie zur Polizei gehen wollen, bitteschön.« Judith maß ihn mit einem ihrer kältesten Blicke.
»Nein.« Sein freudloses Gesicht wurde noch freudloser. »Ich will nicht zur Polizei gehen.«
»Das dachte ich mir. Da Heinz Ihr Neffe ist...« Judith zuckte die Achseln. »Eine Ihrer Verkäuferinnen hat es mir erzählt.«

Und als er schwieg: »Ich nehme an, die Angelegenheit ist damit für mich erledigt?«
»Tja. Für Sie schon«, sagte er und starrte auf zwei Reklameschilder, die das billige Obst des Billigmarkts anpriesen.

Dann fuhr Judith zu Willi Kuschenski. Es begann gerade zu schneien. Ein Nikolaus in einem schäbigen roten Mantel stand trübsinnig vor einem Kaufhaus und verteilte Bonbons an Kinder, die nicht mehr an den Nikolaus glaubten.
Willi öffnete selbst. Er verzog spöttisch den Mund.
»Kann ich Sie einen Moment sprechen?«
»Ich wüßte nicht, warum.«
»Sie wissen genau, warum. Aber wir können die Sache auch gerne im Treppenhaus ausdiskutieren. Manchmal haben Nachbartüren allerdings Ohren.«
Seine Augen standen ganz still. Er kaute auf einem Zahnstocher herum und überlegte. Dann trat er einen Schritt zur Seite. In der großen Wohnküche lehnte Claudia mit verschränkten Armen am Fenster und blickte ihrer Tante mit blassem Gesicht entgegen.
»Welche Art von Unterricht besuchst du denn hier?« fragte Judith, krampfhaft bemüht, ihre Enttäuschung zu verbergen. Sie wandte sich wieder an Willi. »Sie haben gestern Oliver von der Schule abgeholt. Mit einem Auto.«
»Ich? Wie kommen Sie darauf?«
»Sie wurden gesehen, Herr Kuschenski. Wenn Sie schon den kleinen Verbrecher spielen wollen, dann doch bitte gekonnter!«
»Sie nerven mich. Echt.« Willi nahm einen neuen Zahnstocher.
»Sehen Sie. Eigentlich kam ich nur, um Sie nochmals dringend aufzufordern, mich und meine Familie in Ruhe zu lassen. Ich eigne mich nun mal nicht dazu, junge Menschen vor den Kadi zu zerren. Aber nachdem Claudia schon wieder bei Ihnen ist, obwohl ich sie in der Schule vermutete...«

»Nur keine Panik auf der Titanic. Ihr blöder Oliver ist ganz freiwillig mitgekommen. Wollte unbedingt mein kleines Gärtchen begutachten. Und Claudia hat wohl einen Narren an mir gefressen. Tu was dagegen!« Er grinste gemächlich.
»Da irrst du aber ganz gewaltig, du Blödmann«, hörte plötzlich Judith ihre Nichte sagen. »Ich gebe zu, daß du mir einmal imponiert hast. Aber wirklich nur sehr, sehr kurz. Hernach warst du bloß noch reiner Trotz und ein blamabler Irrtum.« Sie hüpfte von der Fensterbank. »Du hast meinem Bruder vorgeschwindelt, du hättest einen Sack Äpfel für uns. Und dann hast du ihn mit einem Messer bedroht. Einen kleinen Jungen wie ihn!« Sie versuchte zu lachen, doch es wurde mehr ein rauhes Schluchzen. »Und dann hast du ihn einfach in diesem dämlichen Gartenhäuschen eingeschlossen. Und mich, mich in in deine Wohnung gelockt, und während Oliver in der Dunkelheit saß und sich ängstigte, wolltest du mich...« Sie schluckte. »Und das alles nur, um dich an Judith zu rächen!«
»Er hat was?« Judith durchfuhr so heißer Zorn, daß ihr Herz zu jagen begann. Was war dies für eine Welt, in der muskelbepackte Grobiane Kinder mit Messern bedrohten? Und junge, unerfahrene Mädchen in ihre schmuddeligen Höhlen lockten? Sie wurde so mordlüstern wie zehn hungrige Strandpiraten. Es tat einen scharfen, harten Knall, als sie in Willis unrasiertes Gesicht schlug. Der Zahnstocher fiel ihm aus dem Mund. Und zum ersten Mal, seit sie ihn kannte, wich er zurück.
»Und das mit dem Automatenfritzen, für den du angeblich arbeitest, war auch eine Lüge«, fuhr Claudia bitter fort. »Du hast Automaten geknackt, nicht wahr? Und als der Ostpark verwüstet wurde, warst du auch dabei. Das ist alles, was du kannst, du Feigling! Blumen ausreißen, Parkbänke zertrümmern und kleine Jungs mit dem Messer bedrohen.« Sie ballte ihre Fäuste. Ihre blauen Augen sprühten vor Zorn. »Wenn du dich noch einmal in unserer Nähe blicken läßt oder es wa-

gen solltest, meinen Geschwistern wieder einmal Angst einzujagen, dann werde ich auspacken, ich schwör's dir! Und jetzt muß ich raus hier. Mir ist speiübel!« Sie packte Judith am Arm und zerrte sie mit sich.

»Wir haben dir das Leben ziemlich schwer gemacht, nicht?« fragte sie kurze Zeit später, als Judith ihr kleines Auto aus der Parklücke vor Willis Haus rangierte.
»Ach. Ich habe bestimmt auch viele Fehler gemacht.«
»Weißt du...« Claudia zögerte. »Steffi hat es am schwersten nach dem Tod der Eltern. Sie hing so sehr an Mutter. Deshalb hat sie auch immer Mutters Schmuck geklaut und ihn heimlich angelegt. Sie tat das auch früher schon. Und wenn Margareth und Philip auf Reisen gingen, schlief Steffi heimlich in den Ehebetten und trug Mutters Nachthemden.« Claudia sah auf ihre Hände. Ihre Stimme wurde immer leiser. »Unsere Eltern waren sehr lieb. Sie waren gute Kumpels, haben uns verwöhnt und verhätschelt. Aber sie waren in erster Linie ein Ehepaar, wenn du weißt, was ich meine. Sie lebten irgendwie auf Distanz. Schwierigkeiten gingen sie aus dem Weg, sie wollten sich nicht belasten damit. Da bist du anders. Du hast mir da schon manches Mal ungeheuer imponiert. Allein wie du dich mit Willi angelegt hast. Und Steffi sofort geglaubt hast, als sie sagte, sie habe das Zeug vom Billigmarkt nicht geklaut. Und überhaupt...« Sie begegnete Judiths Augen mit einem leisen Lächeln. »Wir finden dich inzwischen ziemlich okay«, sagte sie. »Und daß du uns das Ekel Hubert nicht antust, werden wir dir nie vergessen.«

Am Abend kam Lilli aus Meran zurück. Ihr Gesicht war ganz rosig, und mehr denn je glich sie einer rotblonden Katze, die am Rahmschüsselchen genascht und anschließend lange in der Sonne gelegen hatte.
»Was ist los? Hast du im Lotto gewonnen?«
»So ähnlich, liebste Judith, so ähnlich«, trällerte Lilli und

tanzte im Zimmer herum. »Ich lade euch übrigens ein. Am 30. Januar. Da ist Gregors Geburtstag.«

»Der achtzigste?« Steffi grinste.

»Wie ist das eigentlich bei alten Leuten?« fragte Oliver interessiert. »Küßt ihr euch noch so richtig wie die im Fernsehen? Oder haltet ihr bloß noch Händchen? Oder was?«

»Ruhe jetzt.« Judith drückte Lilli auf einen Stuhl. »Also, Mutter. Du lädst uns zu Gregors Geburtstag ein. Warum nicht er selbst?«

»Weil nicht nur eine Geburtstagsfeier stattfindet. Die fünfundsechzigste im übrigen.« Lilli warf Steffi einen strafenden Blick zu. »Nein. Es ist auch . . .« Ihr rosiges Gesicht färbte sich dunkelrot.

»Sag bloß, du kriegst ein Kind«, sagte Steffi mit todernstem Gesicht.

»Willst du wohl . . . Diese Göre!« Lilli lachte. Dann holte sie tief Luft. »Es ist unser Hochzeitstag.«

»Hochzeit?« Judith starrte sie ungläubig an.

»Na ja. Nachdem du mir so oft die Leviten gelesen hast in bezug auf Gregor. Und du hast ja recht. Schließlich kann ich mich nicht ewig aufführen wie eine zickige Siebzehnjährige.«

»Du heiratest?« Olivers anfängliches Interesse machte nur einer grenzenlosen Verwunderung Platz. Soviel er wußte, verteilten Omas Schokolade und Geld, strickten warme Strümpfe und wanderten nach angemessener Zeit in den Sarg. Aber doch nicht vor den Traualtar! »Mit Brautschleier?« fragte er entrüstet.

»Nein. Mit einem Kleid von Dior. Und einem Kollier aus Gregors Familienschmuck. Ach ja. Und noch eine Überraschung habe ich: Claudia wird mein Appartement bekommen. Was sagt ihr dazu?«

»Ich bekomme was? Oh, Lilli!« Claudia konnte es nicht fassen.

»Das Appartement wird leer. Zuerst dachte ich ja, es wäre ein nettes, kleines Refugium für Judith, um sich zurückziehen und manchmal ein bißchen für sich sein zu können. Denn sie hat ja beschlossen, ein einschichtiges Frauenzimmer zu werden, das die Männer verachtet und nur mehr von ihren Erinnerungen zehrt, nicht wahr?«

»Haha.« Judith schnitt eine Grimasse.

»Aber dann kam ich doch zu der Überzeugung, das Appartement Claudia zu geben. Allerdings nur unter einer Bedingung.«

»Und die wäre?«

»Dieser Willi Kuschenski verschwindet ein für alle Mal aus unserem Leben. Und du gehst wieder regelmäßig zur Schule und machst anschließend ein Studium oder eine Ausbildung.«

»Das ist Erpressung.«

»Ich weiß. Die Welt ist schlecht und gemein. Und man kriegt nie was umsonst.«

»Also gut. Willi Kuschenski ist schon verschwunden. Und nach dem Abitur gehe ich auf die Sprachenschule. Außerdem verspreche ich dir, dich vor fremden Leuten nie mehr Großmutter zu nennen und den ollen Cäsar zu hüten, wenn ihr auf Reisen geht, Gregor und du. Ist das genug der Bezahlung?«

»Es ist genug. Und an Cäsar kannst du dich schon während unserer Flitterwochen gewöhnen. Wir flittern nämlich zwei Monate lang. Auf einem Luxusdampfer.«

»So ein Schiff kenne ich vom Fernsehen.« Oliver fuchtelte aufgeregt mit den Armen. »Da kann ich dir schon mal erzählen, wie es dort zugeht. Da fährt immer eine Lahme oder eine Blinde...«

»Oder so eine komische Alte wie ich.«

»Und an Deck lernen sie dann einen tollen Mann kennen, dem es gar nichts ausmacht, daß sie lahm oder blind sind. Und immer ist ein Verbrecher dabei, der Schmuck klaut und dann einsieht, daß man nicht klauen soll auf einem Schiff, und Ehepaare gibt's, die sich furchtbar streiten und sich dann plötzlich, wegen all dem guten Essen wahrscheinlich und der tollen Eisbecher, wieder lieben und nie mehr streiten wollen. Und am Schluß...« Olivers Augen funkelten. »Am Schluß werden auf dem ganzen Schiff die Lichter ausgelöscht, und der Kapitän geht von einem zum anderen und sagt, daß man eine große Familie ist, und dann kommt der Koch und bringt eine Torte und dann gibt's ein Feuerwerk.«

»Na, da steht mir ja allerhand bevor«, sagte Lilli lachend. Dann legte sie ihren Kopf zur Seite. »Was ist eigentlich mit Hubert? Ich vermisse ihn. Kommt er nicht mehr, abends, nach dem Amt?«

»Den hat Tante Judith abgesägt.« Oliver schäumte über vor Temperament. Eine solche Gelegenheit, derart viele Stories zum besten zu geben, hatte er noch nie gehabt. »Weil er nicht gekommen ist bei meiner Entführung. Der Verbrecher wollte mir nämlich Äpfel schenken, aber dann hatte er plötzlich ein richtig langes Messer. Und ich habe ein Gitter abgeschraubt, und der Willi stand hinter einem Baum und fletschte die Zähne, und fast hätte ich tote Käfer gegessen.« Er lehnte sich zufrieden zurück.

»Euch kann man alleine lassen«, sagte Lilli trocken. Dann wurde sie sehr blaß, ging zum Schrank und holte sich den Birnenschnaps.

Judith rannte Hubert fast über den Haufen, als sie eine kleine Conditorei betrat, die Olivers Lieblingskuchen, Streusel mit Apfel und Sahne, verkaufte.

»Judith! Was für ein Zufall!«

Judith wurde rot. »Ich wollte Kuchen kaufen. Für die Kinder.« Das Wort »Kinder« verschluckte sie fast vor Verlegenheit.

»Darf ich dich zu einer Tasse Kaffee einladen?«

»Ich weiß nicht. Ich glaube nicht, ich hab' es schrecklich eilig.«

Doch er achtete gar nicht auf ihren Einwand. Er legte seine

Hand unter ihren Arm und schob sie vor sich her ins Café. Ein paar kleine Tische standen im dämmerigen Dunkel, und Judith erinnerte sich an einen Tag vor vielen Jahren, als sie im gleichen dämmerigen Dunkel saß und der Mann, den sie eigentlich heiraten sollte, ihr sagte, daß er fortging. Seitdem mochte sie keine kleinen, ornamentverzierten Kaffeehaustische mehr und keine Bedienungen in weißen Schürzchen, mit uralten Augen und praktischen Händen, und auch nicht den süßlichen Geruch von Sahnetorten und trüber Nachmittagshoffnungslosigkeit.

»Es ist gut, daß wir uns treffen. Ich wollte sowieso noch einmal mit dir reden. Ein letztes Mal«, begann Hubert, und ein verlegener Blick tastete sich in ihr Gesicht und schweifte schnell zur Seite.

Judith schwieg.

»Wie geht es Oliver?«

»Danke. Es geht ihm gut. Er ist der Held einer ganzen Krimiserie und wird von Stunde zu Stunde lebendiger. Gestern hat er sogar eine Vier in Mathe heimgebracht. Ein glücklicher Tag.«

»Ein glücklicher Tag? Er war doch sonst immer der Beste.«

»Eben. Das ist ja gerade das Verkehrte. Er soll eben nicht der Beste sein, sondern der Glücklichste.«

Hubert schüttelte den Kopf. »Ich verstehe dich nicht mehr und würde es wirklich gerne; ich habe sogar große Sehnsucht danach, dich zu verstehen, aber du bist mir völlig fremd geworden.«

»Ich war dir immer fremd. Du hast es bloß nicht bemerkt. Ich habe immer Theater gespielt. Du wolltest eine solide, wetterfeste Freundin haben, also war ich solide und so wetterfest, daß mir selbst manchmal ganz übel wurde, wenn ich mir zuhörte. Du wolltest, daß ich vernünftig war, gescheit, sachlich, gediegen. Ich habe mich darum bemüht. Aber ich war nicht vernünftig, sondern angepaßt, nicht gescheiht, nur belesen und auch nicht gediegen. So gerne wollte ich manchmal ver-

rückte Dinge tun, ein bißchen anecken, mal ein subversives Element sein ... Weißt du noch? Subversiv war lange Zeit ein Lieblingsausdruck von dir. Ich wollte Witze machen über Ernstes, endlich den Schleier der Scheinheiligkeit lüften von so vielen Dingen, die dir so wertvoll sind. Aber ich habe mich einfach nicht getraut. Nie habe ich mich getraut. Nur einmal, damals, als ich den prachtvollen Skilehrer kennengelernt hatte, der natürlich kein Mann gewesen wäre für mich, aber was soll's. Er war ein ganzer Kerl, und noch nie in meinem Leben hatte ich einen ganzen Kerl kennengelernt; ja, schon damals war ich nahe daran, mir selbst auf die Spur zu kommen. Aber dann schleppte sich Lilli in mein verschlafenes Winterdorf, zusammen mit Vater, und sogar Margareth schickte empörte Telegramme. Und wieder zog ich Feigling den Schwanz ein, fürchtete mich und hatte jegliches Gespür für Lust und Freiheit verloren.«
Huberts Gesicht fror ein. Nicht aus Ärger oder Enttäuschung. Sondern weil Judith sich öffnete wie eine Muschel, und weil Hubert es nicht ertrug, wenn Menschen sich öffneten. »Und was hast du jetzt vor?« fragte er hastig.
»Ich habe vor zu heiraten.«
»Felix Troll?«
»Ja. Wenn er mich will.«
»Hat er dich schon gefragt?«
»Nein. Ich werde ihn fragen.«
»Du?« Nun hatte sie ihn tatsächlich überrascht.
Sie lachte. »Ja, ist das nicht seltsam? Es ist mir vollkommen gleichgültig, ob sich das schickt oder nicht. Ich will ihn haben. Also frage ich ihn. Wenn er ablehnt, werde ich es hinnehmen. Wenn er zustimmt, kann ich stolz auf mich sein, daß ich mich getraut habe. Mut zum Risiko hatte, auch eine Niederlage einstecken zu können. Weißt du, er ...« Sie zögerte einen Moment und wußte nicht, ob sie sagen sollte, was sie sagen wollte. »Mir imponiert er nicht nur als Mensch, Bürger und jemand, der Konfrontationen nicht scheut; ich mag ihn

auch als Mann. Da herrscht eine Spannung zwischen ihm und mir, wie ich sie zwischen uns beiden nie gespürt habe. Wir waren viel zu vorsichtig, wir trugen Glacéhandschuhe, aus Angst, uns zu verletzen, wir bauten uns eine künstliche, leblose Welt.« Sie trank ihren Kaffee aus.

Hubert vergrub sich in seiner Sahnetorte. »Das heißt also, auch wenn Felix Troll deinen... deinen Antrag ablehnt, habe ich keine Chancen mehr?«

Judith sah ihm in die Augen. »Nein. Ich weiß jetzt, was ich brauche. Und wenn ich es nicht bekommen kann, bleibe ich lieber allein.«

»Es klingt so sonderbar... Was du brauchst. Egoistisch. Das Leben besteht nicht nur aus Sonntagen. Und ich hatte immer das Gefühl, daß wir trotz allem gut zueinander paßten.«

»Ein Leben, bestehend aus Werktagen, an denen man sich immer nur gut verträgt? Ohne einen strahlenden Sonntag? Nein, Hubert. Das ist zuwenig.«

Draußen leuchteten die Straßenlaternen auf. Am Nebentisch quängelte ein Kind.

»Ich wünsche dir alles Gute. Und ich komme nicht zu deiner Hochzeit, falls du das gehofft hast«, sagte Hubert und wischte sich den Mund sorgfältig mit einer Serviette ab.

»Wir könnten Freunde bleiben...«, log Judith.

Er schüttelte den Kopf. »Wenn du schon ehrlich sein willst, dann bleib auch dabei. Ich glaube nicht an eine Freundschaft zwischen Mann und Frau. Einer leidet immer darunter. Und das ist auch deine Meinung, ich weiß es.« Er winkte der Bedienung und zahlte.

Als sie sich auf der Straße verabschiedeten, blickte Judith ihm lange nach. Er erschien kleiner, als sie ihn in Erinnerung hatte, und zum ersten Mal, seit sie ihn kannte, wirkte er nicht schlank und straff, sondern hager und gebückt. Zum ersten Mal seit langem dachte sie einen Moment nur an ihn und stellte sich vor, wie er zurückkehrte in seine große, leere Wohnung, die schon von seinen Eltern bewohnt worden war und in der, unverrückbar, die alten Möbel standen mit Spitzendeckchen und Plüschauflagen. Er wird sich einsam fühlen für einige Zeit, unverstanden, er wird noch ein bißchen strenger werden und kälter, und doch, eines Tages wird er sie finden, seine wetterfeste Dame, von der er träumte. Aber Judith würde ihm fehlen. Sie war der Teil gewesen, der in ihm fröhlich war und eine kleine Spur leichtlebig. Judith erfüllte es mit seltsamer Befriedigung, daß sie Spuren hinterließ, doch im gleichen Moment schon dachte sie nicht mehr daran. Sie trug hauchzarte Flügel in diesen Tagen und hatte oft den Wunsch abzuheben. Sie ging in einen Blumenladen und kaufte eine Blume, deren Namen sie nicht kannte; sie trödelte durch ein Kaufhaus, band sich eine blaue Schleife ins Haar, knipste einen Ohrring ins Ohr, aß heiße Kastanien und lachte nur, als ein Mann sie anrempelte und sie ein »spinnertes Frauenzimmer« nannte.

Zwei Tage später deckte sie den kleinen Tisch im Wohnzimmer, zündete eine Kerze an und bat die Kinder, sich ausnahmsweise gänzlich unsichtbar und mucksmäuschenstill zu verhalten. Sie trug wieder ihr lilafarbenes Bolerokleid, das so gut zu ihren Träumen paßte und kam sich sehr erwachsen vor.

Doch als Felix ihr gegenübersaß und sie verstohlen sein kantiges Gesicht musterte, seine wippende Löwenmähne und die feinen Linien und Fältchen, die um Augen und Mund lagen, verließ sie der Mut ein wenig, sie wurde linkisch und unsicher, wie damals, vor vielen, vielen Wochen, als sie ihn wiedertraf und ihm ihr Herz ausschüttete.
Ein paar Erbsen platschten zurück auf den Teller. Sie lachte nervös. »Erinnern Sie sich noch, als wir uns in der Kantine begegneten und Sie meinten, Sie hätten mir soviel Mut, drei Kinder zu übernehmen, gar nicht zugetraut?«
»Natürlich erinnere ich mich.« Felix warf ihr einen sonderba-

ren Blick zu, und Judith holte so tief Luft wie damals, als sie Freund Toni durch einen Sprung vom Fünfmeterbrett imponieren wollte und noch gar nicht schwimmen konnte.
»Ich scheine ziemlich allein dazustehen mit meinem Mut«, sagte sie gepreßt und bekam ganz rote Ohren. »Ich meine, ich kenne augenblicklich nur Leute, die entsetzlich viel Schiß vor Verantwortung und Familie haben. Und vor einem Trauring«, setzte sie hinzu.
Das Wort ›Trauring‹ hing so dick und schwer in der Luft wie eine Gewitterwolke am strahlend blauen Himmel. Judiths Ohren färbten sich allmählich puterrot.
»Paß auf, daß du mit der Nase nicht noch in deine exzellente Soße fällst vor lauter Verlegenheit. Wär' schade drum«, sagte Felix grimmig und schüttelte den Kopf. »Was soll das eigentlich werden? Ein Heiratsantrag?«
»Ja. Einer muß ihn doch machen.«
»Von richtigem Timing hast du wohl noch nie etwas gehört? Ein Heiratsantrag bei Pfeffersteak! Und warum nicht einem anderen? Hubert zum Beispiel? Oder diesem wiederaufgetauchten Jugendfreund, obwohl ich, ehrlich gesagt, sehr bezweifle, daß der tatsächlich existiert.«
»Traust du mir keinen australischen Verehrer zu?«
»Ich traue ihn dir ohne weiteres zu. Aber daß er genau zum richtigen Zeitpunkt auftaucht ...«
»Ich habe eben doch Sinn für richtiges Timing.«
»Also gibt es ihn, diesen Hansdampf aus Melbourne, mit seiner Terrassenwohnung und dem edlen Wunsch nach vielen Kindern?«
Judith hob die Augen. »Eifersüchtig?«
»Ich? Gott bewahre. Es ist nur erstaunlich, wie sehr du dich verändert hast in den letzten paar Monaten. Auch äußerlich.« Sein Blick umfing sie, und Judiths Haut begann zu kribbeln.
»Das liegt an den Strähnchen«, stotterte sie.
»Welche Strähnchen?«

»Die auf meinem Kopf. Die sollen angeblich verjüngen. Sogar Dr. Wallner hat mir letzte Woche ein sonderbares Angebot gemacht. Also. Was ist? Nimmst du meinen Antrag an?«
In seinem Gesicht zuckte es. Lachte er? Hoffentlich lachte er. Eine lachende Absage war besser als eine mit salbungsvoll triefender Stimme und tröstenden Pfarreraugen.
»Du hast wohl gar keinen Sinn für Dramaturgie«, spottete er. »Und außerdem – findest du es nicht sehr mutig, mir einen derartigen Antrag zu machen, obwohl ich dir erst neulich erklärt habe, daß ich nie mehr heiraten wolle?«
»Ich bin eben eine mutige Person. Außerdem dachte ich mir, wenn ich mich schon ändere, selbstbewußt und emanzipiert werde, dann gleich richtig kopfüber und auch mit selbstgestelltem Heiratsantrag.«
»Liebe Judith, Heiratsanträge macht man bei gedämpftem Licht, auf einer weichen Couch, duftend wie die Sünde von Babylon. Nicht bei Steak mit Erbsen. Und schon gar nicht mit Lohengrins Brautmarsch auf dem Plattenteller. Das ist viel zu eindeutig.«
»Ich dufte wie die Sünde von Babylon. Hat mich fast hundert Mark gekostet, dieser Duft. Und in einer klugen Frauenzeitschrift stand, daß Liebe allemal durch den Magen geht. Zuerst butterweiches Steak, dann butterweicher Mann. Und auf dem Plattenteller liegt nicht der arme Lohengrin, sondern Beethoven. Der Gefangenenchor. Ich wollte ein bißchen witzig sein.«
»Es ist aber einfach saublöd, mit der Gabel in der Hand aufzuspringen und Liebeserklärungen zu machen«, sagte Felix böse und stand doch auf. Er ließ die Gabel so schnell verschwinden wie ein Zauberer im Varieté, nicht ohne einen bedauerlichen Blick auf das schöne Steak und die sahnige Soße zu werfen. Nun würde es hart werden. Und die Soße eiskalt.
Judith sah ihn erwartungsvoll an. Als er sie küßte, war das alles andere als lauwarmer Haferbrei. Sie bemühte sich nach

Kräften, ihn Steak und Gemüse endgültig vergessen zu lassen und auch die Tatsache, daß er nun doch wieder an Bord zu gehen schien, der ertrunkene Matrose. Für einen winzigen Augenblick hatte sie das Gefühl, die Zeit stände still und auch die dumme Uhr an der Wand, eben das ganze verdammte Universum. Da scharrte es an der Tür.

»Ruhe, zum Kuckuck«, hörten sie Claudias durchdringende Stimme. »Wie soll dieser lahme Heini da drin endlich auf Touren kommen, wenn der verfluchte Rasputin schon wieder am Türstock nagt?«

»Wie hat sie mich genannt?« fragte Felix erschüttert und schob Judith von sich. »Lahmer Heini? Ja, da soll doch ...« Er richtete sich auf. Sehr jäh und erschrocken. »Du meine Güte. Ich habe in meinem Liebesrausch ja ganz vergessen, daß ich dich nicht allein kriege. Da gibt's auch noch drei herzige Kinder, eine exzentrische Schwiegermutter, eine fette Katze und fünf Goldhamster gratis obendrein.«

»Sei froh, daß es nicht umgekehrt ist: fünf Kinder, eine fette Schwiegermutter und eine exzentrische Katze.« Judith kicherte ausgelassen. Sie fühlte sich leicht und frei wie ein rosaroter Luftballon.

»Außerdem fehlt noch etwas bei deinen Ausführungen. Du bekommst zusätzlich noch einen elenden Kapitalisten als Schwiegervater und circa zehn neue Goldhamsterbabys. Weil Rasputin kein so lahmer Heini ist wie du.« Sie schob Felix fürsorglich auf seinen Stuhl zurück und holte Lillis Birnenschnaps. Den hatte er jetzt bitter nötig und sich redlich verdient.

Ein herrlicher Wintermorgen brach an, Eisblumen blühten am Fenster, und der Himmel war so licht und blau wie zarte Seide. Judith wickelte sich, wohlig seufzend, in ihren Morgenmantel, setzte sich aufs Fensterbrett und beobachtete zwei Spatzen, die sich im Vogelhäuschen um die Körner stritten. Die kleine Tanne im Garten bog sich unter ihrer glitzernden

Schneelast, und Nachbar Petersen stand mit entblößtem Oberkörper auf der Terrasse, machte sonntägliche Kniebeugen und hatte es sichtlich schwer mit dem Älterwerden.
Es klopfte. Claudia streckte ihren Kopf zur Tür herein.
»Hallo, du Schlafmütze. Wie wär's mit einem Frühstück zu viert?«
»Du meinst, so ganz auf Familie? Mit Kaffee und Hörnchen und Frühstücksei mit Häubchen drauf?« Judith schmunzelte.
»Genau, du olle Tante. Das wolltest du doch immer haben, nicht? Also komm schon.«

Auf dem runden Tisch in der Küche prangte ein goldgelber Rosinenkuchen, und die Eier trugen wirklich Häubchen.
»Seid ihr so nett und legt noch ein Gedeck auf?« fragte Judith.
»Wir kriegen Besuch?«
»Ja.« Sie begann zu lächeln und fühlte sich rundherum glücklich. »Ja, wir kriegen Besuch. Und einen, der uns bleibt.«
»Felix Troll?« Steffi puffte Oliver in die Seite.
»Tja.« Judith zwinkerte Claudia zu. »Der lahme Heini ist doch tatsächlich auf Touren gekommen. Und seinen Kaffee trinkt er gewöhnlich mit sehr viel Milch und Zucker«, sagte sie und setzte sich an den Tisch.

Annemarie Schoenle
Frauen lügen besser

Roman

Drei Frauen landen einen Weibercoup.
Sie produzieren einen Bestseller und schlagen die erfolgversessene Medienbranche mit deren eigenen Waffen.
Der Plan gelingt, wenngleich anders als gedacht, denn die drei haben – sträflicher Leichtsinn – den Faktor »Männer« nicht berücksichtigt.

»Intelligent und witzig erzählt. Annemarie Schoenle vermag den drei Frauengenerationen ein glaubwürdiges Profil zu geben.« *Der Spiegel*

Knaur

Annemarie Schoenle

Verdammt, er liebt mich

Roman

Mutter und Tochter sind in denselben Mann verliebt! Wie die Tochter über Nacht erwachsen wird, wie die Mutter neue Wege beschreitet und der seine Unabhängigkeit schätzende Liebhaber dem Zauber eines jungen Mädchens erliegt, erzählt Annemarie Schoenle in ihrer unverwechselbaren Art.

Knaur